U0015127

愛なき世界

沒有愛的世界

三浦紫苑
劉子倩——譯

好評推薦

這個世界不厭其煩地指導我們：身而為人你最好有用，活在世上理當心中有愛，偏偏三浦紫苑再度以一本青春熱血、有淚有笑的職人／植人小說向我們揭示：在植物無用也無愛的世界裡，光是恣意汲取陽光空氣水，也能孕育出最單純熱烈的迷戀——來瞧瞧一群植物學家們不計代價的跨物種激戀吧，在植人們看似瘋狂執著的行徑之下，隱藏著比「愛」更深邃純粹的謎底。

——藝植作家　**鄒欣寧**

三浦紫苑的每一次出手，都讓我讀著讀著熱淚盈眶。不只是因為故事的發展總是結構緊密、主角設定出人意料的有趣，更獨特的，是那極高知識含量的字裡行間，往往伏流著青春的騷動與不安。

她將年輕世代的熱血與浪漫，以無比溫柔、清新、豐富、立體的文字體裁，深深打動各年齡層讀者，明明不是勵志小說，然而她的故事總是激勵我「或許難免失望，常常感到寂寞，還是要好好活下去呦」。而青少年更能從她美麗、活潑、深邃的故事裡，得到共鳴與涵養，從《哪啊哪啊神去村》、《啟航吧！編舟計畫》、到這本《沒有愛的世界》，對於未來感到模糊、混沌、躁動的青春讀者，會在翻過一頁又一頁的過程裡，得到樂趣、喜悅與力量。

二〇二〇年最值得你入手、全家人共享的小說，《沒有愛的世界》。如果你是植物控，你一定不能錯過這本從野草阿拉伯芥啟程的故事；如果你正苦惱、迷惘於植物世界的深不可測，這個故事無異給了你第一抹日光；如果你正在尋覓愛、思索愛，那跟著藤丸踏進本村研究室湊近顯微鏡的那一刻，或許我們已經漸漸靠近了答案。

——作家　**番紅花**

《沒有愛的世界》這個有點謎的書名，可能會讓人誤會這本書是本愛情小說，而且還是個失戀版或是失控版。雖然是也沒有錯，但這卻實實在在是本把理科女跟廚藝男的日常描繪得淋漓盡致的小說，讓讀者知道「愛」並不是只能人對人，也可以是對科學、對廚藝的鑽研。

——科普作家　**張東君**

島嶼裡的山與海，在台灣植物種類超過一萬種，包含原生種、特有種、外來種，被譽為冰河時期後世界最重要的物種資料庫、植物的姿態萬千，劇烈的地形變化也孕育了五種氣候帶及世界上最豐富的植栽群像。對一個植物愛好者，生長在台灣無異是幸福且驕傲的事，雖然國民大多還不甚理解福爾摩沙、美麗之島是如此的得天獨厚……不過沒關係，從三浦紫苑《沒有愛的世界》豐富的植物學知識，可以做為大家修習生活裡的植物學入門，從而愛上植物的世界。

三浦紫苑是首位獲頒「日本植物學會特別獎」的小說家，文字深入淺出，文中穿插著青春的故事、人物敘事的生動、植物研究的癡迷，閱讀之後每每對小說中的人物產生與我心有戚戚焉及惺惺相惜之感。不過對我而言，以前是享受植物物種研究之廣，小說內研究的是物種形態之深，經由小說的閱讀，也補足了一些植物學的知識，如過去從未深究的為什麼楓樹的葉子有分裂的尖端？為什麼高麗菜的葉脈錯綜複雜猶如迷宮？為什麼白蘿蔔的剖面有著那晶瑩剔透的白？皆是生物植物、演化學上的奧秘，「正因為他們傾注熱情，只為解開每個生命體的生死之謎，讓我們看到了生命力的光芒……」，再次推薦給大家並與各位分享植物的美好。

——太研規劃設計顧問有限公司　景觀建築師　**吳書原**

第一章

把切開的蔬菜對著光一看，
有時會驚嘆著看得入迷。
每一樣都彷彿是有人根據設計圖製作似的美妙又精緻。

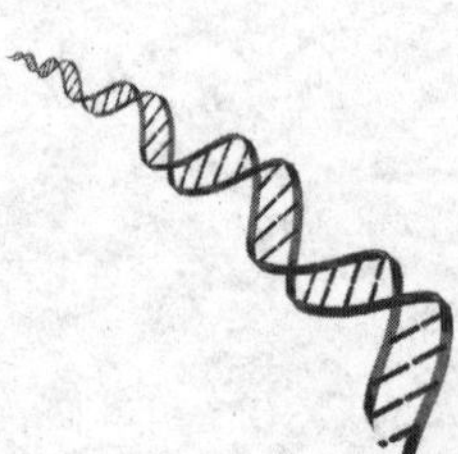

西餐廳「圓服亭」位於東京都文京區本鄉的高地處。正好是國立T大學的赤門對面，從本鄉街拐進小巷走幾步路就到了。

由於地緣關係，圓服亭的客人多半是T大學生與教職員。當然，周遭也有很多公司行號，一到午餐時間，飢腸轆轆的各年齡層客人就會把店內擠得水洩不通。但這其實是一間僅八張桌子的小店，一下子就客滿，店前巷道因此經常有人排隊候位。

住在圓服亭的店員藤丸陽太認為：「如果再多宣傳一下，店門口的隊伍明明可以從小泥鰍變成大鰻魚。」他不只是想想而已，也多次向圓服亭的老闆圓谷正一提議，但老闆始終充耳不聞。

「放屁！你這毛頭小子懂什麼生意經。少給我囉嗦，快去切你的洋蔥。」

「可是老闆，上次你不就拒絕了免費情報誌的採訪？真是可惜。如今T大東側一帶已變成時尚景點，人稱『谷根千[1]』。聽說不分男女老幼蜂擁而來，都很喜歡去那一帶散步喔。」

「人家那是『漫步』。」

「總之，那些人說不定會穿過T大校園來我們這邊。這可是『重建搖搖欲墜』的圓服亭的大好時機啊，老闆！」

「放屁！誰說我的店搖搖欲墜！我反而還煩惱生意太忙會腰疼呢，沒必要！」

1 谷根千：文京區東側至台東區西側的谷中、根津、千駄木地區。仍保有東京傳統的老街風情。

其實藤丸指的是這棟建築的「重建」，可是圓谷以為是餐廳生意方面的「重建」，當下一口反駁。兩人經常這樣出現代溝，但或許是因為各自都我行我素，完全沒意識到「有溝沒有通」，師徒之間還算相安無事。

這次同樣在雞同鴨講，「不見得吧。我倒覺得營業額再提升後，就能重建了。」藤丸不改執念，歪起腦袋。

圓服亭很老舊。建物本身是雙層方型樓房，攀滿地錦的外牆其實已有點龜裂。住在店內二樓的藤丸，曾目睹不小心掉在榻榻米上的玻璃杯咕嚕咕嚕滾到房間角落。既然不是靈異現象，那就表示建築物已經傾斜。

「基本上——」圓谷說：「這裡是住宅區，如果來更多客人，排隊人潮會擋到路、干擾到鄰居，所以有幾分條件做幾分生意就行了。」

話題到此為止，圓谷折好本來在看的報紙後，進了廚房。藤丸嘆口氣，拿起抹布開始擦桌子。午餐時段結束，終於進入遲來的休息時間。

圓服亭傍晚五點起就要供應晚餐，所以沒有太多時間好好休息。藤丸通常稍微打掃店內後，迅速解決掉圓谷做的員工餐，立刻又得準備起晚餐的材料。

藤丸仔細擦拭紅白格紋塑膠桌布。細心檢查地上有沒有紙屑掉落，椅子有無污垢，各桌放置的小花瓶插的花是否乾枯。

圓谷老闆雖然頑固又任性，脾氣讓人傷透腦筋，但面對料理時的架勢和本事可是扎扎實實，毫不馬虎，衣著也常保潔淨。必然的，對店員藤丸的要求更加嚴格，如果打掃時摸魚打混，肯定會遭到破口大罵的狂濤洗禮。藤丸鍾情圓谷的烹飪手藝，對於圓服亭的生活頗為滿意，因此當然乖乖遵照圓谷的要求，睜大雙眼不放過店內一絲塵埃。

老闆這人，要是沒有迷戀女色這罩門，簡直十全十美了呢。

藤丸望著桌上裝飾的黃色瑪格麗特——店內鮮花是每三天一次由本鄉街某花店的店主親自送來。不瞞各位，她正是圓谷的女友。圓谷愛上小他十歲的女子，如今在花店二樓同居。雖說比他小十歲，但圓谷已是古稀之年，因此這位花店的店主應該也要六十歲了。藤丸跟著圓谷喊她「小花」，但他並不清楚那是不是她的本名。開花店又叫小花？這名字也太湊巧了吧？藤丸暗忖。

小花的丈夫已過世，獨自經營花店，是個頗有女強人風範的開朗女性。兒子早已長大成人，據說住在大阪。相較之下，圓谷身為圓服亭第二代，打從年輕時就投身廚藝。不知是太過專注工作，還是耍任性，聽說妻子和女兒老早就離開他了。

「當時店內的氣氛都很緊繃呢。」一號常客如此舉證：「甚至每張桌子還擺了胃藥，怕客人消化不良。」

「對對對。或許就是那種氣氛下，連咖哩都變得超嗆辣。」

常客二號也點頭同意。

藤丸心想那肯定是唬人。總之圓谷經過一番波折後協議離婚，此後這四十年來，始終高調單身生活的逍遙自在。期間不知讓多少女人傷過心——這是他本人的說法。彙總常客的證詞則是：「阿正一放假，只會打小鋼珠過日子。」

但圓谷與小花戀愛後，再也不打小鋼珠，還迅速搬進從圓服亭走路只需五分鐘的花店二樓。藤丸猜測，根本是因為察覺圓服亭搖搖欲墜的危機吧。他真心希望老闆接受雜誌採訪做點宣傳，盡快重建餐廳。撇開以上不談，圓谷開始附庸風雅地在店內插花，假日還陪女友一起去箱根泡溫泉，很有小花說了算的態勢。

圓谷搬去花店後，圓服亭二樓就空了下來。藤丸之所以能在圓服亭上班，也是拜其所賜。事情是這樣的——

藤丸是東京立川人，高中畢業後進入御茶水的餐飲學校。他沒想過要一路念到大學，倒是從小就喜歡做菜，也很拿手，於是單純地想：「不如考取廚師證照，當個廚師吧。」

身為上班族的父母也表示，「是啊，有一技之長應該不錯吧」、「一流的廚師只要有把菜刀，據說無論去哪裡都能活得很好」，紛紛贊成藤丸選擇的出路。比他小四歲的弟弟正值青春期，像地藏石像一樣沉默寡言，竟冷不防說：

「哥哥做的飯很好吃。」想必心裡很支持他吧。

藤丸在餐飲學校念得很起勁。上營養學時，有時難免魂遊天外去拜訪周公，但仍會憑著毅力做筆記。至於實習課，他俐落地切蔬菜、削稜角，華麗地剖魚，簡直「如魚得水」。他漸漸學會了複雜菜色，念書之餘，也去學校介紹的餐飲店打工。他在日本料理店利用洗盤子的餘暇學習煮高湯，在義大利餐廳一邊當服務生一邊記住各種番茄的味道與特徵。

領到打工的薪水後，就到處去中意的餐廳品嘗。對於在立川土生土長的藤丸而言，御茶水一帶算是幾乎全然陌生的區域，但他還是憑著對食物執念似的嗅覺，發現一些他覺得不錯的餐廳。

其中尤其擄獲藤丸的舌頭與心的，就是位於本鄉的圓服亭。

圓服亭標榜是西餐廳，但菜色毫無脈絡可循。除了漢堡排、牛排、咖哩飯、蛋包飯、炸雞排、拿坡里義大利麵這些固定菜色之外，不知怎地也有賣拉麵和中式八寶菜；紅燒魚定食也很受歡迎，秋天還會推出應景的秋刀魚定食。實際上中西日式幾乎一網打盡，堪稱最在地的食堂。想必是在因應顧客需求的過程中，逐漸衍生出這些莫名其妙的菜單。

從烹調到接待客人，看似頑固的瘦削老闆一人包辦，午餐時常有熟識的老客人自行拿杯子倒水，或是分發小毛巾給新客人。焦糖色地板向來擦得亮晶晶的，面向馬路的木框窗戶透入和煦的光線。門上掛著黃銅鈴鐺，以柔和的聲響通報客人的進出。

相較於人聲鼎沸的午餐時段，入夜之後會有附近的老夫婦恩愛地分食餐點。也有稍微盛裝打扮的一家大小開心談笑，以及一手拿著啤酒，默默看書獨自享用晚餐的客人。

這裡的氛圍一切都很美好——去過圓服亭幾次後，藤丸萌生「好想在這間餐廳工作」的念頭。最主要還是因為餐點風味絕佳。並不是菜式出奇，而是純粹感受到廚師相當用心；有種不過度張揚的深奧，是每天吃都不會膩的味道。換言之，雖然外觀破舊，老闆臉很臭，美味卻超乎預期，而且價格親民。教人足以感受到廚師的風範與實力，堪稱名店也不為過。

化身為業餘評論家在內心暗自點頭的藤丸，在餐飲學校畢業前夕，拿著履歷表去了圓服亭。他這才知道老闆名叫圓谷正一，但圓谷態度冷漠，直接表明「現在不缺人」。即便藤丸鍥而不捨，圓谷仍不客氣地揮手趕人，把正在看的報紙攤開像牆壁一樣擋著。

毛遂自薦失敗，藤丸鎩羽而歸。他原本已打定主意在圓服亭工作，因此當下困惑「今後該何去何從」，總之他不可能不工作。餐飲學校畢業後，他靠著學校老師的推薦進入赤坂一間義大利餐廳上班，磨練了兩年左右。

然而，他對圓服亭仍沒死心，某個冬天，又拿著履歷表上門了。

「啊，可以喔。」圓谷說：「什麼時候可以來上班？」

枉費藤丸精心撰寫，圓谷卻對他的履歷表正眼都沒瞧。這急轉直下的進展，令藤丸只能傻呼呼地回了一聲「啥？」圓谷甚至好心地主動表明，藤丸可以住在店內二樓。

先前藤丸開始工作後，就已搬到中野的破公寓一個人住，初出茅廬的廚師薪水本就不高。餐飲業在打烊後還得收拾善後，有時一大早就得準備材料，因此根本無法從立川通勤。他正好在盤算如何再減省一點房租。

圓谷這個提議簡直是及時雨。藤丸立刻向義大利餐廳請辭，一個月之後如願住進圓服亭，成為店內員工。

就這樣過了半年。在圓谷的嚴格指導下，藤丸掌握住圓服亭的風味，每天過著充實生活。

根據常客提供的情報及圓谷的言行推測，藤丸第二次上門毛遂自薦時，圓谷應該是在考慮搬去花店二樓與小花同居，但圓服亭是連鐵門也沒有的住商建築。儘管建築物本身傾斜變形，夜間如果無人看守說不定會被闖空門，實在不安全。

於是圓谷爽快推翻以往「雇人太麻煩」的原則，捕獲傻呼呼自投羅網的藤丸。與其說是雇用藤丸當廚師，毋寧是把他當成警衛。順帶一提，圓谷對藤丸第一次的毛遂自薦毫無印象。

基本上連廚藝都沒考核就一口答應「啊，可以喔」本就奇怪。得知真相的藤丸非常憤慨——居然把別人當成防小偷的金屬球棒！不過，再一想，這的確很像老闆的作風。圓谷一直隨性而為。哪怕藤丸完全不會做菜，圓谷八成也會表示「反正本來就是我一個人掌廚，所以毫無問題」。藤丸雖對自己沒被放在眼裡感到失落，卻也不免誇耀：「不愧是老闆，夠酷！」

為了盡快得到認可並出師，圓谷下廚時他會緊跟在一旁觀察圓谷的動作。無論是大鍋熬煮法式多蜜醬時的攪拌方式，煎漢堡排的火候強弱，都藏著深奧的技巧與訣竅。這些他全部都想偷師學藝。雖然圓谷總是怒吼：「你是背後靈嗎？這麼大塊頭看了就煩！」

藤丸住的圓服亭二樓，有三坪與兩坪餘房間縱向並列，附有小廚房和衛浴設備。面向小巷的三坪房間是臥室，沒窗戶的兩坪餘房間放了矮桌，用來吃飯看電視。不過，午餐和晚餐都吃店內員工餐，只有簡易的早餐和假日是自行料理。

員工餐有時是圓谷做，有時也交由藤丸發揮。有時就用鍋裡剩下的咖哩或白醬解決掉。無論是吃圓谷做的或自己做的員工餐，藤丸都當成學習，態度極為認真。

就算只是炸火腿或煮拿坡里義大利麵的麵條，想當然耳，藤丸在火候控制上都還不到家。「為什麼不能像老闆那樣炸得酥脆呢？」「拿坡里義大利麵好像不講求『彈牙』，可是要煮得這樣不會過爛或過硬，重現這絕妙的軟硬度好困難……」他只能一再從錯誤中嘗試。

或許是他的熱忱得到認可，最近不再只負責切蔬菜這種打雜的工作，圓谷開始讓他幫忙調製醬汁或盯紅燒魚的火候了。雖然還是經常被罵「不對！你是豬啊！」但藤丸毫不氣餒。因為他喜歡做菜。面對食材，想像著「這個和那個搭配不知會怎樣」就覺得好興奮。看到人們吃了圓谷的菜露出笑顏他就很開心。想到自己也透過打雜和招待客人而稍有貢獻，就更開心了。

埋頭專心切菜時，藤丸偶爾會萌生不可思議的心境。高麗菜的葉脈錯綜複雜猶如迷宮。白蘿蔔的剖面那晶瑩剔透的白，以及潔白中透出的精密紋路。茄子盡情吸飽高湯與油脂彷彿海綿，還有成排的細小種子好似沿著無形的圓圈鑲邊。

把切開的蔬菜對著光一看，有時會驚嘆著看得入迷。每一樣都彷彿是有人根據設計圖製作似的美妙又精緻。不只是蔬菜，還有魚類內臟的配置，骨頭的形狀，眼珠及鱗片的質感。

這讓藤丸每每感到，自己吃的是生物。我們就是吃這些擁有如此美妙構造與身體的蔬菜魚蝦肉類而活，想想甚至為之悚然。

藤丸無法用言語形容，歸根結底，就是因為連結了生與死，他才那麼喜歡烹飪。

話說，藤丸效法專注廚藝的師傅圓谷，徹底變成料理魔人後，假日也忙著四處品嘗或在自己房間做菜，但是說到人際交往，就貧乏得一點也不像圓谷了。

「藤丸小弟偶爾也去約個會嘛。難道沒對象嗎？」

甚至連隔壁洗衣店的大嬸都替他擔心。倒是藤丸自己，工作充實，也沒有特別中意的對象，他對現狀很滿足。

某個常客大叔說：「這間店就是店名唬人。老闆可是好不容易才交到小花這女友。他這個人啊，根本沒那麼受異性歡迎。只會嘴上吹噓。」

「少囉嗦！」圓谷從廚房探出頭。「趕快吃完趕快滾。」

晚間營業時段比較清閒，他卻猛催客人。在外場當服務生的藤丸，應大叔的要求又端了一杯白酒送到桌上。大叔喜歡吃炸竹筴魚配酒，小口淺酌葡萄酒。

藤丸一邊旁觀，一邊問大叔：

「店名唬人是怎麼說？」

「明明叫做『圓服』亭，卻沒有『豔福』[2]可享。藤丸小弟你也是，年紀輕輕卻根本不出

2 日文的圓服與豔福的發音相似。

去玩。」

豔福是什麼東西？或許是看出藤丸眼神冒出這樣的問號，大叔好心解釋：

「意思就是有女人緣啦。」

「噢——」

藤丸點頭。的確，我從來不得女人青睞，老闆現在的狀況，好像也不太像有女人緣的樣子。因為老闆總是對小花說的話鞠躬哈腰、言聽計從——雖然他看起來倒是挺樂意的。

圓谷再次從廚房探出頭。

「喂，葡萄酒兩杯就好喔。小心我告訴你老婆。」他如此忠告大叔。「況且我的店名是『圓服亭』。『拿日圓服用』，換句話說也就是要大把大把賺日圓。」

「啊——那不太好吧？」頭一次得知店名由來的藤丸，吃驚地說：「聽起來好像死要錢……」

「不准批評我老爹取名字的品味。」

圓服亭第二代老闆圓谷說完，又鑽回廚房去了。

「不好意思。」

這時，店內一隅傳來聲音。

「是，馬上來。」

藤丸離開常客大叔的身旁。喊藤丸的是五人的團體客。他們把三張雙人桌併在一起，已經差不多用完餐。藤丸以為他們要埋單，沒想到他們似乎聊得起勁，全體又再加點啤酒。

藤丸記在帳單上，從啤酒機將啤酒注入玻璃杯——很好，形成完美的泡沫。他把五個玻璃杯放到托盤上，小心翼翼端到桌邊。戴眼鏡的年輕女子說聲謝謝，把啤酒分給大家。

這五人三不五時會光顧圓服亭。但他們彼此是什麼關係，從事何種職業，迄今仍不清楚。五人之中有三男兩女。其中一個男人大概四十五歲上下。總是一身黑西裝，但並未打領帶。看起來像是剛參加喪禮或任務完成的殺手，不只是普通的沉默寡言甚至有點陰沉的氣質。

至於另外四人，年紀從二十五、六至三十出頭。他們的打扮都很休閒，T恤配牛仔褲，腳上是海灘涼鞋或勃肯涼鞋。不過，若說他們是那種成天泡在海邊嘻嘻哈哈玩樂的那一種人，好像也不是。明明是盛夏，卻沒有一個人曬黑。而且以時下流行而言，四人都很罕見地沒有染髮。嚴格說來更像是一群拘謹認真的人。

藤丸起初很常在店內見到他們，還以為是T大的老師和學生。但現在正值暑假，很少看到學生出現，甚至午餐時間的喧鬧沸騰也稍有緩和。

可是這群人即便暑假期間仍經常光顧。有時五人一起來，有時只有其中兩人或三人出現，也有時是其中一人自行上門。藤丸猜想過或許是附近公司的員工，卻總覺得他們沒有上班族那種氣質。五人經常大聊特聊藤丸聽不懂的話題，而且看起來非常樂在其中。

藤丸沒在公司上過班，但他推測，這些人如果聊的是業績或客戶，不可能每次看起來都那麼開心吧？基本上他們的話題似乎和業績與客戶完全無關。但是若問藤丸他們聊的是什麼話題，藤丸也說不上來。可以聽到一些名詞，用的也的確是日語，但就是完全聽不懂。

拿到啤酒又開始打開話匣子的他們，此刻又在聊「auxin 的底層……」或「MYB 基因……」

Auxin？若是 Oxygen Destroyer[3]倒是聽過——藤丸暗自納悶。

藤丸之前難得利用假日去電影院，看了剛上映的《正宗哥吉拉》。因此產生興趣，也用手機看了網路上播映的第一代哥吉拉，即便畫面很小仍深受感動。甚至激動地問圓谷：「老闆該不會是那位圓谷導演的親戚吧？」結果得到的答覆是「很遺憾，並不是」，讓他有點失望。

總而言之，這五個客人身分始終不明。他們在九點半左右離開。耗到十點的常客大叔，背著圓谷偷喝了第三杯白酒，頗為開懷。

打烊後，藤丸與圓谷花了一小時左右收拾，並替明天的營業做準備。下班後，圓谷回小花的花店，藤丸從廚房旁邊的樓梯上二樓。

時值夏天，二樓三坪臥室的窗子是敞開的。他把紗窗打開伸出頭，對面房子門口種的木槿，眼下開滿白花。可以聽見本鄉街的車聲。

藤丸去沖了個澡，拿出他煮好冰在冰箱的麥茶喝。今天一天也工作得很累。在房間鋪好墊被，把毛巾被搭在肚子上躺平。

他拿起手機，心想得設定鬧鐘。手機完全沒有收到朋友發來的 LINE 或簡訊。他驀然懷疑自己是否過得太單調了，但立刻被睡意打敗。

他拽一下從天花板頂燈垂下的長繩熄燈。手機一如往常，設定在早上七點響起。夏蟬彷彿要把悶熱的空氣推回去似的拚命嘶鳴，或許那是在綠意盎然的T大校園內羽化的蟬。

「所以，auxin到底是什麼？」這是藤丸那晚的最後一個念頭。

幾天後，藤丸正奇怪圓谷今天怎麼特別興奮，附近的腳踏車行已送來嶄新的腳踏車。俏皮的是，店主還是自己騎來的。

藤丸吃驚地看著停在圓服亭門前的天藍色腳踏車，因為後輪上方裝了長方形的銀色箱子，就像拉麵店送外賣的摩托車。問題是，這並非摩托車而是腳踏車。

「啊，難不成要開始外賣？」藤丸問圓谷。「這一帶還滿多坡道的，騎腳踏車恐怕很吃力。」

「可你沒有駕照吧？」

圓谷說，站在一旁的腳踏車行老闆也含笑嗯嗯點頭。

「啥？我要去送外賣嗎！」

「笨蛋，這還用說！老子腰痠背痛。如果再去送外賣會死掉。」

3 Oxygen Destroyer：水中氧氣破壞裝置，電影《正宗哥吉拉》出現的虛擬武器。

藤丸心想，至少也該事前商量一聲吧，但這種話跟圓谷抱怨也沒用，只能認命地想「算了」。圓谷的確行事隨性，但藤丸在神經大條的程度上也絕不遜色。

根據圓谷表示，圓谷的父親生前任圓服亭老闆時，是全家出動打理餐廳，因此人手充足，也會送外賣。負責送外賣的，主要是當時的少東家圓谷，趁熱送到的西餐，據說深受附近居民及T大教職員喜愛。不過，當時圓谷送外賣是騎摩托車。藤丸有點憤懣地想，老闆自己倒是樂得輕鬆。

圓谷付了錢給腳踏車行，立刻開始寫海報。

「這年頭便當店和超商很多，所以也不知道有多少人需要。不過既然有了年輕的勞動力加入，稍微試著拓展一下事業版圖或許不壞。」

他說著拿起黑色麥克筆寫上大字：「**開始外賣歡迎來電（僅限晚餐時段）**」。藤丸接過那張海報，用圖釘固定在收銀台後方牆壁上。

當天就立刻發揮作用。

午餐時間，那個穿黑西裝的陰沉男人獨自上門，悠悠地點了咖哩飯。雖然身材瘦削吃的卻是特大盤。他一粒米也不剩地吃光咖哩飯後，就像英國貴族喝紅茶那樣優雅品嘗餐後咖啡。

藤丸一邊忙著招呼客人與烹調，一邊觀察男人。大部分客人都在與午休剩下的時間賽跑，店內稍有怠慢就會擦槍走火，唯獨男人的周遭瀰漫沉靜的氛圍，有點像植物。

當然，沒有植物會吃特大盤咖哩飯。看到剛來的客人在店門前等待，藤丸不動聲色地從男人桌上收走用完的餐盤。男人似乎這才發現店裡生意忙碌。大夢初醒似的嚇了一跳，慌忙喝光咖啡站起來。

藤丸把手裡的托盤放到廚房吧台上，走向收銀台替男人結帳。

站在收銀台前的男人，比藤丸矮一點。頭髮梳理整齊露出整個額頭，戴著細銀框眼鏡。外表看起來分明就寫著「正經」。但無論是每次穿的那身殺手黑西裝，還是剪得很短很整齊卻不知怎地沾到一點泥土的指甲，都給人不協調的印象。

該不會是剛剛殺了什麼人埋進土裡吧？藤丸越發仔細觀察眼前的男人。男人淡定地從夏季西裝的胸前口袋掏出一張千圓鈔票。鈔票有點皺。此人看似小心翼翼，卻不用皮夾嗎？藤丸遞上找的零錢，男人一邊收下一邊說：

「你們送外賣嗎？」

雖在店裡見過多次，但這還是男人頭一次主動對藤丸說話。男人的視線，射向藤丸身後牆上的海報。

「對。不過是騎腳踏車，所以不能送太遠。」

「沒問題，就在對面。」

男人拍拍全身的口袋，最後從長褲的左後方口袋取出一張名片。「說不定會跟你們叫外賣。到時候請送到這裡。」

男人說著，把名片交給藤丸。名片的邊角有點髒。藤丸心想，這人連名片夾也不用啊。

藤丸收到的名片上是這樣寫的：

T大學　理學研究所　生物科學組（理學院B棟　361號室）

教授　松田賢三郎

這人看起來才四十幾歲，竟然已是T大教授了嗎？藤丸雖然不太了解，但他猜想那樣應該是很厲害吧。

藤丸拿著名片猶在這麼思考之際，這位叫做松田賢三郎的男人已經點點頭走出餐廳。藤丸忙不迭地對著黑西裝的背影高喊「謝謝光臨」。

原來不是殺手啊，說的也是——目送松田離去，藤丸一邊招呼在門口等候的客人進來，心裡既失望又鬆了一口氣。終於弄清楚松田的身分了，但名片上寫的「生物科學」是什麼樣的學問，他還是一頭霧水。如果是生物，或許是在研究動物？上野動物園就在這附近，說不定是研究貓熊的生態……？啊，搞不好就是為了向貓熊致敬，松田教授才會天天穿著黑西裝白襯衫？藤丸自顧自地點頭。

總之，松田既然是T大的老師，這表示經常和松田一起來圓服亭的那些年輕人應該是T大的學生。藤丸把松田的名片慎重其事放進收銀台的抽屜。

翌日中午前，一個中年女人的聲音打電話到圓服亭。

「麻煩送外賣。」

這是外賣第一單。接電話的藤丸意氣昂揚，響亮地應答：

「請說出您要點的菜色與地址。」

「三份拿坡里義大利麵，兩份蛋包飯。我是T大松田研究室的秘書，敝姓中岡。能否請您送到T大理學院B棟三六一號室？」

松田研究室！昨天才留下名片的松田，立刻就打來叫外賣了。不過話說回來，原來大學也有秘書啊。藤丸還以為只有社長辦公室才有秘書。他在帳單記下對方點的餐點，

「好的，我想三十分鐘內便可送到。對，對，謝謝惠顧。」藤丸說完掛斷電話。把單子轉告廚房的圓谷後，他繼續招呼午餐客人，一邊把送外賣時要用到的零錢放進事先準備好的小袋子。

收銀台的海報寫著僅限晚餐時段外送，但松田似乎沒看那麼詳細。藤丸也因為第一次接到外賣訂單過於亢奮，最主要的是圓谷本人，壓根已經忘記海報上寫了什麼。結果，圓服亭從此將錯就錯，成了只要是營業時間內都能接單的餐廳。

不管怎樣，總之拿坡里義大利麵和蛋包飯做好了。藤丸把每份餐盤一一包上保鮮膜，在大型保溫壺倒入附贈的法式清湯。為了怕研究室沒有餐具，除了叉子和湯匙，他還特地

準備了五個喝湯用的杯子。

他把這些通通裝進天藍色腳踏車架設的銀色箱子，最後再次打量放在收銀台的名片，把「理學院B棟，三六一號室」這個地址牢記在腦中。T大雖然離圓服亭很近，但藤丸始終沒機會見識校舍內部。想到自己終於可以藉工作的名義堂堂正正「入侵」未知的世界，竟然有點莫名的激動。

圓谷也停下做菜的手，跟著來到店外。

「T大很大，你可別迷路了。」

「是。」

「別摸魚，送完就趕緊回來。」

「放心啦。老闆，漢堡排要焦囉。」

「就算有點焦，對身體也不會有影響。」

但是會影響餐廳風評——藤丸在內心反嗆，跨上腳踏車。

「那我走了。」

「路上小心。要是把菜打翻了，你今天就沒飯吃了。」

藤丸揮揮手，踩在踏板上的腳猛然用力。外賣箱比想像中更重，車身有點搖晃。不過一旦加快速度，水藍色腳踏車便找回平衡，穩定順利前進。掛在左手腕的小袋子，和掛在後方的銀色外賣箱悠悠然左右微晃。

蟬鳴不止。從圓服亭所在的小巷一來到本鄉街，夏日豔陽白花花的很刺眼。他反彈似的拚命踩踏板。太陽穴冒汗。拂過手臂的清風宜人。

越過本鄉街，一眨眼就抵達T大赤門。藤丸下了腳踏車，仰望赤門。如字面所示，這扇門漆成紅色，就像時代劇裡那種有氣派屋頂古色古香的大門。不，與其稱為門，或許該說是「建築物」更貼切。畢竟，門的寬度足可容納三間圓服亭。T大本鄉校區據說在江戶時代是加賀藩主屋的所在地。圓谷曾說過，赤門就是當時留下的遺跡。

碰上一大早就醒來的時候，藤丸也曾多次在T大校園內散步。那種時候幾乎看不見半個人影，潮濕的青草香刺激鼻腔發癢，唯有鳥鳴在逐漸泛白的天空迴響。然而，此刻有許多人在赤門內外穿梭。有些人看似T大學生及教職員，有些人似乎是和校方合作的業者。還有一群看似觀光客的人，正以赤門為背景拍照。

藤丸不禁有點心虛。「我看起來像T大的學生嗎？不可能吧，我穿著圍裙，還拎著外賣箱。」他這麼想著，一邊趁警衛沒注意，牽著腳踏車穿過赤門。天藍色腳踏車似乎也徬徨不安地喀拉喀拉轉動車輪。

一進入校園，便看到校內導覽牌。導覽牌上代表建築物的方形，在藤丸看來數量多不勝數。根據導覽牌，他要去的理學院B棟似乎就在赤門附近，本鄉街的路邊。太好了，應該可以趕在飯菜冷掉之前送達。

藤丸牽著腳踏車邁步走過校園。隔著不算高的牆，明明就是車流量極大的本鄉街，但或許是樹木吸收了噪音，大學內靜謐祥和。

理學院B棟不久便在前方出現。

那是棟非常古老的建築。不只古老，而且非常莊嚴優雅。外觀整體貼著淺褐色紅磚，共有三層，彷彿從地底生長般堅實牢固。某部分似乎有四樓，正面看來是凸字形。但並不會給人無機質的冷硬印象。突出的門廊有三個巨大拱門一字排開。後方似乎是門廳的大門。彷彿要呼應門廊的拱門，外牆紅磚也沿著並排的窗戶形狀鋪出漣漪似的弧形。

藤丸對這巧妙融合直線與曲線的造型讚嘆不已。現在還在使用這樣的建築嗎？太厲害了。就算當作什麼紀念館，整棟建築保存展示也不足為奇。還可以慎重其事地拉起繩子，掛上「禁止穿鞋進入」或「請勿伸手碰觸」之類的牌子。

他把腳踏車停在通往門廳的幾級台階下，觀望片刻。就在他的眼前，幾名男女進出建築物。似乎並沒有禁止穿鞋進入，也沒有什麼櫃台查核身分辦理登記。任何人看來都輕鬆自在。

我應該不會被攔下──如此判斷後，藤丸從腳踏車取下銀色箱子。左手拎著，走上台階穿過門廊的拱門。

前方有對開的大門。深焦糖色的木製大門，鑲嵌玻璃直到腰部的高度。他先透過玻璃窺探內部。可以看見玄關大廳的兩側皆有樓梯。天花板很高，地面鋪著大理石。頗有「深色版的鹿鳴館[4]」那種風情。也可說建造至今的漫長歲月加深了空間的韻味。

雖然陳舊，但是把宛如鹿鳴館的建築當教室使用也太酷了吧！我以前就讀的高中就只是「灰色水泥箱子」呢。

藤丸再次讚嘆，同時伸手握住黃銅門把——打不開。無論是推是拉，木門都文風不動。啊，為什麼?!明明沒看到有人拿鑰匙開門，大家是怎麼出入這棟建築的？藤丸慌了起來，四下張望想求助。不巧附近一個人影都沒有。接著，他在大門玻璃上發現貼著一張「**非相關人士禁止進入**」的公告。連公告都年代久遠，不僅是毛筆寫的，而且紙張已變成褐色。

難不成是什麼必須輸入密碼或驗證指紋的保全系統？藤丸檢查門把及大門旁的牆壁，看起來不像有那種最尖端的保全系統。這麼磨蹭之際，銀箱子裡的飯菜都要冷掉了吧。他使出吃奶的力氣，喀擦喀擦抓著門把又推又拉又扭轉。

這時，玻璃那頭出現人影，從內側輕鬆替他開了門。把全身重量都壓在門上的藤丸，幾乎是猛然撲進大廳。好不容易站直身子，這才瞥向眼前的人物，準備道謝。

替他開門的，是個嬌小的女人。比藤丸略為年長，大概二十五、六歲吧。油亮的黑髮綁成一束，戴著眼鏡。T恤牛仔褲配橡膠夾腳拖，裝扮輕便。

藤丸見過這個女人。是和松田教授一起去圓服亭的其中一人。每每不動聲色地主動接下啤酒遞給大家或是替其他人點菜，令藤丸印象深刻。

---

4 鹿鳴館：一八八三（明治十六）年日本因應歐化政策建造的西式建築，專門用來接待國賓及外國的外交官。

女人也望著藤丸的臉孔和左手拎的銀箱子。

「是圓服亭的人嗎？」她說：「我怕你找不到房間，所以下來接你。看來正是時候。」

「呃，您是秘書中岡小姐……」

藤丸說到一半，立刻察覺錯認了。打電話來訂餐的，是個聽起來更年長的女人。如今眼前的女子，聲音卻像風鈴一樣清脆輕快。

「不，中岡小姐自己帶了便當來，我是松田研究室的研究生，我姓本村。」

本村說聲「這邊請」，率先走上大廳右邊的樓梯，藤丸慌忙跟上。樓梯是木板做的，木製扶手勾勒出徐緩的曲線。或許因為很多人摸過，邊角變得圓潤光滑，散發佛像的溫潤光澤。

樓梯轉角處的平台，放著高及天花板的玻璃展示櫃，裡面陳列神秘物體。看起來像是巨大的椰子葉，卻是漆黑的。藤丸走過時納悶地暗忖「這是什麼玩意」，抵達三樓時才想到，「搞不好是鯨魚的鬍鬚。」

三樓走廊也鋪著木板，粉刷灰泥塗料的天花板有拱型大樑支撐。走廊兩側櫛比鱗次地放滿事務櫃及看似實驗器具的金屬箱子。其間有一些木製房門，門把同樣是黃銅打造。似乎是通往研究室和實驗室的門，有的門上掛著顯示是否有人在內的軟木板，有的貼著「**入內請換鞋**」的告示。也有的門上貼著水母的海報，以及或許是熱帶鳥類的鮮豔照片。

一切都很稀奇，藤丸瞪著大眼東張西望地經過走廊，視線驀然掃到走在前頭的本村腳跟。和藤丸的腳跟相比，嬌小得幾乎無法相信是同樣的部位，光溜溜的隱約帶點粉嫩的紅——嗯，真是漂亮的腳跟。藤丸幾乎忘我地凝視，為了轉移注意力連忙開口。

「門廳那扇門是有保全裝置嗎？」

「沒有。」本村頭也不回地回答：「不過，要說是某種防盜裝置或許也可以。」

本村在三樓的邊間前駐足，「你看，這裡也是。」她說著握住門把。門上貼著「松田研究室」的門牌。

「訣竅就在於要把整扇門先稍微向上抬。因為房子老舊，整體有點變形了。」

藤丸被第一次露出微笑的本村吸引住了，這時門開了。他看著室內，不禁驚呼一聲。

室內充滿綠色植物。地上到處放滿盆栽，生氣蓬勃地枝葉繁茂。沒有任何植物是藤丸見過的。有的巨大如地瓜葉，有的好似蘭花，也有的樸素如野菊。各種盆栽都有，但沒有一種叫得出名字。藤丸暗忖，沒看到竹子，這表示應該不是研究貓熊。

正後方有窗子，窗邊同樣擺滿小型盆栽。不過，前面放了屏風，因此窗戶左半邊都被擋住了。屏風後面堆滿書本期刊，甚至已滑落到地板上。

室內整體看來雜亂無章，卻充滿陽光與綠意，氣氛溫馨。

從門口看去的右手牆邊，有個小流理台和兩張桌子。左手牆邊有三張桌子。桌上都放著電腦，三名年輕人正在操作。桌子上方的壁面，訂做了書架直到天花板，架上塞滿包括外文書的各式書籍。

室內中央有張大桌子。本村指著大桌子請藤丸把飯菜放到那裡，然後揚聲對室內喊道：

「圓服亭的餐點送來囉。」

電腦前的年輕人紛紛起身離席，從藤丸手裡接過料理與餐具，幫忙放到大桌子上。看起來三十歲左右的男人是川井，不到三十的女人叫岩間，看似與本村年紀相仿的男人自稱姓加藤。

介紹之下川井是助教，岩間是博士後研究員，加藤是研究生，但藤丸還是搞不清楚。他只能回禮說「我是圓服亭的藤丸」。說到搞不清楚，送外賣時該服務到什麼程度他也同樣不清楚，因此只好先拿帶來的杯子替大家裝湯。

料理和餐具都擺好了。「對了，要給錢。」松田研究室的四名年輕人開始各自掏錢包。助教川井伸手到包包裡找皮夾的同時喊了一聲松田老師。

他朝屏風喊道：「該吃午餐了，松田老師。」

屏風後面窸窸窣窣傳來動靜，研究室主人松田賢三郎撥開倒下的書籍現身了。松田一如既往的酷，對藤丸說聲「啊，謝謝」，然後制止年輕人，自己付了全部餐點的錢。藤丸從小布袋取出零錢找給他，松田把零錢隨手塞進長褲口袋在位子坐下。後腦杓的頭髮翹得亂七八糟。

「老師，你剛才在睡覺吧。」岩間冷靜地揭穿。

「我沒睡。我在思考。」

「幹嘛扯那種一眼就會穿幫的謊話？」

「都怪這房間窗邊的陽光太好了。」

岩本與本村説著都笑了。藤丸拎著空蕩蕩的銀箱子,「請問——」他忍不住問出老早就很好奇的問題。

「各位是在研究什麼?」

室內眾人正準備要大塊朵頤蛋包飯與拿坡里義大利麵一番,當下面面相覷。最後,全體視線落在松田身上,松田只好代表回答:

「植物學。」

看見回到圓服亭的藤丸,圓谷說:

「搞什麼,你怎麼一臉浦島太郎去龍宮一遊的表情。」

藤丸只是含糊應了一聲,立刻忙著招呼起熱鬧的午餐時段的客人。

晚餐開始前的休息時間,他去T大收回餐具。按照本村教的,稍微抬起門廳的門再轉動握把。

明明冷氣不強,理學院B棟裡卻冰冷安靜。松田研究室的房門緊閉,室內似乎沒人。唯有遠處響起穿拖鞋走過的腳步聲。

餐具已經洗乾淨,疊放在門旁走廊上。藤丸把餐具收進銀箱子,一步三回頭地依依不捨離開研究室。

看到藤丸回到圓服亭，圓谷說：

「你幹嘛一臉被龍宮公主甩掉的表情。」

「哪有。」藤丸含糊回應，猛然埋頭削馬鈴薯皮。他暗想，本村的腳跟，比這馬鈴薯更小巧渾圓呢。他的心頭浮現被植物佔領的研究室，以及那研究室內的每張臉孔。

他並不明白自己為何如此被吸引，只是一心期盼能夠理解那些人研究的植物學究竟是什麼。

圓服亭推出的外賣服務頗受好評。住附近的老夫妻、想開午餐會議的公司、家有幼兒即便偶爾打算上館子也嫌勞師動眾的家庭……他們收到來自各種客層的訂單。藤丸騎著水藍色腳踏車，穿梭在本鄉一帶。同時，招呼客人、烹調、清掃這些原本的工作還是得做，因此晚上一躺下的瞬間就沉沉睡去。

某晚，圓谷察覺手機忘在店內了，深夜從花店回來拿手機，隔天早上表情凝重地評論藤丸的鼾聲：

「我還以為你在二樓養了一頭熊呢。」

那可不妙，得去買防止打鼾用的鼻貼——藤丸如此自我檢討，但立刻推翻：「不不不，我明明只有一個人住！」目前又沒有一起睡覺的對象，檢討這個幹嘛啊。我該不會是動了春心吧——他又一次檢討自己內心。但可悲的是，頭碰到枕頭不到三秒就睡著了，因此始終沒有做出結論。

松田研究室持續以十天一次的頻率叫外賣。偶爾會各付各的，但多半全由松田埋單。「老師很體恤我們。」本村悄悄對藤丸說：「因為我們忙著研究，抽不出時間去打工。」

多來幾次研究室後，藤丸逐漸和本村等人混熟了。研究室的人即便周末也來學校，好像會在研究室做實驗或讀論文寫論文直到深夜。幾乎等於住在學校。

藤丸現階段仍不了解本村等人為何如此投入研究。不過，想到同世代的人正熱切鑽研學問，他不免感到「自己也該加油」，踩踏板的雙腳和拿菜刀的手自然而然更加用力。

九月中旬，放完暑假的學生返回學校。這時藤丸已分得清大學生與研究生的差別了。

四年制大學畢業後，想繼續升學做專業研究的，念的就是研究所。在T大理學院，似乎為了讓學生盡量在大學四年間拓展開闊視野，基本上可以比較自由地選修各種課程。

或也因此，松田研究室沒有大學部學生，本村和加藤都是研究生。研究生也分碩士課程與博士班，碩士基本上念兩年，之後繼續攻讀博士基本上得三年，而且好像還得各寫一篇論文。

對藤丸而言，只覺得驚訝：「哇塞！要花這麼多年時間念書啊！」但他更驚愕的是，寫出博士論文取得博士學位之後，研究者這才算是正式入門。據說之後會進入大學或企業的研究機構，整天做自己的研究與實驗，所以這些人或許堪稱擁有貨真價實的求知欲。

附帶一提，博士後研究員的岩間就是已取得博士學位的研究者，目前由松田研究室聘用。助教川井當然也有博士學位，做研究的同時據說也在大學授課，負責教育學生。

藤丸也是抱著不惜耗費一生，希望成為圓谷那種廚師的決心而學習。至於圓谷，依舊被花店的小花吃得死死的，每到假日就乖乖陪女友去泡溫泉或觀賞歌舞伎。在店內往往也只會和常客瞎聊。要談「清心寡欲」的話，藤丸還是遠不及松田研究室的人。看來做學問真是道阻且長啊，藤丸雖是門外漢，也不免為之敬畏。

拜開學所賜，人口密度驟增，T大校園內頓時有了蓬勃生氣。與之成反比的，則是漸漸變得單薄的蟬聲。

暑氣散盡之際，這天藤丸騎著天藍色腳踏車來理學院B棟收回餐具。他像識途老馬般把放在走廊的餐具放進銀箱子。這時本村正好從松田研究室隔壁那扇門走出來。

「藤丸先生，謝謝你。」

「謝謝你們每次惠顧。那個——其實餐具不洗也沒關係喔。」

「洗了反而增加你的麻煩？」

「不，當然是幫了大忙。」

藤丸連忙搖手否認。本村今天也是T恤配牛仔褲，裝扮樸素。T恤上印著彷彿嘴唇放大特寫的古怪黑白照片。

「那是什麼圖案？」

「是氣孔。」

「啊？」

「是葉子表皮的孔，用顯微鏡拍攝的。因為很可愛，所以我就印出來看看了。」

本村臉泛紅潮，好像有點自豪。

被她這麼一說才想起，印象中生物課本也出現過氣孔的照片。可愛嗎？好像有點詭異……

「呃，這樣啊……」

藤丸暗忖，但他當然沒有說出來。

之前他來收餐具時，研究室多半不見人影。這天難得有這機會，他想和本村多聊兩句。藤丸垂落視線，看著穿夾腳拖的本村那宛如薄片貝殼的腳趾甲，一邊找尋話題。然而，對方畢竟是個穿氣孔T恤的女孩子，用不著搜尋，話題恐怕也只能繞著植物打轉。既然藤丸一直很好奇，於是就抬起頭說：

「本村小姐你們在研究植物是吧，我也喜歡蔬菜。在廚房切菜時，經常盯著蔬菜斷面看得入迷，還因此被老闆臭罵。」

「是。」本村露出笑顏：「植物真的很不可思議又很美。」

「說到植物學，那是要改良蔬菜品種嗎？」

「這種對人類有實用性的研究，多半由農學院進行。我們這裡是理學院，做的是基礎研究。」

「基、礎、研、究……」

「對。就是調查植物細胞和基因，比方說光合作用是根據什麼構造運作的？做這方面的研究。」

細胞……基因……這根本一點也不「基礎」好嗎！藤丸在內心吶喊。

「松田老師的研究室主要是研究葉子。」本村繼續說明。

「不是葉菜類，是葉子……？」

研究那個做什麼？大概是他臉上流露這樣的疑問吧，本村看起來有點困窘。

「無論是看樹或看草，我都會忍不住想：『葉片為什麼會是這種形狀？為什麼長成這個樣子？』藤丸先生不會嗎？」

當然不會——藤丸本想這麼回答，隨即改變主意。樹木雜草有葉片是理所當然，他從未仔細思考過，但被她這麼一說，的確很不可思議。為什麼楓葉會是楓葉的形狀，巴西里的葉子會是巴西里的樣子呢？

難道植物也具有「我是楓樹！所以長出像手掌一樣的葉片，到了秋天還會變色喔！」這種自我意志嗎？而且，雖然統稱為楓樹，但不同的種類在葉片形狀上似乎也有微妙的差異。說不定一棵楓樹上，會長出和大多數葉子形狀不同的葉片。就算形狀相同，葉片的大小也有些許差異。

葉片的形狀和大小，到底是根據什麼原理決定的？藤丸的確毫無所知。甚至從來不知道自己的無知，只會漫不經心眺望行道樹和T大校園內的樹木。

手機和電視、飛機的運作原理，藤丸肯定也不清楚。在不清楚的前提下當成便利的工具使用——機械的構造原理想必很深奧複雜，所以外行人不知道也是沒辦法。他多少抱有這樣看開的念頭。可是同樣都是生物，而且近在身邊，我對植物的葉片竟然一無所知！藤丸感受到衝擊與感動。那是對「自己到底有多麼不放在心上」的衝擊，以及「不過話說回來，居然有人對葉片的構造原理感興趣……一般人應該只會覺得『啊，那是葉子』吧」的感動。

「從今以後，我打算好好思考葉片。」藤丸回答。

他本來還怕對方會失望他只是「從今以後」才要思考，但本村當下含笑說：「好，歡迎。」讓他很開心。

「不過，要怎麼研究葉片形狀及生長方式？得摘很多葉子比對嗎？」

「不，我是把葉片放在顯微鏡下，計算細胞的數量。」

「啊……就只要一直數細胞的數量？」

「對。」

本村嫣然一笑。藤丸感到暈眩。他很快地開始懷疑，自己或許沒有能力思考葉片。

「如果你有時間，要不要參觀一下？」

本村似乎沒發現藤丸的暈眩，隨口提出邀請。藤丸在腦中將好奇心與圓谷做的員工餐放在天秤上比較——答案立刻出現。「老闆，對不起！」他在內心暗自道歉。

「現在正好是休息時間，我有空。」他說著，把拎起的銀箱子放到走廊角落。「不過，這樣沒關係嗎？我是外人，會不會涉及什麼機密……不，就算有機密資訊，其實我應該也看不懂。」

「化學及藥學領域的研究很容易涉及專利權，所以對資訊隱密性似乎特別敏感。」本村說著轉身，手放在剛走出來的那扇門握把上。「不過，在植物學的世界並不看重這個，因為這種研究不管怎麼說都賺不了什麼錢。」

本村開了門，松田研究室隔壁的房間是實驗室。面積約有研究室的兩倍大，靠牆的架子上放滿實驗用的工具與器材。中央就像高中的理科實驗室，放了好幾張大型實驗桌。每張桌子都整理得乾淨整齊。

「我的研究對象是阿拉伯芥這種植物的葉子。」

本村快步走向實驗桌的一角。

「阿拉伯芥？」

藤丸一邊觀察房間四處堆置的陌生器材，一邊尾隨在後。

「這種草很不起眼，就算長在路邊也不會有人注意。不過，在植物學中視為『模式生物』，很有份量喔。它長得快，立刻就有種子可收，基因體已解碼，而且目前也確定『只要利用特定基因，便可培養出特定突變株』，因此在實驗中非常好用。」

雞音體……突變豬……藤丸已不知第幾次感到暈眩了，但他還是強打精神，湊近觀察本村站在實驗桌前的動手示意。

桌上放著裝有長方形載玻片及正方形蓋玻片的盒子。這些東西藤丸以前做理科實驗時也用過。

藤丸小學時也上過用顯微鏡觀察生物的課程。從學校的觀察池取水，拿吸管吸取一滴放在載玻片上，再蓋上蓋玻片。本來還期待或許能看見水蚤和新月藻，結果藤丸這組運氣太差，試了好幾次都只能看到像塵埃一樣的黑色碎屑。最後沒辦法，只好把那個像塵埃的東西當作「觀察結果」畫在筆記本上交給老師。

不過本村現在用指尖捻起的，是藤丸從未見過的物體：透明塑膠製，全長三公分，大致呈圓錐狀。圓型的部分是蓋子，下面可以看出是容器。或許可以這樣比方，把原子筆的筆蓋前端切下三公分，加上蓋子，大致就是這個形狀。

「那是什麼？」

「微量離心管。」

本村搖晃小容器給他看。管子裡裝有無色透明的液體，以及薄薄的神秘物質。約小腳趾甲的大小，是綠色的。

「裡面裝的，該不會是葉子吧？」

「對，是阿拉伯芥的葉片。浸泡在ＦＡＡ這種固定液中。」

葉片被摘下的瞬間，就會逐漸乾燥並分解蛋白質。為了防止植物乾燥與被分解，能盡量讓人在飽水狀態下觀察細胞，必須浸泡在固定液中。

藤丸接過名為微量離心管的容器，徵得本村同意後，打開了蓋子。裡面的固定液有種刺鼻的氣味。這味道有點像強力膠，也像松香水。好像在哪裡聞過。藤丸想了一會，終於想起來了。

是那種吹出比肥皂泡堅固的透明球體的玩具。小時候會去雜貨店買來玩。像水彩顏料的管狀容器，裝了透明的膠狀物質，擠出來沾在極細的短小吸管前端。對著吸管用力吹氣，膠狀物質就會膨脹變成球體。一時半刻不會萎縮，就像大彩球，可以放在掌上彈跳。FAA的氣味，就和那種膠狀物質一模一樣。

陷入兒時鄉愁的藤丸，把鼻子湊近微量離心管，大口深吸那味道。這時本村已從實驗桌的抽屜取出鉛筆盒。藤丸以為裡面裝的當然是筆，沒想到是幾支鑷子，前端又尖又細。

本村從藤丸手裡拿回微量離心管，用鑷子夾起葉片。

「訣竅就是要夾住葉柄，如果用鑷子夾葉片，就會把細胞壓扁。」

所謂的葉柄，是指連接葉片與莖的柄。葉子本身只有小腳趾甲那麼大，所以伸出的葉柄也非常細小。長度大概兩三公釐吧。

本村使用鑷子相當靈巧。從固定液夾起阿拉伯芥的葉子，放在載玻片上。接著從鉛筆盒取出刮鬍刀的刀片，在葉片上層畫了三道刀痕。

「為什麼要切開？」

「要讓葉片不捲起。藤丸先生要不要也試試？」

「啊，那請讓我試試看。」

這正是展現廚師手藝的時候！藤丸鬥志昂揚，用鑷子從本村遞來的另一個微量離心管夾出葉子。在本村剛才作業的葉子旁邊放下葉子，用刀片割開裂痕，但敵人畢竟是迷你尺碼。左手拿鑷子壓住葉柄，右手用刀片畫出刀痕又不能割破葉子，比挑秋刀魚的細小魚刺更費工夫。

好不容易結束與葉子的格鬥，藤丸頗有成就感地抬起頭。一直盯著藤丸手勢的本村，也滿意地點點頭說：「嗯，很棒。」總算沒有搞砸廚師的面子。

「接著，要把透明劑滴在葉片上。正確說來，透明劑混合了水、甘油與水合氯醛。」

「呃……」

本村看出藤丸的疑問，立刻補充說明：

「甘油讓液體增加潤滑，水合氯醛讓葉片透明。變透明後，在顯微鏡下更容易看清楚細胞。阿拉伯芥的葉片又小又薄，所以滴了液體後，就會越來越透明。靜置二、三十分鐘最保險。」

她簡潔扼要的說明令藤丸只能讚嘆不已。簡直像生物老師。不，她是專家，所以是真正的生物老師吧。

本村拿起實驗桌旁掛的灰色工具，形狀很像未來世界的手槍。

「這是 pipetman，一種可調式的微量吸管。」

「啊？派胚特？」

不僅不是工具，名字聽起來就像那種與怪獸大戰的英雄。「派胚特曼」。藤丸覺得這名字聽起來戰鬥力就很弱。

不過話說回來，藤丸所知道的實驗用吸管是玻璃製，屁股還附帶橡皮指套似的東西。只要不斷擠壓橡皮端，就可以吸取液體。而此刻本村拿的玩意，更像機械，彷彿會發射死光的感覺。

「定量吸管往往只能目測抓份量，但可調式微量吸管更正確，能夠以最小單位自動測量液體。」

本村用可調式微量吸管吸起透明劑，滴在載玻片的兩片葉子上。

「好，現在請放上蓋玻片。小心別讓空氣進入……」

在本村的指示下，藤丸急忙用鑷子夾起蓋玻片。他一邊留神以免弄破單薄的玻片，一邊輕輕蓋在葉片上。幸好沒有出現氣泡，連同滴下的透明劑，葉片正好被夾在載玻片與蓋玻片之間。

「你手真的很巧耶，藤丸先生。」

這個阿拉伯芥的葉子對本村來說，想必是寶貴的實驗材料。可她還是讓外行的藤丸進行前置作業，還細心說明做法及工具。如果本村自己一個人操作，想必絕對更快，成果也更好。明明對她沒有任何好處卻這麼親切指導，甚至還誇獎他，真是個大好人。藤丸暗自感激。

不過，畢竟他平時接受的是圓谷的斯巴達教育，並不習慣「用稱讚以鼓勵進步」這種方針。

「還好吧，」他雖然高興，卻不禁冷淡回應：「因為這跟烹飪有點像：切割、擺放、攪拌、正確測量份量。」

「也許吧。不過，我不太會做菜。始終沒怎麼進步。」

「習慣了應該就沒問題吧。」

「我一個人生活都已第三年了……」

「……」

看來手很靈巧和烹飪天賦是兩碼子事啊！藤丸想安慰都無從安慰，此刻不經意垂眼望向剛完成的載玻片，頓時發出驚呼。

「已經變透明了！」

蓋玻片下兩片並排的阿拉伯芥葉片，如果把臉湊近仔細看，可以看出從割開的刀口緩緩變透明。

「對。不過這狀態還留有強烈的綠色，在顯微鏡下很難觀察細胞。」

本村把已經變空的容器蓋子上貼的標籤撕下，改貼到載玻片上。上面寫的好像是摘下葉子的日期。貼好標籤後，本村從架上又拿了一片載玻片來。

「這是滴了透明劑後靜置一晚的葉子。」

「哇！」

新放上實驗桌的載玻片上，三枚已完全透明的阿拉伯芥葉子在蓋玻片的覆蓋下並排著。葉片徹底褪色，如果不仔細看，甚至看不出來。

「很像烹飪節目耶。『這邊是在冰箱靜置三十分鐘後的樣子。』」

「真的。」

藤丸與本村相視而笑。

實驗桌的一角，放了一台顯微鏡。藤丸原本以為，大學使用的顯微鏡肯定特別巨大，特別高性能，但是看起來好像和高中實驗室的顯微鏡差不多。

本村把載玻片放在那台顯微鏡下，轉動旋鈕調整焦距。

「地下室的顯微鏡室其實還有性能更好、拍照更清楚的顯微鏡，但必須預約。現在已經都被別人預約了，所以只好請你用這台顯微鏡看阿拉伯芥的葉子。」

本村側身騰出位子，讓藤丸站到顯微鏡前。藤丸戰戰兢兢將雙眼貼近顯微鏡。

「哇——」

隔著鏡片看到的，是宛如透明拼圖般排列的葉片細胞。就像把柊樹的葉子精緻鋪滿，每個細胞形成崎嶇不平的形狀。

「這是葉片表皮細胞。看得到刺嗎？」站在旁邊的本村問。

「噢！看得到看得到！」

如果仔細觀察，各處細胞的確都冒出小尖刺。是分成三叉的尖刺。

「很像天線耶。好像會長在外星人頭上那種。」

「呵呵。這是野生株阿拉伯芥。旁邊是突變植株的阿拉伯芥，你注意看尖刺。」

本村稍微移動載玻片。藤丸的視野內，冒出比剛才更多的尖刺。而且分成四叉以上。

「即使同樣是阿拉伯芥，突變種的葉片形狀及尖刺密度也會截然不同。很可愛吧？」

可不可愛藤丸目前還無法判斷，但他已經明白，本村似乎打算透過實驗與觀察，了解為何會產生這種差異。

藤丸繼續貼近顯微鏡，用手摸索著移動載玻片，相互比較野生植株和突變植株。那是從透明的細胞冒出透明天線的三叉星人與四叉星人。

「接著看表皮細胞下一層吧。」

本村轉動調焦輪。藤丸的視野中，沒有顏色的細胞如萬花筒移動。對焦深度開始變化，逐漸深入葉片內部。

「哇——」

緊貼表層下方，宛如另一個世界。渾圓的細胞密密麻麻擠在一起，就像擠滿了透明的鱈魚子。藤丸覺得那的確有一點點可愛。

「我目前在這一層計算細胞數量。」本村說：「更下層是軟趴趴的海綿葉肉細胞，就像孔隙較大的海綿一樣排列。再下面是葉片背面，和表皮一樣有拼圖型的細胞排列。」

阿拉伯芥的葉子小且薄。藤丸根據剛才拿刀劃葉片的手感推測，大概比餐巾紙還薄。不過，內部分成四層構造，而且每一層的細胞形狀各不相同。就像製作美味千層派的糕點師，阿拉伯芥太厲害了。藤丸感嘆著從顯微鏡抬起頭。

實驗室的窗子被器材及架子擋住一半，所以白天開著日光燈。在那微白的燈光照耀下，和五分鐘前一樣的情景映入藤丸的眼簾。放在實驗桌上的鑷子。架上陳列的不明藥品瓶子。站在顯微鏡旁的本村。

然而，一切彷彿是夢中情景。原來並不是只有眼中的世界才是世界。雖然肉眼看不見，但小葉子裡的確也有一整個細胞的宇宙。藤丸過去料理的蔬菜肉類和魚蝦中，也有同樣的世界。

「如果用顯微鏡看我的身體，想必也是這樣到處擠滿細胞吧。」

「是的。」

好像有點噁心，又好像有點尊貴。植物與動物，蔬菜與人類，都有一顆顆渺小的細胞拚命運作生存，就這個角度而言，彼此之間毫無差異，想想甚至覺得有點可愛。

「本村小姐幾乎每天都會觀察顯微鏡嗎？」

「對。」

「眼睛不會累嗎？」

「會。但是不會厭煩。」本村說：「葉片的細胞數量會因為某種原因減少，這時候每顆細胞會變得比正常的大，或許是為了讓葉片的大小和其他葉片一致——當然這只是我個人的推測。」

「妳是說，阿拉伯芥的葉片會判斷『咦？我的細胞數量好像有點少，那就把細胞變大吧』？」

「我也不知道。就是為了搞清楚是根據什麼原理運作，決定細胞的數量與大小，所以我才天天計算葉片的細胞數量。」

實際看到阿拉伯芥的細胞後，藤丸也隱約理解了。這或許不是立刻能讓生活更方便的研究，但被她這麼一說的確很想解開謎底。

午休時間所剩無幾，藤丸決定回圓服亭。他向本村道謝，拿起一直放在走廊的外賣箱。本村站在松田研究室前目送藤丸。

「改天等你有空，我帶你去地下室的顯微鏡室。那邊的顯微鏡可以把阿拉伯芥的葉片看得更清楚。」

本村說著朝藤丸輕輕揮手。藤丸老實一鞠躬，朝走廊邁步走出。下樓梯前轉身一看，本村早已不見蹤影，只有附近房間低沉響起某種機械運轉的聲音。

結構精緻美麗的透明細胞。熱愛阿拉伯芥的人。藤丸沒發現自己露出笑容，就此離開理學院B棟。

圓谷正在圓服亭惱火地等著。

「你到底去哪摸魚了！」

「對不起。」

「員工餐已經沒了。剩下的紅酒燉牛肉，我拚著老命硬嗑掉三碗。」

「啊——那老闆替我留著不就好了。」

「放屁！害我攝取過多的熱量，你還好意思說。你連一通電話都沒打回來，我還以為上哪去吃午餐了。」

圓谷嘀嘀咕咕抱怨吃太胖對腰不好，卻還是替他捏了三個飯糰。盤子上還放了三片醃黃蘿蔔。

「萬歲！謝謝老闆！」

終於吃到遲來的午餐，藤丸大口咬下飯糰。飯糰的鹹味恰到好處，分別包入不同的內餡，有鮭魚鬆，醃梅子，昆布。藤丸暗想，老闆嘴上雖然囉嗦，其實還是很慇勤很貼心嘛。難怪花店的小花會招架不住老闆的攻勢。

藤丸只用五分鐘就解決飯糰，急忙上工。他必須清洗裝紅酒燉牛肉的鍋子和空空如也的飯鍋。傍晚開始營業前，還得先煮白飯，切蔬菜。

紅酒燉牛肉以小火慢燉後，起碼得靜置一晚，牛肉充分入味後才能提供給客人。今晚的牛肉早已煮好，所以現在得準備明天以後的份。藤丸用奶油炒香洋蔥丁和少量大蒜，連同圓谷處理好的牛肉一起放入鍋內。在圓谷的指導下用紅酒熬煮。

飯鍋開始冒出蒸氣。藤丸接著要打掃店內。圓谷坐在前場的椅子上休息片刻。他一邊看報紙一邊不時把腳抬起放下，配合拖地板的藤丸。

「老闆。」

「啊？」

「剛才在T大，對方讓我用了顯微鏡，觀察一種叫做阿拉伯芥的葉片細胞，超漂亮。」

「嗯──」

圓谷依舊垂眼看著報紙，微微歪頭不解。「那是煮七草粥的一種薺菜[5]嗎？」

「我也不知道。薺菜長什麼樣子？」

「這你都不知道？就是俗稱的噹噹草[6]呀。」

「噢？我只看到阿拉伯芥的葉子，所以我也不清楚，不過好像沒有噹噹響。」藤丸拿拖把擦地板。「總之細胞看起來超漂亮。」

「嗯──」

5　阿拉伯芥的日文是白犬薺，所以圓谷有此誤解。

6　薺菜又名噹噹草或三味線草，因其果實形似三味線的琴撥片。噹噹是模擬三味線的琴聲。

圓谷折起報紙，支肘靠著桌子。「誰讓你看的？」

「松田研究室的一個研究生。」

「女的嗎？」

藤丸埋頭專心清潔地板。

「對……」

「長得漂亮嗎？」

藤丸想起本村穿的氣孔圖案T恤，還有她湊近顯微鏡觀察時的長睫毛。

「算漂亮啦，但觀察細胞和臉蛋無關吧？」

此刻他拿著拖把以超高速前後移動，似乎恨不得磨穿地板。

「我說藤丸啊，你先過來坐一下。」

圓谷嘆口氣，指著自己對面的椅子。藤丸把拖把靠在桌邊，乖乖在圓谷對面坐下。

「你聽好，松田研究室是圓服亭的老主顧。咱們這行可是要公私分明。」

「乾濕分離……？」

「你到底識不識字？我的意思是說我們只提供餐點，不能去打擾研究室的人。」

「是。」

「我在赤門前做了這麼多年生意可不是白做的。我看過太多T大的學生了。當然也有輕浮的傢伙光會講漂亮話、唱高調，但那種人不用理會。就讓他們輕浮一輩子到死吧。」

「老、老闆。」

藤丸被老闆的毒舌嚇到，不禁窺探門口。萬一被誰聽見了，可是會影響店裡的風評。

圓谷對藤丸的反應毫不在意，繼續高談闊論。

「不過，大部分學生都在認真做研究。然而做研究這條路很辛苦，就連我這個旁觀者都隱約感覺得到。對女人就更不用說了。」

「什麼意思？」

「歡送會呀。」圓谷說著環抱雙臂。「圓服亭這些年來替數不清的女研究員辦過歡送會。為了結婚生小孩或老公調職不得不中斷研究的女人，我看過太多了。」

所以囉——圓谷保持環抱雙臂的姿勢傾身向前。面對這種流氓玩刀子要狠似的氣勢，藤丸不由自主拚命向後仰身閃避。

「你可別抱著輕浮的心態打擾人家做研究。懂嗎？」

「懂……」

圓谷拍了一下垂頭喪氣的藤丸肩膀，站起來說：

「無論在哪個世界，都有一定數量的輕浮鬼。但是，你不能變成那樣。烹飪這條路，就跟那什麼薺菜的研究一樣嚴苛。沒時間三心二意、東張西望。」

「是。」

眼看圓谷去廚房檢視紅酒燉牛肉了，藤丸也急忙尾隨。

那晚，藤丸在圓服亭二樓的房間拚命趕走瞌睡蟲，盤腿坐在被子上。他不由自主看著自己雙手的指甲。

為什麼只有手指前端會長出這硬梆梆的東西？藤丸明明從來沒有「快長出指甲吧」的念頭。一如阿拉伯芥以某種運作原理自行調整葉片細胞的數量及大小，藤丸的細胞也同樣擁有神秘的運作原理，在該在的位置自動長出指甲。

之前從沒留意，不可思議的現象原來這麼多。藤丸想起比他小四歲的弟弟昔日猶在襁褓時，胖嘟嘟的手指前端，長出小小的指甲。那模樣實在太可愛、太惹人憐惜，藤丸當時甚至抓著沉睡的弟弟小手百看不厭。

差點忘了這樁往事呢，藤丸微笑。

本村小姐他們研究的，或許就是生物為什麼出生，如何生長，為什麼會死。包括我在內的絕大多數人，鐵定多少都有這樣的疑問。但，包括我在內的絕大多數人，隨即以「這種問題想了也沒用」的心態拋開疑問。本村小姐他們卻沒有放棄，反而鍥而不捨地思考。

藤丸關了燈，躺進被窩，拉起毛巾被蓋到肩膀。窗外不聞蟬鳴，已經換成秋天的蟋蟀叫了。

藤丸茫然思忖，說到什麼沒用，烹飪其實也很沒用啊。填飽肚子只是一時，就算吃再多美味又營養均衡的食物，到頭來還不是遲早會死。不，如果要這樣說，那麼任何行為都同樣沒有意義。我和老闆，還有走在本鄉街上的所有人，遲早都會死。無論做好事或壞事，遲早全都會成為過去。

現在從出生到死亡的有限時間內，想賺大錢也好，想幫助人也好，這樣的心態都不難想像。但卻有人選擇「探究真理」，矢志於此，超越利害得失、有無意義，只是被「求知」的熱情推動。藤丸覺得，那真是了不起。

圓谷告誡他「不能打擾人家」，的確言之有理。從明天起，我要迅速送達外賣，迅速收回餐具。藤丸邊對自己發誓，邊設定好手機的鬧鐘。

陷入昏睡前的最後一個念頭是：「本村小姐操作顯微鏡那麼俐落，居然不會做菜啊……」雲層覆蓋夜空，無星也無月。沒有人看見，藤丸入睡前的竊笑。

藤丸還年輕，早上醒來已把圓谷的忠告和前一晚的誓言都拋在腦後。他天天苦等松田研究室打電話來叫外賣。

透過顯微鏡看到的美麗細胞已烙印心底，況且想見本村的渴望始終揮之不去。

久等的電話終於來了，藤丸從圓谷手裡接過菜餚，鄭重地包上保鮮膜後放進銀色箱子。對於圓谷再次提醒的那句「你懂吧」，他繼續一臉鄭重地點頭。

然後，他騎著天藍色腳踏車一路狂飆。

氣喘吁吁推開松田研究室的房門一看，本村和助教川井都在。睽違十天的本村，穿著七分袖T恤。胸前印著一籃松茸的照片。

川井先替大家墊付費用，藤丸接過鈔票放進小布袋，把找的零錢遞給他。期間，他也不忘打量本村的衣服。穿這種松茸圖案的衣服真的好嗎？不，如果叫他說明到底是哪一點不好，他也說不上來，但還是覺得這樣穿恐怕有點不大好。

本村熟練地打開銀色外賣箱，把餐點一一放到研究室的大桌上，察覺藤丸的注視，她說：

「不好意思，我自己動手了。」

「不，我不是那個意思。」

藤丸遲疑片刻後，終於忍不住問：

「這件衣服也是妳自己印的嗎？」

川井已從大型保溫壺倒了一杯湯，當下噗哧噴了出來。川井似乎也早就對本村的衣服耿耿於懷。

在藤丸與本村的注目下，川井說聲「抱歉」在桌前坐下。「我先開動了，你們繼續聊，別管我。」

撇開就在一旁吃蛋包飯的川井，藤丸與本村繼續聊著。

「這是我在附近的店裡買的。」本村說：「正好到了菇類特別美味的季節，我想或許很應景。」

到底是什麼店啊？藤丸暗想。上次穿氣孔圖案，這次又穿了松茸圖案的衣服，這女人的品味也太奇特了。我一直思念的真的是此人嗎？他有點懷疑自己的感情。

「他們沒有香菇或舞菇那種比較保險的圖案嗎？」

川井噗哧一聲嗆到了，再次受到兩人的注目禮，他說聲「沒事，別理我」專心喝湯。

「只有松茸的圖案耶。」

本村又把頭轉回去面對藤丸。「而且，我想恐怕沒有藤丸先生你穿得下的尺碼。因為那間店只賣女裝。」

「沒關係，我只是隨口問問。」

看到本村一臉抱歉，藤丸對自己的污穢想法深感羞愧。「做植物研究的人，果真在意菇類的圖案嗎？」

「啊，菇類不是植物喔。因為以基因的角度而言，它們更接近動物。」

「真的嗎！可是超市明明把菇類放在蔬菜區。」

對於藤丸的驚愕，本村笑著說：

「如果把菇類放到肉品區，的確覺得格格不入。」

雖然她穿的衣服很古怪，但那種小事完全不重要——藤丸又改變想法了。

他還想和本村聊更多話題，但待太久不好意思。

「那我待會再來收餐具。」

藤丸拎著銀色箱子準備離開研究室。

「對了，藤丸先生。」本村忽然叫住他：「你來收餐具時，要不要順便參觀栽培室？正好有阿拉伯芥發芽了。」

「好的！」

藤丸回答，聲音激動得破音。

關上研究室的門時，他與憋笑的川井四目相接。對方的表情彷彿想說「加油」。

回到午餐時段擠滿客人的圓服亭，藤丸留心保持鄭重嚴肅的神情，向圓谷回報待會不在店裡吃員工餐。

「啊？你不吃？」圓谷一邊甩動平底鍋做拿坡里義大利麵一邊說：「那你要去哪裡吃？」

「去超商隨便抓個三明治什麼的。」

「與其買三明治吃，那還不如在店裡吃吧？」

就算客人點了菜單上沒有的菜，圓谷也能就手邊現有的食材有模有樣地做出來。無論是飯糰或三明治，只要是超商賣的，在圓服亭大都吃得到。圓谷身為廚師的才華，唯獨這次教藤丸惱恨。

藤丸從圓谷手裡接過一盤拿坡里義大利麵，送去客人等候的桌上。順便巡視人聲鼎沸的店內，看看有沒有哪一桌需要加水。

回到廚房後，藤丸說出剛才四處替客人倒水時臨時想出來的藉口：

「今天天氣好，我想到外面走走，吃點東西。」

「我懂了。」

圓谷拿湯匙為剛做好熱騰騰的漢堡排淋上醬汁。「你是為了這個吧。」醬汁在漢堡排上面呈現一個小小的愛心。

「老闆你這是幹嘛！」

藤丸面紅耳赤地搶過圓谷的湯匙淋上醬汁。愛心被覆蓋失去意義，變回普通的醬汁。

藤丸把漢堡排送去給客人，回到圓谷身邊後，已徹底投降——

「對啦……我是要去T大。」

「一開始就老實說不就好了。」

圓谷嘆口氣，把蛋包飯從平底鍋移到餐盤上。「我說過的話你還記得嗎？」

「記得。」

「那就好……」

圓谷似乎很擔心。

藤丸當然記得。圓谷說，不能抱著輕浮的心態打擾那些努力朝研究之路邁進的人。

但是——藤丸想。這次是本村小姐主動邀約，而且只是去一下研究室，也不見得是在打擾人家吧？若說沒有一丁點的心猿意馬那是騙人的，但是想看阿拉伯芥的心情也不是假的。

結論就是，我心裡沒有鬼（頂多只有一個指頭大）！

藤丸俐落地忙進忙出，午餐時段結束後，在圓谷「記得找個地方好好吃飯喔」的叮囑聲中，這一天第二次前往T大。當然天藍色腳踏車也展現了第二次狂飆。

本村伴隨洗淨的餐具，正在理學院B棟的研究室等候藤丸。

「地下室的顯微鏡室後方也有栽培室。」本村說：「但現在正好發芽的阿拉伯芥，是在二樓那邊的栽培室。」

本村跳過一層台階下樓。與其說她想盡快給藤丸看阿拉伯芥，更像是摩拳擦掌，迫不及待想去照顧阿拉伯芥。這人到底是有多喜歡阿拉伯芥啊？藤丸苦笑，拎著收回餐具的銀箱子急忙追上。

雖然已快進入十月，本村還是照樣穿著夾腳拖。藤丸不禁懷疑她難道不會冷嗎？倒是嬌小的腳跟一如夏天時，隱約泛著嫩紅。

藤丸被帶去的栽培室，位於松田研究室正下方。本村像要把整扇門抬起來，一邊轉動黃銅握把。藤丸把外賣箱放到走廊角落，探頭窺視室內。

和研究室一樣，裡面是長方形格局。靠內側的窗戶被黑布完全遮住。左右兩邊靠牆放滿比藤丸個頭還高的玻璃櫃。不知該形容為有架子的電話亭，還是酒鋪放可樂的那種玻璃冷藏櫃，總之就是那種有門的櫃子。房間中央放了一台看起來是當成作業台使用的長桌。

照亮帷幕低垂的室內的，只有並排放置的玻璃櫃內裝設的日光燈。櫃子有八座，所以光靠那個燈光也足夠明亮。

「這是chamber。」本村站在門口指著室內的玻璃櫃。「按照國內的說法，就是植物生長箱。可以維持設定好的溫度與濕度，還能用定時器控制光線變化。要觀察及實驗用的植物，會在生長箱嚴密的管理下成長。」

在玻璃櫃內度過人造日與夜的植物。藤丸想看得更清楚一點，與本村一起走進栽培室內一步。

頓時響起「啪」地一聲，他狐疑地垂眼看地板，地上居然有積水。

「啊！」本村尖叫：「漏水了！」

左手牆邊有一台植物生長箱。裝設在那下方附近的排水管，無力地垂落地板。

「是松田老師的植物生長箱……」

本村哀號，趕緊把排水管前端塞進水桶。接著拿長桌上的抹布開始擦地上的積水。藤丸也拿起抹布幫忙擦水。

「不好意思，我們老師有點粗線條。」

「真意外，他外表看起來明明像個小心翼翼的殺手。」

啥？本村驚愕地猛眨眼，隨即說「的確」，展顏一笑。

「不過，那只是外表。實際上，他一天到晚在桌上翻來翻去，尋找書籍或資料。這次漏水，我猜八成是因為他在照顧植物的過程中忽然靈感來了，沒把水管好好放進水桶就跑掉了。」

原來那人看起來酷，其實很脫線啊，藤丸忽然對松田產生親切感。

擦完地板，把抹布搭在小型晾衣架上。藤丸湊近觀察那個松田的植物生長箱。內部隔成三層，每一層都有植物長滿密密麻麻的葉子。

有的葉子像是團扇上面出現缺口。有的葉子淺綠色形狀渾圓。也有看似小椰子的土塊冒出鑽子般的綠芽。和研究室的植物一樣，全是藤丸沒見過的。每種植物都只是用小缽或盛滿水的托盤栽培著，卻展現驚人的生命力。

「密集程度很驚人呢。」

「老師是『綠手指』。」

「他的手指是綠色的？」

藤丸努力回想，只看過松田的手指沾有泥土，但好像不是綠色的。先不說別的，如果手指變成綠色，應該馬上去皮膚科才對吧？

「不，這是比喻。」

本村認真說明。「擅長栽種植物的人，我們會用『綠手指』形容。即使是一般認為不適合日本氣候的植物，只要由老師來照顧，也會變得生氣蓬勃。」

「噢？有什麼訣竅嗎？」

「我只能說老師有驚人的感受力，能夠掌握住植物渴求什麼。」

「本村小姐妳呢？」

「我完全不行。幸好阿拉伯芥很容易培育，不然我連在家種仙人掌都會枯死。」

本村不由自主垮下肩膀，藤丸慌忙安慰她：

「養太多植物其實也麻煩，還會亂長很多雜草吧。」

「被你這麼一說我倒想起，老師的確說過夏天每逢假日幾乎都忙著在拔院子的草。」

「妳看吧。」

彷彿被本村露出的笑容牽動，藤丸也笑了。

「說到仙人掌，研究生加藤就是研究仙人掌的刺。」

「仙人掌的——刺……」

這又是一個很冷門的研究對象啊，藤丸暗想。

「對。仙人掌看起來沒有葉子，其實是葉子變成了刺。附帶一提，玫瑰的刺是從莖上長出來的，但那是怎麼變化而來的，目前眾說紛紜沒有定論。」

「噢——」

本來感覺近在身邊的植物，突然又變成謎樣物體，藤丸不動聲色查看自己的雙手。好險，要是我的指甲在不知不覺中變尖了那還得了。

「加藤學弟和松田老師一樣是『綠手指』，他在溫室種了很多仙人掌及多肉植物。」

「你們連溫室都有啊？」

「對，就在B棟附近。你可以拜託加藤學弟，他一定會讓你進去參觀。」

圓谷的女友小花的花店，最近也在賣小型多肉植物盆栽。不僅顏色形狀和質感五花八門，據說照顧起來不費功夫很好養，所以用來裝飾室內好像頗受歡迎。

已經看過阿拉伯芥細胞的藤丸，難免會懷疑，「植物也有生命，拿來裝飾真的好嗎？」但那或許是因為藤丸對室內裝潢完全不感興趣。畢竟他房間現有的家具都是從圓谷那裡接收的。窗簾被太陽曬到褪色，矮桌搖晃不穩，還得拿傳單摺疊起來墊在桌腳和榻榻米之間。冰箱上也貼了一些毫無美感的磁鐵，塑膠殼已經掉了，只能說那已經變成單純的吸鐵石。

因此，他才會覺得「把植物當成裝飾品，太不尊重生命了」，但其實注重室內裝潢的人，當然也很注重房間擺設的植物，想必會好好照顧吧。這是室內裝潢觀的差異。即便是藤丸，也想過要改善一下自己那個單調冷清的房間，所以他暗自在心中作筆記：「改天要拜託加藤先生，讓我去參觀一下溫室的多肉植物。」

「這個是我的植物生長箱。」

本村向藤丸介紹右邊靠牆的植物生長箱。

本村的植物生長箱分成五層，每一層的架子上都放著像做菜時使用的那種鋁製托盤。托盤上，整齊排列兩公分見方貌似海綿的立方體。

「我用了岩棉代替泥土。把阿拉伯芥的種子撒在岩棉上，讓它生長。」

本村打開植物生長箱的門，取出兩個托盤。藤丸來回比對長桌上的托盤。

其中一個托盤放滿已開花的阿拉伯芥。高度約有三十公分。莖很細，零星長出葉子。

枝椏分岔的莖部前端，開出五公釐左右的小花。花瓣雪白渾圓，像米粒一樣。

的確很不起眼，只能用雜草形容，但也可以說楚楚可憐。頭一次見識到阿拉伯芥全貌的藤丸很感動，恍然大悟地想：「原來如此，因為花是白色的才有『白犬薺』之名啊。」

另一個托盤擺滿剛發芽的阿拉伯芥，橢圓形的綠葉堅強地從岩棉冒頭。很像拿裝豆腐的容器廢物利用，在窗邊種青蔥或小豆苗之類的。眼前令人莫名湧起喜愛。真是可愛的植物啊。藤丸想。但他太害羞了，不好意思說出來。

「野生株的葉緣平滑，但突變株的葉緣凹凸不平，有葉片是細長的，甚至也有接近圓形的，對吧？」

岩棉上分別插了小牌子。大概是用來識別培育的是哪種植株。本村告訴藤丸葉片形狀的差異後，藤丸把臉更湊近托盤。

「真的耶。即使是剛冒出來的葉子，還是有差異。」

「基因的微小差異，就會讓形狀不同。不過，這並不代表孰優孰劣。它們都是阿拉伯芥，都在植物生長箱中努力想活下去。」

「和我們一樣……」藤丸嘟囔。

每個人的五官及體型、膚色各有不同，但那些都微不足道。大家都在置身的環境中，努力讓自己更舒服更快樂地度過每一天。

「把植物擬人化，其實就研究態度而言並非好事。」本村微笑說：「取葉子，授粉——

也就是幫植物交配，最後都用於實驗，但還是希望植物健康長大。」

本村口中冒出「交配」這個字眼，讓藤丸的心突然如小鹿亂撞。意識到兩人在狹小的栽培室獨處，他拚命在心底默唸「理性」兩字，用虛擬的鉛筆沿著那筆劃描摹。可惜理性也有「性」這個字。他實在忍不住，開口問道：

「植物也會，交配嗎？」

口氣沒有拔尖走調讓他稍感安心，他偷偷把手伸到長褲屁股後面抹去手汗。

「會呀，我們都叫『授粉』。在花苞的階段，用鑷子輕輕撥開花瓣，摘掉雄蕊的花藥。那是產生花粉的地方。這時候只留下雌蕊，是為了避免自花授粉。花開之後，取來想授粉的另一株雄蕊花藥，放在這雌蕊上。」

阿拉伯芥的花本來就很小。至於它的花苞，大概只有芝麻粒那麼大吧。

「妳的手超級靈巧耶。」

藤丸再次感嘆。他心想，我也想被授粉。

本村似乎沒發現藤丸在旁邊抱著邪念，滿懷關愛地用指尖輕撫阿拉伯芥的葉子。植物生長箱放出類似太陽的光芒，映照出本村滑嫩柔和的臉頰曲線，以及只是一心凝視阿拉伯芥的眼神；似乎忘了藤丸在場。

「我喜歡妳。」

藤丸脫口而出。本村驚訝抬起頭，與藤丸閃現「糟糕，竟然說出口了」的念頭，幾乎同時間，栽培室的房門打開了。

藤丸與本村反射性地朝門口轉身。松田站在門口，手放在握把上。松田來回打量室內的兩人，用另一隻手推高眼鏡後，說了一聲「抱歉」。房門闔上，松田消失。

搞什麼啊，松田老師幹嘛偏偏在緊要關頭出現，還莫名其妙自以為識相地匆匆告辭，現在這麼尷尬該怎麼化解啦，他還不如裝做什麼也沒看見直接走進來——

慌亂又羞恥的藤丸，此刻腦中盤旋的思緒若要勉強用言語形容，大概就是這種感覺。

「那個……」細小的聲音響起。

藤丸尷尬地轉身面對本村。本村低著頭。臉頰泛起和腳跟一樣的紅潮，但表情似乎很僵硬。

藤丸沒做好心理準備就唐突告白，還嚇到本村，讓他慌了手腳。藤丸頓時如怒濤洶湧般滔滔不絕。

「對不起突然表白，可是那個，我不小心就……不，我喜歡本村小姐絕對不是『不小心』，但那不是現在該說的話，所以，呃，妳什麼時候答覆都沒關係，千萬不用想得太嚴重，我真的什麼時候都可以，不管妳的答覆是什麼，我都那個，呃，對……」

最後已語無倫次，自己都搞不清楚在說什麼了，所以他生硬地用一句「我走了」收尾，僵硬地轉身背對本村。保持僵硬的姿勢朝門口走了幾步，離開栽培室。

本來還抱著小小期待，但本村始終都沒有叫住他。即將關上門的那一瞬間他不禁回頭，只見本村在植物生長箱的燈光照耀下，維持垂頭的姿勢如石像呆立不動。

藤丸來到走廊後，長吐一口氣。隨即察覺到動靜，抬眼一看，松田斜靠走廊另一側的牆壁環抱雙臂。

「哇哇哇哇！」藤丸嚇得跳起來：「你怎麼還在！」

「噓！」

松田直起身子，催促藤丸朝走廊邁步。藤丸別無選擇，只好拎著裝餐具的外賣箱，無奈地跟上。

「我想說萬一聽見本村同學的尖叫，就得破門而入。」

「你把我當成什麼禽獸啊？我才不會做那種事！」

「不好意思。」

「重點是，呃，教授你該不會在跟本村小姐交往吧？」

「你把我當成禽獸了嗎？我怎麼可能對自己的學生下手。」

「不好意思。」

藤丸抱著被殺手帶去碼頭填海的心情，與松田並肩同行。「教授到栽培室應該有事吧？」

「我本來打算檢查一下植物生長箱的水管怎樣了。」

「如果是那個問題，我們已經幫你擦過地板了。」

「我就知道會這樣。謝謝。」

松田朝樓梯大步前進。大概是檢查水管和監視藤丸的任務都解決了，現在打算回三樓的研究室吧。這人的步調挺獨特的啊，藤丸暗忖，但午休時間已經所剩不多，況且他對走向樓梯也沒意見。於是乖乖跟隨松田。

在二樓樓梯道別時——

「祝你情場勝利。」松田說：「不管結果如何，只要你對植物有興趣，歡迎隨時再來。做學問的大門對所有人都是敞開的。」

藤丸朝一樓走下樓梯，一邊想著「自己對學問可沒自信……」不過，還能夠出入理學院B棟真是太好了——無論本村的答覆是好是壞。

結果，藤丸又來不及吃午餐，想起這個事實時，已是晚餐時段快結束的時候。他把空盤子疊起來送回廚房，忽然一陣暈眩。平時就算托盤放上十杯裝滿的啤酒，他也絲毫感覺不到重量。正覺得奇怪。

「小子，你沒吃飯吧？」圓谷尖銳地指出：「看你都臉色慘綠了。」

不是綠手指而是綠臉孔。這可不妙——藤丸有點事不關己地淡漠處之，圓谷卻已立刻拿剩下的高麗菜和豬絞肉什麼的替他做炒飯。

大概是空腹與告白這種大事同時影響到身心，差點引發貧血吧。藤丸生來健壯，幾乎很少感冒。因此完全沒發覺身體不適，還神經大條地只覺得「哎喲，好奇怪」。

夜已深，店內剩下的客人只有常來的竹筴魚大叔，以及來喝睡前酒的洗衣店大嬸。藤丸在圓谷的催促下，老實在角落的桌前坐下吃炒飯。吃進嘴裡的第一口終於讓他浮現餓感，之後就風捲殘雲般迅速掃光。吃飽後渾身暖洋洋，連自己都感到臉上恢復了血色。

「維他命也得補充。」圓谷說，於是藤丸餐後又喝了柳橙汁。不知怎地，竹筴魚大叔和洗衣店大嬸不約而同起身移動到藤丸這張桌子。大叔坐在藤丸對面，大嬸坐在藤丸旁邊，拿著葡萄酒杯精明地佔領了位子。店門口的燈關掉後，圓谷也坐到大叔身旁。

「欸，你們幹嘛都靠過來？」

藤丸渾身不自在地搖晃柳橙汁的杯子。

「那個——」圓谷說：「藤丸是不是要改叫『玩完』了？」

「什麼玩完？」

「意思就是問你是不是被甩了，玩完了嘛。」

洗衣店大嬸連人帶椅子猛然湊近，縮短彼此的距離。聲音雖然一本正經，眼中卻閃爍好奇的光芒。

「別難過啦，玩完……不是，藤丸小弟。」

竹筴魚大叔也送上多餘的安慰。

藤丸面紅耳赤。映著那抹紅，柳橙汁都讓人懷疑是否變成了番茄汁。

為什麼這些常客都知道我的戀愛進展！不，情報來源只會有一個。

「老闆！」藤丸把杯子用力摜到桌上，激動大喊：「你幹嘛到處宣傳啦！」

「抱歉，一時不小心。」

「這是能『不小心』的事嗎！」

藤丸忘了自己也是一時不小心向人家告白，只顧著責備圓谷。但圓谷態度很悠哉：

「啊，你真的被甩了？」

藤丸差點全身寒毛倒立，但大叔大嬸都安撫他「沒事沒事」，藤丸總算勉強鎮定下來。

「不，還沒有……」

「『還沒有』是什麼意思？」

大嬸把整個身子貼過來靠他更近了。「你連告白都沒有？」

藤丸雖然覺得這種事犯不著一一向大家報告，但大嬸的雙眼越發射出精光，距離也縮短到幾乎是額頭碰額頭，因此藤丸只好招認自己已經告白。

「不過，對方還沒有答覆我。」

「意思是要吊你胃口？」大叔一口乾掉杯中的白葡萄酒。「真是壞女人。」

「才不是！」藤丸不假思索扯高嗓門：「是我跟她說不用急著立刻答覆。」

「你八成是說完自己想說的就逃跑了吧？」不愧是自家師傅，圓谷完全了解藤丸的行為模式。「你這小子真沒出息。」

「阿正你好意思說人家。」洗衣店大嬸代替藤丸出言反擊：「你自己還不是耗了幾百年才跟小花告白。」

「抱歉抱歉。」竹筴魚大叔也改口說：「藤丸小弟喜歡的人，肯定不會是壞人。」

「欸，是什麼樣的女孩子？」

「什麼樣啊……」

被大嬸這麼一問，藤丸結巴了。「她喜歡植物，穿著怪T恤……」

但就算用再多言詞，好像也無法貼切形容本村。兩人在阿拉伯芥的葉子前相視而笑的瞬間。她替藤丸調整顯微鏡焦距的手指。她談論細胞的精緻時，眼鏡鏡片後那雙美麗的眼睛……藤丸的心已被捲入包含那一切的漩渦中了。在他自己都沒發覺時。

藤丸想，那大概就像貧血吧。

撇下陷入沉默的藤丸，圓谷三人開始自行想像「女方是什麼樣的人」。

「說不定意外是個小太妹。」

「我倒覺得藤丸小弟喜歡的應該是清秀文靜的大家閨秀。」

「喜歡小太妹的是阿正你吧！小花以前就是太妹，不過當時還沒有太妹這種說法就是了。」

「放屁！小花只不過是有點小叛逆。」

圓服亭的常客之中，包括商店街的同業們在內，多半都是從小一起長大的。話題從「女方是什麼樣的人」越扯越遠，最後變成類似「同學會的對話」。圓谷不知幾時也跟著喝起了啤酒。

如今一副女強人作風的花店老闆小花，以前居然是小太妹？藤丸雖然吃驚，還是請洗衣店大嬸讓路，逃離桌邊去廚房洗碗盤。

圓谷三人的「宴會」，持續到擔心的小花打電話來為止。

「阿正，我要睡了，你有帶鑰匙嗎？」

藤丸忙著照顧醉鬼和收拾店裡，直到十二點過後才躺平。他覺得這樣忙碌倒能讓他無暇胡思亂想。或許那正是圓谷等人的策略，也可能他們純粹只是想喝酒。這些精力充沛的中老年男女到底在想什麼，對藤丸是不解之謎。

不過，閉上眼後遲遲沒有睡意。他想起宛如石像的本村。藤丸輾轉反側，「啊啊啊」呻吟著度過長夜。

本村打電話來圓服亭，是在藤丸於栽培室告白的三天後。

這三天當然不可能一直不眠不休工作。正好碰上圓服亭公休日，藤丸決定早上賴床多睡一會。因為三天來，他抱著「不知什麼時候能得到答覆，不如去看看情況——不行不行，已經說了會『等待』就該耐心等著」這樣的期待與不安在工作，已經快累斃了。

察覺樓下店裡的電話在響，藤丸一下子清醒了。他丟開抱懷裡的枕頭，衝下樓梯。因為他有預感「是本村小姐」，所以很拚命。

「您好，這是圓服亭！」他意氣昂揚抓起收銀台旁的電話說。

「請問藤丸先生在嗎？」

果然，本村的聲音從話筒中傳來。

「是，我，在下就是。」

連平常的自稱都不確定該不該用，不禁做出奇妙的應答。

「我是本村。呃，前幾天……」

「是。」

藤丸靜待下文，但本村沉默片刻。透過話筒感覺到她靜靜的呼吸聲。藤丸望向店內牆上掛的時鐘。上午九點剛過。

過了一會本村說：「我想答覆前幾天的事。」聲音細小得幾乎消失。

「本來應該過去當面跟你說，但今天午休，我預約了地下室的顯微鏡室。不知藤丸先生有沒有空？」

雖然搞不懂答覆他的告白和顯微鏡室有什麼關聯，藤丸還是說沒問題。「今天店裡公休。」

掛斷電話後，藤丸回到房間，比平常更仔細洗臉，以厚片吐司、荷包蛋和咖啡填飽肚子，比平常更仔細刷牙後，換上褪色最不明顯的T恤和牛仔褲。即便如此還不到十點，他只好坐在窗邊眺望外面。

對面房子的木槿，即使現已入秋，依然開著花。但不知是否錯覺，單薄的花瓣好像委靡無力，也有些落到地上。看著貼在路邊水溝蓋上已乾枯的褐色花朵，藤丸愣怔半晌。言語無法形容、宛如絲絲流雲的思緒在腦海閃現又消失。

之後，他為了打發時間只好去門口掃掃地，擦擦店門玻璃。趁著掃地，順便也清理了掉落地上的木槿花。低頭看著變乾淨的水溝蓋，驀然回神又有流雲掠過。

終於接近約好的時間，藤丸前往T大。起初他打算像以往一樣騎天藍色腳踏車去，突然念頭一轉，改成步行。

他兩手空空越過本鄉街，走進赤門。第一次來送餐點時，身穿圍裙推著掛有外賣箱的腳踏車，多少有點畏縮。可是現在，不是以「工作」名義拜訪本村的自己，好像變得非常沒有防備心，讓他有點怕怕的。

看到本村站在理學院B棟的玄關大廳時，藤丸暗叫「啊呀」。他也不明白自己在「啊呀」什麼，總之就是這麼想。本村今天穿著素面T恤。和藤丸的腳踏車同色，和B棟上方的無垠天空同色。

「嗨。」

兩人同時尷尬地打招呼。

「打擾你休假，不好意思。」

「不會，反正我也閒著。」

或許是藤丸的用字遣詞聽來很衝，本村似乎不知該作何表情，低頭不語。藤丸慌忙丟出「今天可以讓我觀察顯微鏡吧」這個可能讓本村比較輕鬆的話題，本村點點頭向後轉身。

玄關大廳的角落，有通往地下室的狹窄樓梯。本村拾級而下。

藤丸之前心思全放在上樓去研究室，壓根沒留意到大廳還有這樣的樓梯。平時上樓走的樓梯，是木板鋪設而成，很氣派，而眼前的樓梯和牆壁都是水泥做的。牆上四處裝設的日光燈不知是否快壞了，光線很微弱。每走下一級台階，就覺得氣溫好像跟著下降了一點。

走下昏暗的樓梯後，眼前有一條細長的走道筆直延伸。牆邊放著事務櫃和貌似配電箱的方形箱子，頭頂有很多管線穿梭。

走道同樣很昏暗。嗡嗡如地鳴的聲音在地下空間低微迴響。藤丸佇足片刻，環視四周。牆壁和天花板看起來都是用厚重的水泥做的，很堅固，幾乎可以當成核災避難所。而且似乎歷史悠久。理學院B棟和現代化大樓的風格截然不同，外觀看起來兼具優雅與份量，沒想到內部構造也相當堅實。

「這座建築物是什麼時候蓋的？」

「已經有超過八十年歷史了。關東大地震後立刻設計的，據說因而相當注重防震防火。幾年前推動無障礙空間，決定在B棟安裝電梯，但牆壁太堅固，施工單位當時為了在牆上鑽洞，聽說費了很大的勁。」

藤丸想來也是。即便是外行人，也看得出B棟建造得相當堅固，足以承受漫長歲月。

當初建造時做得很仔細，讓它不會漸漸劣化，只會在歷經風雪打磨後，越來越有深厚韻味。

理學院B棟有八十多年歷史，正是人們在此求學、做研究的歷史。那想必會伴隨歷久彌堅的B棟建築，今後一直延續下去。累積的時光與學問的厚度，讓藤丸光用想像的都覺得暈眩。

不過，正因為有悠久時光與人們的思想累積，不可否認的是，B棟，尤其是地下空間，的確有一種獨特的氛圍。再加上光線昏暗，坦白講，好像會有阿飄出現。

「請問——這裡有沒有什麼相傳下來的怪談之類的？」

藤丸怯生生地問，慌忙追上朝走道邁開步子的本村。

「的確，這種氣氛就算有鬼出現也不足為奇。」本村的聲音帶著笑意：「不過，我從沒聽說有誰在B棟見過那個。」

也對，大家都忙著做研究，就算有阿飄出現恐怕也不會留意吧，藤丸恍然大悟。他的腦海浮現空虛散去的白影，忽然有點心生同情。

走了十公尺左右，本村打開左手邊的鐵門，一扇看似防火門般沉重的灰色鐵門。

「請在這裡換拖鞋，因為我們必須盡量不讓外面的塵土帶進來。」

一開門，眼前就設有鞋櫃。就像醫院的候診室，排放著拖鞋及別人的鞋子。藤丸依她所言，脫下球鞋換上拖鞋。本村也脫下夾腳拖，從鞋櫃取出草莓圖案的拖鞋。那應該是本村專用的拖鞋。不是奇怪的圖案，讓藤丸有點安心。

穿過鐵門，眼前是宛如迷宮的遼闊地下空間。

走道變得更窄，天花板上的管線變得更粗。天花板高高低低，藤丸不得不彎腰走路以免腦袋撞到管線。彎過無數轉角，偶爾還得走上或走下兩三級台階。水泥地面啪嗒啪嗒響起兩人的拖鞋聲。

牆壁不時出現鐵門。有的門上掛著「鍋爐室」的牌子，也有的門上貼有「危險！非相關者禁止進入」的告示。經過各式各樣的門，但本村全都過而不入，最後狹窄的走道來到了盡頭。

眼前，有一扇和樓上一樣的木門，鑲著黃銅握把。藤丸一路走來都是水泥與鋼鐵的冰冷地下空間，此刻就像在森林深處看見糕餅做成的小屋。

木村一邊把門往上抬，一邊轉動握把。

「這就是顯微鏡室。」

這是個單調乏味的小房間，靠牆放了兩張灰色辦公桌。桌上有兩台比實驗室用的大上兩號的顯微鏡。每一台顯微鏡旁都配備了桌上型電腦。

「為了保存拍攝的照片，顯微鏡可以連線到電腦。」

本村沒開燈就走進顯微鏡室，為什麼不開燈呢？那是因為顯微鏡室深處似乎還有房間，從那裡透出日光燈的光線。與顯微鏡室相連的房間之間的門被拆掉了，看起來就像牆上開了一個長方形的大洞。

「那邊是什麼？」藤丸望著相通的房間出入口，開口問道。

「栽培室。光靠二樓的栽培室放不下那麼多生長箱，所以這邊也培養阿拉伯芥。」

經她這麼一說，藤丸想起她的確提過地下室也有栽培室。想像在完全照不到陽光的地底下長成豆芽菜，他忽然有種奇怪的感受。他想，如果我是阿拉伯芥，大概寧可長在路邊也不要活在地底下的植物生長箱裡。

呼吸路邊的汽車廢氣，忍受寒冬酷暑及蟲咬或許很辛苦，但他想透過葉片感受清風，想曬太陽或被雨淋。不過，會這麼想，是因為藤丸生長在理所當然可自由行動的環境，對還是種子時就只認識植物生長箱的阿拉伯芥而言，這裡或許是天堂。

藤丸當然無法上太空或潛入深海，更不可能在那種地方生活。這麼一想，藤丸感到的自由，或許不過是「籠中的自由」。只要得到充分的光與水，即便在地底下的植物生長箱中也能生長的阿拉伯芥，或許堪稱更強悍更自由。

藤丸也想參觀地下的栽培室，但本村直接走向辦公桌上的顯微鏡。本來已朝栽培室入口走去的藤丸，只好乖乖折返，走向本村身旁。

本村在有滑輪的椅子坐下，藤丸在她的邀請下也在另一把椅子坐下。

定睛一看，辦公桌的抽屜都被拿掉了。少了存放資料的抽屜，桌下的空間足可塞進膝蓋，因此坐著進行作業比較容易。要來往於桌上的顯微鏡和電腦之間，坐在椅子上用滑的也比較順暢。

原來如此，果然用心特地設計過。那麼，被拿掉的抽屜又去哪了呢？藤丸環視室內。只見顯微鏡室的昏暗角落，隨意堆疊空蕩蕩的抽屜。研究植物的人，似乎對室內裝潢興趣缺缺呢，藤丸頓時感到熟悉。

本村打開檯燈，把桌上放的載玻片拉到光線明亮的手邊。

「這是阿拉伯芥比較年輕的葉子。」

藤丸上半身稍微前傾，臉湊近載玻片。定睛一看，蓋玻片下有直徑兩公釐左右的透明圓形物體。

「好小啊。」

「因為摘的是剛冒出來的葉子，色素已經褪去了。」本村將載玻片裝設在一旁的顯微鏡上。「請看。」

藤丸在她的催促下，連人帶椅子溜過去，湊近顯微鏡觀察。

視野中全是一顆顆貌似透明鱈魚子的顆粒，與之前在三樓的實驗室看顯微鏡時看到的相同。那是葉子內部的細胞層，是本村每天計算數量的細胞。

「看得見嗎？」

此刻，載玻片上的葉子，比上次看的葉子還要小。可是圓形細胞同樣井然有序地密密麻麻擠在一起。藤丸感到這細胞真堅強，對本村的問題默默點頭。

「那麼，我現在把照射載玻片的光線從白色轉為藍色。」

本村啪的一聲切換顯微鏡開關。頓時，藤丸眼中的世界幡然改變。

眼前呈現的，是銀河。黑暗中，散布無數銀色光點。

藤丸啞然，目不轉睛地盯著顯微鏡映現的滿天星辰。實際上，由於眼睛太貼近接目鏡，眼周被邊緣卡得有點痛。

「為什麼……」終於從鏡片抬起頭的藤丸，一手搓揉眼球，另一手指著顯微鏡問：「為什麼會看見星星。這難道是也能當成天體望遠鏡的顯微鏡？」

本村靜靜搖頭。

「藤丸先生看見的，是跟剛才一樣的阿拉伯芥葉片上，複製DNA的細胞，像星星一樣發光。」

「那些璀璨的粒子每一顆都是……細胞？」藤丸陷入混亂。「細胞怎麼會發光？」

「因為我們讓類似鹽基的東西附著螢光色素融入細胞。這是還年輕的葉子，會活潑地複製DNA，所以細胞核紛紛發光。」

「複製DNA之後呢？」

「如果不摘下葉子，細胞核就會分裂增生細胞。」

「噢……」

聽起來太深奧了難以理解，但他至少聽懂一點，這是為了更容易觀察細胞，刻意加工過讓葉子只要一複製DNA就會發光。他也明白了一件事：這無數閃亮的星星，直到本村摘下葉子的那瞬間，頻繁活動、企圖成長的細胞宛如進入了墓碑。

藤丸再次觀察著顯微鏡。放出證明生命力的光芒，就此死去的細胞群，存在於渺小葉片中的孤寂的美麗銀河。

「藤丸先生。」

被這麼一喊，藤丸轉頭面對本村。本村也直視藤丸。

「我無法回應藤丸先生的感情。」

我早就知道了，多多少少有預感，打從看到這銀河起。不，或許今早電話響起時就感覺到了。

本村心中，有一個藤丸絕對碰觸不到的世界。

但藤丸還是鍥而不捨。雖然覺得「我這樣也太丟臉了」，還是無法不問。因為自己喜歡上了，因為渴望對方也能喜歡自己。

「就算我願意等也不行嗎？」

本村的嘴唇微微顫抖。好像在強忍淚意。

「對……」本村勇敢地直視著他說：「可是，並不是因為是藤丸先生才拒絕。」

顯微鏡室陷入沉默。相連的房間傳來咕嘟咕嘟的雜音。好像是植物生長箱正在排出積水。即便在這尷尬的瞬間，阿拉伯芥的細胞想必也在大量複製DNA。

呃——藤丸思索。不是因為我才拒絕，這話是什麼意思呢？他拚命轉動腦筋。

「不是因為妳有正在交往的對象——」藤丸的話才說到一半。

「並沒有。」她立刻回答。

「呃……」藤丸越發困惑了。「如果是這樣，那妳就更不用怕我難過了。還不如直接告訴我『對你沒興趣所以不想交往』……」

這當下心很痛，所以當然希望對方講得委婉一點，但是還不如明確讓他早死早超生更慈悲。

「我本來不太想說，但既然如此我就坦白吧。」

見本村挺直腰桿，藤丸也跟著緊張得渾身僵直。

「請說。」

「我不會跟任何人交往。」

藤丸目瞪口呆，下一瞬間，忍不住扯高嗓門質問為什麼。

「啊，對不起，這麼大聲。妳說不會跟任何人交往，到底是為什麼？」

難道是因為信仰上的制約或健康上的因素？就算真是那樣，照理說也有可能無預期地墜入情網。就算再怎麼下定決心「不談戀愛」，愛情是靠意志力能應付的嗎？

這樣的疑問源源從腦海冒出，藤丸不禁又問：

「我不是要妳選擇我，當然妳若能選我是最好啦，但撇開那個先不談，為什麼妳敢斷言『絕對不跟人交往』？今後說不定會有長得超帥、性格超好、錢多得花不完的高富帥向妳告白。」

「你看過那些閃亮的星星了吧？」

本村的視線指向顯微鏡。

「對。」

「在我們體內，也同樣有細胞活動。那麼，為什麼我沒有選擇人類或其他動物，卻選擇植物當研究對象呢？」

本村的眼睛，再次直視藤丸。彷彿被她那黝黑的雙眸吸進去。藤丸幾乎是屏住呼吸傾聽本村說話。

「植物沒有大腦也沒有神經。也就是說，不會思考，沒有感情。沒有人類所謂的『愛』這個概念。但它們照樣旺盛繁殖，擁有多樣化的形態，能夠適應環境，在地球各處生長。你不覺得這很不可思議？」

本村講得平淡，反而讓藤丸感到人類似乎比植物更不可思議。他想，不高舉「愛」這個曖昧不明的大旗就無法交配繁殖的人類，豈不是更奇妙詭異的生物？

「所以我選擇了植物。我決心將一切奉獻給活在這個沒有愛的世界的植物。我無法與任何人交往，也沒打算交往。」

啊——藤丸長吐一口氣。本村小姐是被捲入植物這個銀河漩渦的人啊。不信且看本村小姐的眼睛。那分明就是被藍光照亮的葉片細胞。乍看漆黑如宇宙，但如果仔細端詳，深處其實蘊藏閃耀的光芒。那種能量不斷分裂增殖。被非關愛情的東西推動，穿過至死的永恆。

「我完全明白了。」藤丸站起來。「我不會再說出困擾妳的話。」

老闆的忠告是對的。自己不該輕言愛意，讓本村小姐煩心，打擾她做研究。

藤丸目不斜視地迅速邁步，打開顯微鏡室的門。

「呃，藤丸先生……」

本村似乎拿不定主意該不該道歉。藤丸憑著毅力擠出笑容，朝室內轉頭說：

「不過，我可以再來嗎？送外賣時，讓我順便參觀一下栽培室或溫室，就當我是個對植物研究有興趣的圓服亭員工。」

「好，那當然沒問題。」

「謝謝。」

「我送你到玄關大廳。」本村說著準備從椅子起身。

「不用了，不用了。」藤丸連忙阻止她。

「我自己走沒問題，再見。」

走出顯微鏡室，反手關上木門。本村如果追上來會很尷尬，他慌忙沿著狹窄的走道邁開步伐。可是才走到第三步就一頭撞上低矮天花板的管線。

「嗚！」

藤丸搓揉額頭，忍痛走過迷宮般的走道。他一再迷失方向，甚至絕望地暗想，難道自己注定要死在理學院B棟的地底下，無人聞問地變成木乃伊嗎？眼眶的淚水令視線模糊，也是他迷路的原因之一。他拚命說服自己——我之所以含淚，只是因為撞到額頭很痛，以及找不到出口的不安所致。

好不容易找到厚重鐵門，藤丸脫下拖鞋換上球鞋。他盡量不去看本村的夾腳拖。沿著筆直的走道前進，走上通往玄關大廳的陰暗樓梯。

他感覺在地下室待了很久，可是走出理學院B棟一看，午後天空依然一片蔚藍。和本村穿的T恤顏色一樣。

千萬不能讓眼睛再漏水——藤丸克制眨眼的衝動走過T大校園。彷彿踩在雲端步履蹣跚。就是因為料到會這樣，才沒有騎腳踏車來。在人來人往的熱鬧校園內，雙眼矇矓不清的人騎腳踏車很危險。

穿過赤門時，藤丸暗嘆，「唉——」我失戀了。他有點想吶喊，有點想二話不說就這麼沉入柏油路，在這種心情驅使下，他在斑馬線的燈號變綠的同時猛然拔腳衝出。

他就這麼一路衝回圓服亭，拿鑰匙開了門後，從廚房的冰箱拿出盒裝牛奶，沒拿杯子就直接對嘴牛飲。這種日子為何偏偏是公休日！此刻他寧願被圓谷和常客們起鬨喊著「喲，玩丸！」好讓自己死得痛快點。

一口氣喝光盒中剩下一半的牛奶，藤丸終於冷靜了。他回到二樓的房間，一頭栽倒在地上沒收拾的被褥。

沒辦法，被喜歡的對象拒絕是常有的事。過去也發生過幾次，今後想必也會一再發生。但我肯定還是學不會教訓，又會愛上本村小姐以外的某人。說不定會有個我欣賞的對象也很欣賞我，然後就此結婚生子。對象不同，自然不可能抱著和前一段戀情完全相同的心情，但絕對有可能以同樣的能量捲土重來。愛情，不過就是這麼回事。

然而，此刻難免傷心。就算去松田研究室送餐點，暫時也得裝出「已經完全沒事了」的態度。必須把好感完全抹消。那很痛苦。不知道是心口還是肚子，總之就像撕扯那一帶的骨肉般疼得厲害。

藤丸抱著枕頭，蜷身閉上眼。

不，我的心情不重要。因為自己也知道，遲早會再次陷入情網。只要暫時忍耐一下，直到疼痛淡去就好。

可是本村小姐怎麼辦？到死都要這樣獨自觀察顯微鏡，繼續數著阿拉伯芥的細胞嗎？若真是那樣，好像有點可憐。

藤丸過去也有告白被拒的經驗，對方多半都是用「已經有男友」或「只想和你做朋友」這種理由拒絕。「想把一切奉獻給沒有愛的世界」這種理由還是頭一次碰上，他想：「不知該說是新奇還是怪胎，果然很有本村小姐的風格。」就算他向朋友吐露失戀的痛苦，解釋「是因為這種理由被甩」，恐怕也無法得到理解與共鳴，只會讓藤丸更加困擾。

或許正因如此才會喜歡本村小姐。藤丸想。因為本村本人，以及讓本村不惜撂話「奉獻一切」的植物研究，對藤丸而言都充滿謎團難以理解。讓他更想知道植物到底有哪一點如此吸引本村。

藤丸並不打算糾纏本村令本村為難，當然也想盡快埋葬夭折的愛意，所以本來或許該找個理由拒絕再去松田研究室送外賣。可是，「渴望知道謎底」的念頭依然橫亘心頭不肯罷休。這是工作，所以今後還是正大光明地去理學院B棟吧。就像本村小姐用顯微鏡觀察阿拉伯芥細胞，我也偷偷地繼續觀察本村小姐他們吧。

藤丸如此下定決心。本村等人為何如此獻身於植物研究？在沒有徹底搞清楚謎底之前，就算埋葬了愛意，愛意恐怕也會變成喪屍跳出來。

眼底浮現銀色的滿天星辰，在黑暗中放出的幽微光芒。那是何等絢麗。絢麗與孤寂，為何如此相似呢？

藤丸依舊閉著眼，只是一逕凝視銀河。

第二章

看到植物枝繁葉茂開出花朵，
她深深感到「這樣的速度對我恰恰好」
她不寫日記，
卻養成了天天對著成排盆栽說話後才就

本村紗英遲疑了五秒。

到底該追上走出顯微鏡室的藤丸陽太，還是任其離去？

對方吐露真摯的感情，自己卻拒絕了他，所以此刻應該任其離去。這點基本常識，本村當然有。

可是顯微鏡室位於T大理學院B棟的地下室。狹仄的走道昏暗且錯綜複雜。還有不規則出現的鐵門，看起來長得都很像。這裡是迷宮，本村當初曾多次迷路，甚至多虧有其他研究室的研究生湊巧經過，她哭喪著臉叫住對方，才被安然帶回顯微鏡室。

今天第一次走進這座迷宮的藤丸，能夠獨自找到出口嗎？她實在擔心。

果然還是該追上去送到玄關大廳才對。

本村從辦公椅站起來。就在這時，有人出聲：

「我看到囉——」

本村驚訝地轉頭一看，與隔壁房間相連的入口，站著松田研究室的博士後研究員岩間晴香。

「或者該說，『我聽見囉——』」岩間笑著走向顯微鏡室的本村。「要在這裡答覆人家的告白時，你起碼該先檢查一下裡面房間有沒有人。」

對本村而言，岩間算是研究室的可靠大姊頭。一頭短髮、身材高䠷的岩間，雖然個性爽朗、大而化之，有時也會粗中有細地關懷別人。和本村一樣，她也在用阿拉伯芥做實驗，因此彼此經常交換資訊、討論切磋。

附帶一提，岩間專門研究氣孔，本村送過那件特製的氣孔T恤給岩間。岩間很喜歡，但她說沒有勇氣穿出門，所以當成睡衣穿。本村覺得，那件衣服完全適合岩間，明明可以穿來學校。

「啊！啊？」岩間的突然出現，令本村大為驚慌。「岩間學姊該不會一直待在栽培室？」

「對呀。」岩間一副被打敗的樣子嘆口氣。「就算我想悄悄避開，除了直接穿過顯微鏡室也別無他法。就在我暗自傷神時，你們的對話已經越來越私密。我沒辦法，只好一邊祈禱『拜託千萬別進來栽培室』，一邊和阿拉伯芥一起屏住呼吸。」

「對不起。」

「那是圓服亭的員工吧？我倒覺得你們很合得來，這樣拒絕人家真的好嗎？」

「對……」

見本村點頭，岩間又小小嘆口氣。

「傻瓜。妳雖然聰明，有時候也是個傻孩子。」岩間笑著說：「但這也正是妳可愛的地方。」之後，她就像本村與藤丸之間壓根沒有進行過對話似的，說了聲：「回樓上吧。」

T大理學院中，專攻生物科學的女性比例算是很高。但理科整體上大學生及研究生還是以男性居多。雖然在研究上，性別完全不是問題或障礙，但同一個研究室有意氣相投的姊妹淘，還是讓本村在這種時候感到特別安心。

她和岩間一起離開顯微鏡室。

本村不動聲色地一路掃視，深怕藤丸昏倒在地下走道的某處。幸好並未發現藤丸的蹤影。藤丸的鞋子也從鞋櫃消失了，她希望他已平安回到地面。

走上研究室所在的三樓時，松田賢三郎正好行經走廊。也不知他到底有多少套黑西裝，今天同樣讓本村深感不可思議。岩間嚷著「啊，老師」小跑步接近松田。

「地下室的生長箱，排水好像還是有點問題。就是最前面的那一台。」

「這樣啊。因為已經用很久了嘛。請告訴中岡小姐，讓業者派人來看一下吧。」

本村穿過站在走道就聊起來的岩間與松田，逕自走進研究室。

本村的位子最靠近門口。她在椅子坐下，輕觸筆電的鍵盤解除休眠狀態。她的電腦桌面是阿拉伯芥細胞的顯微鏡照片，只見圓形顆粒整齊排列。阿拉伯芥連細胞都很可愛。每次打開電腦，她都忍不住盯著桌面看得入神。

她想起藤丸詢問「為什麼可以看見星星」時的表情。顯微鏡也可以變成天體望遠鏡——要是真有那麼方便的工具就好了。本村微笑。

然而實際上，魚與熊掌不可兼得。如果想要望遠的功能，就必須放棄觀察細胞。如果想要觀察細微物體的功能，就必須放棄觀星。

微笑霎時消失，本村打開電腦中的論文資料庫。迅速瀏覽顯示的英文，找出植物學的最新資訊閱讀。

至於藤丸，已被她拋諸腦後。

本村大學四年不是在T大念的，當時她就讀位於神奈川縣的某私立大學。在那個容納理科所有學系和文科部分學系的廣闊校園，本村隸屬於研究大腸桿菌的專題研究班。打從大學時，她就喜歡用顯微鏡觀察細小的東西。

和阿拉伯芥一樣，大腸桿菌也是「模式生物」，在分子生物學的世界擁有重量級地位。從出生到死亡的週期短暫，方便讓人觀察世代交替的過程。

不過它和阿拉伯芥不同，是單細胞生物，因此可以輕易在洋菜膠培養基複製增殖。無數大腸桿菌在培養皿中繁殖，超乎預料的生命力，往往令本村困惑不已。

說是單細胞生物，本身就是細胞。關於DNA是如何複製的，和人類乃至其他多細胞生物的原理都有共通之處。換言之，研究大腸桿菌可以解開大多數的生命之謎。本村在觀察大腸桿菌的過程中享受著樂趣與成就感，於是決定繼續攻讀研究所，做更進一步的研究。

另一方面，她也有點猶豫是否該選大腸桿菌為研究對象。

本村從小就喜歡植物。雖然小貓小狗小兔子很可愛，但牠們會動來動去。對於從小就經常發呆的本村而言，牠們的動作太快了。就算抱住小動物，牠們也會立刻扭動掙扎想脫逃；即使想追上去，牠們的敏捷也不是本村這種毫無運動神經的人能夠抓到的。

就這點來看，植物讓她安心多了。花草樹木都不會逃跑，可以盡情觀賞嗅聞碰觸。它們會安靜地在發呆的本村身旁默默生長。

本村小學時就在自己房間的窗邊放了一些盆栽。可惜她沒什麼栽培植物的天賦，不是澆太多水就是搞錯換盆時機經常讓植物枯死，但本村還是拚命灌注愛心照顧植物。

看到植物枝繁葉茂開出花朵，她深深感到「這樣的速度對我恰恰好」。她不寫日記，卻養成了天天對著成排盆栽說話後才就寢的習慣。

因此，她對植物很有愛，對大腸桿菌卻沒什麼特別的感情。當然，看到寒天培養基中不斷繁殖的大腸桿菌，她會想：「啊，大腸桿菌活得好好的呢。加油！」但也有時大腸桿菌繁殖過度讓她來不及處理，只好忍痛丟棄。

「哇！妳幹什麼，住手！」被殺死的無數大腸桿菌感覺著如此發出哀號，但本村內心隱約認為「可是，不過是大腸桿菌」——她有點害怕會這樣想的自己。

如果不選個更有愛的研究對象，自己恐怕會變成絲毫不把道德放在眼裡的瘋狂科學家？但她也不可能去解剖老鼠或小白鼠那種實驗動物。不只是因為牠們跑得太快，也因為毛茸茸暖呼呼的太過可愛。

還是植物好，不僅可愛，又沒有毛。不，嚴格說來，有些植物的葉子也有細小纖毛，但和兔子或絨毛玩具那種毛茸茸的毛完全不同。如果是植物就沒問題。

現在回想起來，她實在想太多。天底下哪來這麼多瘋狂科學家。研究者只是秉持分寸、冷靜和敬意，處理實驗及觀察用的生物。不管對象是大腸桿菌還是小白鼠、植物，都是一樣的。為了破解生命的不可思議而奪走對方的生命，研究者對此不可能毫無自覺。正因為承受著那種沉重，所以要更嚴肅地面對研究。

本村升上大四後，再也按捺不住想透過多年喜愛的植物，而非大腸桿菌來研究生命的念頭。這一切都是因為大腸桿菌讓她體會到研究的樂趣與深奧。謝謝你，大腸桿菌！

本村當時與父母住在千葉縣柏市的家中。通學單程就要兩小時相當辛苦，但她還是順利熬到了最後一學年。本村卻在這時下定決心「想念研究所」，讓父母困惑不已。因為父母多少聽說過，念到研究所後反而更難找工作。尤其是母親，「其實用不著那麼認真念上去……」母親說。

「妳想想看，去念研究所，就表示要當學者對吧？那妳將來結婚怎麼辦？」

ㄐㄧㄝˊ ㄏㄨㄣ？對結婚毫無興趣的本村，甚至一時想不起來母親說的是哪兩個字。但她明白母親在擔心什麼。

就算去念了研究所，也不代表今後絕對能以研究者的身分揚名立萬。就此留在大學拿到教授職位的，只是其中一小撮人。與其選擇這條毫無保障、前途未卜的路，還不如大學畢業後就去找工作上班，接著在適當時機結婚成家，按部就班走所謂的正常路線比較好吧？母親大概出於做父母的憂心而打算這麼說。

就算結婚不重要，本村依然有她自己的迷惘與焦慮。在她就讀的私大，系所之間並無派系之見，不分文科理科，學生彼此間交流頻繁。本村的文科朋友們當時幾乎百分之百都在忙著找工作。即便是同屬理科甚至同系的朋友，比起要考研究所的人，就業者絕對佔多數。

她不可能永遠依賴父母。或許該去找工作？不管要念研究所還是找工作，自己什麼準備都沒做，好像已經失了先機。

本村憂愁地走過正熱鬧迎接新生的校園。人工造景區隔出的校地內，高大櫸樹格外引人注目，枝頭嫩芽蓄勢待發。再過不久，柔嫩的淺綠新芽想必會一齊出現吧。

櫸樹張開錯綜複雜的細小枝椏，彷彿要在天空畫出裂痕。看到那一幕的瞬間，本村心底忽然湧現一股衝動。

櫸樹為何會以這種形狀張開枝椏？植物的葉片形狀及生長方式為何各不相同？我真的好想、好想，好想知道。植物，以及我們，究竟是以什麼運作原理決定自己的外型，進行生命活動？

對結婚和生育都沒興趣的我，該不會是個不完整的生命體？

本村決定了。去念研究所吧，去研究植物，因為渴望知道那些答案。對自己而言，此刻最重要的，不是就業、結婚或安穩的將來。是運用雙手與頭腦做實驗，觀察顯微鏡，與生物面對面——為了盡可能了解支配這個世界、支配生命、迄今仍未被充分破解的奇妙法則。

然而，本村就讀的私大，並沒有專門研究植物的老師。

雖然本村在旁人眼裡老是在發呆，但她一旦下定決心，有時也會意外迅速地展開行動。本村先懇求父母，徵得他們的同意念研究所，同時立刻查好專攻植物學的系所，把目標鎖定在T大的松田研究室，因為松田研究室是從細胞及基因的角度研究葉子以什麼原理形成。本村翻閱了以教授松田賢三郎為首的研究室成員發表的論文後，當下直覺「就是這裡了」。

她馬不停蹄展開行動。準備T大研究所入學考的同時，也寄信到研究室官網記載的松田電子信箱，表達自己想去拜訪。報考研究所的人，多半會事先造訪欲考取的研究室，和教授面談。否則考上了，卻和研究室在相處上格格不入，或無法如願做自己的研究，可就麻煩了。

松田那邊立刻回覆「隨時歡迎」。雙方約好拜訪的日期與時間，五月黃金周連假一結束，本村已站在T大理學院B棟前了。

第一次看到理學院B棟，在本村眼裡宛如參天古木。就像在地面盤根錯節般氣宇昂揚，而且有種人性的氣息。

她緊張地走上建築物內的樓梯，找到松田研究室。輕敲木門，傳來男性的聲音說「請進」，可是她怎麼轉動握把都打不開門。正在又推又拉奮戰之際，室內似乎有人走近門口，從內側替她開了門。

「訣竅在於要稍微抬起門。」打開的房門那頭的男人說。正是說「請進」的聲音。此人就是松田老師嗎？本村在網路上看過照片，但本人似乎比照片年輕。松田穿著黑西裝白襯衫。本村覺得他有點死神的氣質，但銀框眼鏡後的眼神沉穩，讓她緊張的心情些許放鬆。

她報上姓名後，松田說「我是松田」，邀請她進入研究室。充滿綠意、有點灰塵的雜亂空間，讓本村感到自在。

研究室成員似乎都不在，松田倒了兩杯咖啡。本村與松田隔著房間中央那張大桌的邊角而坐，邊喝咖啡邊談。先由松田說明研究室目前做的實驗，以及今後預定深入的課題。接著由本村陳述自己在大學做過什麼研究，今後想進行什麼研究。松田除了提出兩三個問題，大半時間都安靜傾聽。

兩人都不是健談的人，所以交流完必要的訊息後，室內就陷入沉默。雖然不至於尷尬，但本村不好意思打擾松田太久，喝完咖啡就起身。

「謝謝您的咖啡，也謝謝您今天抽空見面。」

「我認為妳感興趣的課題，和我的研究室應該很契合。」

松田也站起來，制止想幫忙收拾的本村，自己把空杯子端去研究室的水槽。「入學考試要加油喔。」

這時，一個看起來不到三十歲的男人進來。是後來成為助教的川井，川井當時是以博士後研究生的身分待在松田研究室。

「啊，川井。」松田叫住他：「這是想考研究所的本村同學。你能不能帶她參觀一下實驗室？」

不只是實驗室，川井還爽快地讓本村看了栽培室。建築物和設備雖然老舊，試劑和器材好像都很豐富，應該可以應付大部分實驗。堪稱研究植物的最佳環境。最重要的是，研究室的氣氛很好，松田和川井看起來人品穩健，本村越發在心裡立誓「一定要考上T大研究所」。

不過，既然特地來事前勘察，還是得謹慎一點。

「請問松田老師是什麼樣的老師？」

本村鼓起勇氣問川井。當時她正在和川井拿抹布擦掉植物生長箱外溢到栽培室地板的水。

「老師對研究充滿熱誠，對學生和研究生的指導也很詳細。」

川井回答，笑了一下。「不過，整理環境的能力顯然不行。地上這些水，也是松田老師沒有把水桶的水倒乾淨造成的。」

松田整理環境的能力比本村預料的更差——研究室屏風另一側，經常被書本和文件淹沒，再不然就是四處翻書本、文件都找不到他要的東西。本村發現這個事實，是在隔年春天——她發憤苦讀，終於考取了T大研究所。

這同時也是她第一次離家獨自生活。上了研究所後，將會天天忙著做實驗寫論文發表研究，她判斷不可能有時間繼續從家中通學。

考進研究所時，本村申請到助學金，但那終究得償還，實際上等於是借來的錢。也有「特別研究員」這種領薪水、有機會得到研究費贊助的計畫。不過，那必須念到博士班才有資格申請，而且無論提出再怎麼縝密的研究計畫書，競爭都太激烈，很難雀屏中選。也沒空去打工。到頭來學費、房租和生活費大半還是得靠父母援助。

助學金當然不用說，父母給的錢，她也打算遲早要還。但是研究所畢業後不見得找得到固定工作，本村感到前途茫茫。出社會還是得靠錢。本村的父母離退休還早，尚能維持家計，但想必有許多家庭做不到。有些人想求學，卻因種種考量不得不放棄上大學和研究所。

本村在松田研究室一心投入實驗。為了節省餐費，也積極試著以生疏的廚藝自炊。本村的母親有段時間很擔心，經常打電話來，但在本村升上博士班後似乎已完全死心。母親再也沒提過「結婚」或「將來」這些字眼。

對不起，媽媽。我和植物結婚了……！如果授粉可以搞定，我就能讓妳抱孫子了。不，雖說是結婚對象，但我並不能與植物達成充分溝通。況且還是會讓盆栽枯死，阿拉伯芥的細胞也不如我期待地發光。唉，我這人，或許沒有做研究的資質。

大學時代的朋友，如今工作第三年。偶爾遇到，總會聊到已稍微適應了工作，或上司不肯授權重用很無趣云云。大家看起來閃閃發亮。像我這樣整天給阿拉伯芥授粉計算細胞真的好嗎——她有點慌了。

然而本村已無法回頭。實際上，她也不後悔。

只要看顯微鏡，本村追求的世界便已盡在眼前。

本村的一天，從照顧公寓窗口成排的盆栽開始。

最資深的一棵，是她從高中養到現在已有十年的馬拉巴栗。起初盆子約手掌般大小，但樹幹不停往上竄，如今比本村還高了。大盆的馬拉巴栗放在榻榻米上，不僅長滿茂密綠葉，有些葉片比她的臉還大，甚至擋住電視螢幕。

此外，還有從父母家中和她一起搬出來的仙人掌，研究室的加藤送的多肉植物，香草植物類的小盆組合盆栽等等，整齊排放在窗邊。本村實在太容易養死植物，所以她盡量挑選適合入門者照顧的植物。

現在最費心照顧的是聖誕紅。放在馬拉巴栗盆栽的隔壁，為了讓葉子色彩鮮豔，從九月下旬起必須做一個多月的「短日照處理」。從傍晚到天亮都得完全遮住光線。本村用的是密封好的紙箱，但她經常到了傍晚都還沒回家，所以往往忘了給聖誕紅罩上紙箱。

這天早上她滿懷期待拿開箱子，但似乎是因為沒有嚴謹地進行短日照處理，眼看都快十一月了，聖誕紅的葉子還是綠的。奇怪了，去年買來的時候，明明是可愛的粉紅色葉片。

雖然失望，她還是給泥土略乾的盆子澆水，摘去殘破的葉子，享受片刻與植物的交流。當然，她也會跟植物說話。例如「天氣變冷了呢」或「肥料夠嗎？」之類的，但這種模樣她可不想被任何人看見。

本村住的公寓在田原町車站附近，是灰泥外牆的老舊雙層樓房，因而房租便宜。搭電車去T大也不用二十分鐘。考慮到中途要換車，其實這個距離騎腳踏車上學也行。

本村的父母認為她應該找防盜設備完善一點的房子，她倒認為住二樓應該沒問題，而且親切的房東老夫婦就住在後面的獨棟房子，讓人很安心，最重要的是日照充足，讓本村決定選這間公寓。窗邊的植物看起來相當舒適自在。對本村來說，幾乎只是回來睡覺，所以房子破舊一點也無所謂。

公寓還有其他五個住戶，房客之間幾乎毫無往來。她和男學生、看似忙碌的年輕上班族、據說在上野某酒家上班的中年女人，頂多是在走廊碰到會打聲招呼。

附帶一提，公寓叫做「第二鈴木莊」。「第一」原本也在附近，據說很早就賣掉了，原地蓋起了小型大樓。

話說回來，享受與植物共度的早晨時光後，她準備吃早餐做便當。早餐的配菜多半是納豆、煎蛋之類簡單的菜色。便當也是隨手裝些前晚剩下的炒菜或冷凍食品。和養植物一樣，本村對家事也完全不擅長。唯一拿手的，就是埋頭用顯微鏡觀察、計算那些小小的顆粒。

周六多半會去T大，所以打掃和洗衣一律集中在周日解決。周日若下雨就會很悲慘。要洗的衣物太多，只好晾在室內，但是曬不乾的衣物會發出難聞的味道，有時最後還是得扔進洗衣機重洗一遍。本村不知道有芳香的柔軟精這種東西。因為她就算在藥妝店，也是毫無猶豫地買了洗衣劑就走。而且她買的不是液體，是沙狀的洗衣粉，因為她喜歡顆粒。馬拉巴栗細瘦的枝椏被放上濕襪子，看起來有點悲哀地垂下頭。

為了應付衣服來不及洗的時候，她有許多短袖和長袖的廉價T恤。T恤圖案之所以全都那麼詭異，純粹是本村個人品味的問題。

吃完早餐，把便當裝進布袋，本村脫下睡衣。換上左胸有橘子圖案刺繡的長袖T恤和一如往常的牛仔褲。洗完臉，套上夾克，她覺得「天氣好像有點冷了」，於是沒再穿夾腳拖，穿了球鞋。

在上野廣小路換車時，她才想起「對了，忘了化妝」，但她沒有隨身攜帶化妝品的習慣，況且會在研究室碰面的只有熟悉的夥伴們和阿拉伯芥。就在她心想「算了」的下一瞬間，已忘了自己沒化妝，開始在腦海構思今天一整天的工作流程。

上午十點前抵達T大，立刻上工。本村已是博一生，研究內容和行程安排都是自行決定，自己進行。她一邊處理回覆電子郵件填寫文件資料這些事務性工作，還得替栽培室的阿拉伯芥澆水，收種子，整理顯微鏡拍攝的照片檔案，閱讀論文……要做的事情很多。幾乎天天都是晚上十點多才回家。

進而，研究室每周還會有一次例行討論會。與會者包括教授松田賢三郎，助教川井，博士後研究員岩間，碩二的加藤，再加上本村。松田研究室全體成員聚集在大桌旁討論。會議中大家輪流介紹感興趣的論文，報告自己的研究目前的進展。每人每月一次輪到介紹論文或發表研究報告，因此不能懈怠，還得閱讀相當多的學術期刊。如果研究過了幾個月都沒有進展，松田眉心的皺紋就會越來越深，露出「死神去接死者，卻意外目睹死者活蹦亂跳的模樣」似的表情。

而且例會上，連回答其他成員的問題都一律要用英語，因此大腦非常累。目前松田研究室的成員都是以日語為母語的人。加藤經常哀嘆，既然如此為何非得用英語討論。然而，自然科學領域的共通語言是英語，所以莫可奈何。論文也是用英文寫，如果不會講英語，就無法與海外的研究者交流或交換資訊。因此這是松田的用心良苦，想讓大家習慣英語。

生物學者——研究植物的人也是生物學者——注重生物的多樣性。雖然一概都叫「植物」，為何擁有如此多種多樣的形狀與特性？為什麼地球上有大腸桿菌也有貓？馬鈴薯與人類在外型和性質上為何有這麼大的差異？

偶然的長年積累，形成地球上現存的生態系統。就算地球的歷史重來一次，也不會再發生同樣的偶然。演化路徑當然不會一樣，因此重來一次的地球，存在的生命體想必會和現在截然不同。

就機率而言，勢必無法重現這立基於絕妙平衡的生物多樣性。因此，松田研究室的成員才這麼感興趣，想解開謎團，觀察植物做實驗。

但有些研究生因英語陷入苦戰。說來諷刺，他們雖然喜愛、尊重多樣性，卻又任由語言隔閡這個多樣性的代表象徵擺布。除了經常在國外發表的一流研究學者松田，以及曾在美國大學留學的岩間，本村和加藤都被英語整慘了，開會時也經常向松田懇求「呃——那個，可以用日語說明嗎？」每次松田都會露出「死神去迎接死者，卻意外目睹死者醉得很

high，大跳肚皮舞」似的表情，勉強擠出一句「請便」。

加藤最喜歡的電影，據說是昆汀．塔倫提諾執導的《追殺比爾》。本村沒看過，但據加藤描述，女星劉玉玲在片中飾演女流氓，她會用結結巴巴的日語講話，講到關鍵部分，就會突然切換成英語說：「為了讓您理解我是認真的，接下來我用英語說。」本村懷疑那種方針在黑社會是否行得通，但加藤兩眼發亮說那是「劃時代的創舉」。

「我今後也想堅持『接下來要發表重要論點，為確保正確，將以日語敘述』的主張。然後讓茱麗．德雷福斯[1]用英語替我翻譯！」

「這種宣言，有種你就在松田老師面前說。」岩間吐槽。

本村聽不太懂加藤在說什麼，但她知道對方同樣因為英語頭痛，不免心有戚戚焉。

網路上，有一種英語讀論文概要的服務。只要登錄電子郵件，就能像聽收音機一樣，聽取研究的相關資訊，讓眾人如獲至寶。因為讓耳朵熟悉英語也是目的之一，所以本村也常聽，但她的程度還是無法像母語那樣自由聽說讀寫。不過，她因此得知有論文研究母蟑螂交配後在體內積蓄精子，母蟑螂利用那些精子，從此不再交配也能不斷產卵。抱著追求刺激的心態，她很想看看那篇論文，但那畢竟和植物研究沒啥關聯，所以最後還是打消念頭。

諸如此類，本村每天都很忙。研究室成員為了透透氣，也會去圓服亭吃晚餐，但本村最近自動迴避。或許是察覺她的苦衷，岩間也不再開口邀她一起去。

幸好，藤丸還是看起來毫無芥蒂地送來午餐。松田研究室依舊以十天一次的頻率叫外賣。幾乎都是松田掏腰包埋單，可以省下一頓飯錢，本村當然感激不盡。最主要的是，她很高興能夠擺脫自己做的不怎麼好吃的便當。

本村當然也不是草木石頭，她很清楚藤丸是抱著多麼認真的心情告白。正因如此，她才用了整整三天思考如何回應。過去當然也被其他男性告白過，但她都是「秒殺」拒絕對方。

唯獨藤丸的告白，讓本村有點遲疑。想必是因為藤丸對植物學有興趣，表露出純粹的驚奇與喜悅。本村覺得她重視的世界，以及她自己，都獲得了尊重，所以很開心。藤丸在圓服亭勤奮工作、熱情學習廚藝的態度也令她欣賞。彼此傾注熱情的世界雖然不同，但她發現他們能用相同的語言無止境地交流。她感到，和這個人應該可以共度快樂時光。

但，思緒停在這裡。

快樂時光到底是什麼？是一起吃飯、一起去遊樂園嗎？可我吃飯都是一個人迅速解決，只想用剩下的時間盡可能多收幾顆阿拉伯芥的種子，況且如果有那個閒工夫被遊樂器材甩來甩去迅速落下，我寧可用顯微鏡安靜觀察阿拉伯芥的細胞。那樣更快樂。

兩個人無法同時用一台顯微鏡觀察，交往時該在哪找到熱戀的感覺呢？本村怎麼想都想

1　茱麗・德雷福斯（Julie Dreyfus）：法國女星，在《追殺比爾》飾演蘇菲。

不出所以然。她實在不認為自己談戀愛會比做研究更熱中。

而藤丸不同。他認真工作，同時可以對人萌生情愫，將來想必也會組成自己的家庭吧。他不是對順理成章的過程抱持疑問或格格不入感覺的人。

藤丸的那種「健全」在本村眼裡顯得耀眼。她覺得當自己面臨必須二選一的局面時，八成會毫不遲疑地選擇研究，所以才會答覆藤丸「無法和他交往」。

不可否認的是，內心深處的確想的是：「就算我倆交往也不可能有好結果，就沒必要浪費彼此的時間了。」本村察覺，這種想法其實蘊藏某種傲慢。藤丸肯定會說「如果不交往看看，怎麼知道會不會有好結果」吧。

不知道會不會有好結果的事，光是實驗就夠了。她不想再為其他事物動搖身心。本村真的、真的只想做研究，她想把自己所有一切都傾注在那上面。

瘋狂的熱情讓她彷彿中了邪。本村明知自己就算活到一百歲也絕不可能破解所有植物的謎團，卻還是執意繼續凝視發出微光的細胞。這想法就算費盡唇舌，恐怕都無法讓藤丸完全理解，所以只能斷然拒絕他。

這一天來送外賣的藤丸，若無其事地向本村打招呼。加藤似乎帶他參觀了溫室，他也滿面笑容對包括本村在內的研究室眾人說：「太厲害了，就像叢林一樣。」他是個開朗而溫柔的人。

不過，並沒有阿拉伯芥細胞那麼打動本村的心。

十一月的第一次例行討論，依舊在松田研究室舉行。研究室全體成員圍著大桌，審視報告者分發的報告摘要。報告附有圖表與照片，當然全以英文寫成。

這次輪到本村介紹論文，加藤負責發表自己的研究報告。這是個晴朗的午後，和煦的冬陽照亮研究室。而且午餐吃的是圓服亭的餐點，各人剛以美味的蛋包飯和漢堡排套餐填飽肚子，一邊對抗睡魔一邊全速運作大腦用英語報告或回答疑問，比平時更吃力。

但本村與加藤為了這次例會幾乎都熬夜通宵做準備，他們卯足全力陳述，誓死不讓付出的勞力白費。

本村介紹的論文，是「阿拉伯芥的根部如果照射光線培育，會比在地下室等黑暗場所培育的根更短」。植物的根本來就有避光生長的特性。如果朝著光源生長，就會冒出地表，恐怕無法達成根部的職責。不用特地做實驗也會直覺贊同：「想必是這樣沒錯，根部應該會避光成長嘛。」

不過，關於根部是以什麼原理避開光源，得以始終留在地下，目前尚不清楚。葉子和莖都會尋求光源，朝光源處生長，為何唯獨根部不會向光呢？本村介紹的論文，就是在探究這個疑問。

該論文研究指出，在光線中生長的根，會大量積蓄黃酮醇這種物質。黃酮醇會阻礙生長素（auxin，促進植物成長的賀爾蒙）輸送，因而讓根部細胞分裂得較小，導致根部無法成長。

研究室眾人對此展開熱烈討論：「單就原論文刊載的圖片，並未嚴密證實作者的言下之意吧？」「若要研究黃酮醇與生長素的關係對葉子細胞產生什麼作用，該做什麼樣的實驗最適合？」紛紛提出疑問或思考著。

介紹的論文引起眾人興趣，讓本村鬆了一口氣。再沒有比明明覺得某篇論文很有趣、很重要，一旦介紹出來，卻只得到「嗯……？」這種不痛不癢的反應更淒涼的時刻了。會萌生「咦？是我的感受力有問題嗎？還是說，我根本沒有做研究的才華，才會逮著一篇無厘頭的論文當成寶貝？」之類的想法，越發流失本就不多的自信，陷入負面思考的迴圈。

這次的論文介紹堪稱成功，本村滿心喜悅回到座位。接著輪到加藤起身，發表「已發現如何讓仙人掌的刺更透明的方法」的報告。

植物的葉片很薄，所以歷來確立的實驗法是浸泡藥劑令其完全透明化，讓顯微鏡下的細胞看得更清楚。但仙人掌的刺是圓錐形有立體感，又不像葉片的厚度均一。刺較粗的部分很難連核心都徹底透明化。此外，阿拉伯芥有很多人研究，仙人掌的研究者放眼全球卻為數不多，甚至潛心研究刺的透明化的人，更是找遍論文與網路都找不出來。

然而加藤並未放棄。

「孤獨有時更能推動我。」加藤用文法有點怪異的英語表示：「不過，我有了終極發現，正要再接再厲下功夫。請各位看手邊的資料。」

研究室眾人看著加藤發下來的資料。上面有仙人掌刺徹底透明化的美麗顯微鏡照片，以及完美透明化所需的藥劑配方。

「噢……？」

大家的反應並不熱烈。因為讓仙人掌的刺透明化的人，除了加藤再沒第二個。本村看著變透明的仙人掌刺的顯微鏡照片，暗忖「好像新鮮的魷魚」。不過，對於加藤的單打獨鬥與一再嘗試，這樣的感想好像太過分，因此她噤口不語。

讓仙人掌的刺徹底透明，想必是全球首見的壯舉，但這種壯舉有多大的普及價值，現階段尚無法評斷，因此研究室瀰漫一股困惑的氛圍。

或許是不希望打擊學生的士氣，松田一副煞有其事地說：

「虧你能用實驗室的一般藥劑透明化到這種地步。要申請專利嗎？」

在化學與農學、藥學這類和商品化有密切關聯的領域，很盛行申請專利，但基礎研究並不太重視這件事。成果直接商品化的情形也很少見，因為一般都認為應該將成果廣泛公開，只要能有助於進一步研究就好。

松田也是半開玩笑才說什麼「專利」之類的話題，沒想到加藤很認真地謙虛推辭，連聲說不用。

「為了仙人掌研究的將來，只要大家能活性刺的透明化，我就滿足了。」

「應該是『活用』才對吧。」岩間指出他的英語錯誤。

「對，只要大家能積極活用，我就滿足了。」

「專利姑且不談，但你不如盡快寫成論文投稿到期刊上？」川井提議。

「我英文太爛了，但我會努力。」加藤羞答答地回答。

正好時間到了，這次的例會圓滿結束。川井去研究室附設的流理台前泡咖啡。眾人品嘗著咖啡，一邊休息一邊閒聊。

松田研究室的門就是在這時被人猛然推開，只見松田的同事諸岡悟平站在門口。這位老教授再過幾年就要退休了，畢生都在研究薯類。雖然種了很多薯類也吃了很多薯類，身材卻依然乾瘦，蓬鬆的頭髮已徹底灰白。

松田研究室全體驚愕地看著諸岡——平時斯文的諸岡此刻大馬金刀堵在門口。在本村看來，他的白髮似乎在冒煙，震撼力十足。他的腳下趴著圓服亭的藤丸，似乎是前來收餐具，在研究室門前蹲下時，被來勢洶洶的諸岡一腳踢飛。

「What's up?!」

加藤還沒從研討會的規則清醒過來，脫口用英語表達眾人的內心感受。

「別說英語！」

諸岡怒吼。隨即察覺趴在地上的藤丸，連忙滿口抱歉地扶起他。

「不管怎樣，老師先進來再說吧……」

松田替諸岡這位老前輩找了張椅子。諸岡扶著搗住腰部的藤丸，走進松田研究室。讓藤丸在椅子坐下，自己依舊站著，睥睨室內眾人。

「你還好嗎？」

本村小聲問藤丸。

「欸，幸好他是輕量級，總算沒事。」藤丸不再按摩腰部，戰戰兢兢望向諸岡。「他好像很生氣，是老師嗎？」

「對。隔壁研究室的諸岡教授，主要研究薯類。」

「既然是理學院的老師，應該不是研究『怎樣才能收成更多地瓜』吧？」

根據這段時間的見聞，藤丸似乎已完全理解農學院和理學院的差別了。本村覺得他很了不起，點點頭說：

「諸岡老師的專業領域是莖部的研究。馬鈴薯是莖部形成的，地瓜則是根部形成的。老師透過研究各種薯類，試圖破解莖部為何會變形的奧秘。」

「哇——」

諸岡對竊竊私語的本村與藤丸置之不理，似乎更加怒氣衝天了。

「松田老師，你們研究室也太隨興了。」

「對不起。」

松田老實低頭道歉。

「老師，你道歉得太快了。」岩間小聲斥責：「我們不是很認真做研究嗎？請你問問諸岡老師，我們到底有哪一點『太隨興』。」

在岩間的催促下，松田只好問諸岡。諸岡氣得滿臉通紅，優雅的白髮好似都被火光照亮染成紅色。

「請問我們有什麼冒犯之處嗎？」

「是溫室！」諸岡怒吼。

川井察覺事態，露出「慘了——」的表情，但其他人還一頭霧水，面面相覷，不解「溫室有什麼不對」。尤其是本村，她是以栽培室種植的阿拉伯芥為研究對象，幾乎完全不進溫室。她和同樣研究阿拉伯芥的岩間，以視線交流：「他在說什麼？」、「誰知道。」

「那間溫室，是平分給松田研究室和我的研究室一起使用。」諸岡繼續說：「可是現在，整個溫室通通都被仙人掌佔領了！」

說到這裡，除了加藤以外，全體都明白諸岡憤怒的原因了。就連藤丸這個外人，都忍不住對本村發表感想：「我還以為那是專門給仙人掌的溫室。」

「對不起！」

以岩間為首，松田研究室眾人再次向諸岡鄭重道歉。連藤丸也莫名其妙地跟著一起道歉。沒想到，加藤這個讓仙人掌過度繁殖的罪魁禍首，還少根筋地說：

「哎，那間溫室，好像最適合仙人掌及多肉植物生長。眼看它們越長越大，我都來不及分株。諸岡老師您如果有想要的儘管說。種在小盆子裡，放在室內都很好養喔。」

視仙人掌如命的加藤純粹出於好意這麼說，但就連本村都想吐槽：「拜託你識相點，看看場合，加藤學弟！」果然，諸岡氣得白髮倒立，簡直就像仙人掌的刺一樣。

「我已經忍很久了。」諸岡從門牙縫隙咬牙切齒地擠出話：「即使溫室的仙人掌越來越巨大，讓人懷疑『這裡是墨西哥嗎？』即使多肉植物越來越多盆，讓人覺得『好像《風之谷》的實驗室層架』，我也一直沒吭氣。」

「這位老師居然知道《風之谷》啊，真是人不可貌相。」藤丸很佩服地小聲說。

本村提心吊膽深怕諸岡像巨神兵那樣大肆破壞，噓聲制止藤丸。

「到了最近，不知怎地連蕨類植物都開始茂盛繁殖，從溫室天花板像瀑布般垂落葉片，但我認為研究生熱心研究、和植物親密接觸是好事，所以一直靜靜地旁觀。」

諸岡痛切訴說溫室的現狀與自己的心情。

「啊，蕨類是我出於興趣種植的。」

加藤主動自首，甚至有點洋洋得意。

「蕨類擁有迥異於仙人掌的風情和奧妙，讓我一種就上癮。」

「沒想到一間溫室裡，能把原產地及生長條件各不相同的植物種得那麼好。你可真了不起啊，加藤。」

諸岡咬牙切齒地說完，隨即再次怒吼：「但忍耐是有限度的！我已忍無可忍了！」

猙獰的諸岡彷彿巨神兵終於從口中發射死光，嚇得松田研究室眾人乃至藤丸都脖子一縮。唯有加藤還是老樣子，彷彿想說「咦？植物在溫室養得那麼順利，老師幹嘛生氣？」神經大條地歪頭不解。松田也老神在在，「傷腦筋啊。」說著露出苦笑。

「溫室到底發生了什麼事，居然讓向來溫和的老師這麼生氣？」

被松田這麼一問，諸岡這次悲痛地垮下肩膀，說：

「我的小芋，我的小芋……」

他開始渾身哆嗦。

「小玉？是老師的寵物嗎？」藤丸偷偷打聽。

「我想應該是小芋頭。」本村也低聲回答：「那是芋頭的一種，熱帶地區經常食用。」

諸岡似乎沒聽見本村與藤丸的對話，「全都枯死了……！」

他用悲痛萬分的語氣繼續說：「不斷增生的仙人掌和多肉植物，把我的小芋趕到溫室角落，再加上頭頂還有茂密的蕨類覆蓋。分明是被日照不足害死的！」

「不見得吧，小芋頭照理說很好養」、「也有可能是老師忘了澆水吧」……諸如此類的懷疑如漣漪冒出，但是諸岡看起來實在太沮喪，因此議論瞬間靜止。

「對不起。」

松田研究室眾人，這次包括加藤在內全體向諸岡道歉，連藤丸也跟著道歉。

「加藤，你快去整理溫室，幫諸岡研究室騰出空間。」

松田下令。

「是。」加藤點頭。「藤丸老弟，我送仙人掌給你好了？」

「真的嗎？」藤丸開心地抬起頭：「我老早就想著房間該添點綠意呢。謝謝！」

溫室的空間爭奪戰出現曙光，諸岡看似滿意。但是——本村想，加藤的「綠手指」相當厲害，就算再怎麼整理溫室，仙人掌與多肉植物、蕨類的王國恐怕還是很快會捲土重來。不過，本村當然沒有多嘴。

「可就算這樣，我的小芋也回不來了。」彷彿想大嘆嗚呼哀哉的諸岡搖搖頭。「我希望松田研究室的各位負起責任。」

這位老師到底在說什麼？枯死的小芋頭當然不可能起死回生。眾人很困惑，面面相覷。助教井川代表全體，慢吞吞朝諸岡舉起手。

「川井，你說。」

「您說負起責任，是希望我們怎麼做？」

彷彿這個問題深得我意，諸岡立刻展顏一笑。

「你們得幫忙採收地瓜。」

「啊?!」

雖說是鑽研植物學，但松田研究室眾人平時面對的，幾乎都是阿拉伯芥之類的植物，和收成及農務無緣。

「幼稚園畢業後，我就沒挖過地瓜了。」

「若是缺人手，老師的研究室不也有研究生嗎？明明比我們研究室的人更多。」

室內揚起一陣抗議聲。平時做研究都忙不過來了，還去挖什麼地瓜多麻煩啊——這是大家的真心話。但本村卻和研究室成員相反，她暗自想著「我決定參加」。天天窩在室內也不大好，況且挖地瓜好像很好玩。偶爾摸摸泥巴，接觸阿拉伯芥以外的植物，說不定還能有什麼新發現。

「真是沒出息，你們是豆芽菜嗎！」面對不滿的眾人，諸岡大喝一聲。「不，這麼說對豆芽菜太失禮了。總之明早七點在Y田講堂前面集合！知道了嗎？」

「啊——」

「為什麼要一大早去？」

「太霸道了……」

眾人嘀嘀咕咕抱怨，只見諸岡一哀嘆「唉，我的小芋……」明知他是故意的，還是只能乖乖答應「是，我們一定去」。

「太好了，太好了。加上松田老師，呃——總共六個人對吧。那我明天等你們喔。」

諸岡意氣風發地走出了研究室。

「都是因為我把植物養得太成功了，對不起。」

加藤說著一鞠躬。他當然是在道歉，但聽起來也可解釋成不帶惡意的炫耀。或許是太熱衷仙人掌的反作用力，加藤只會在面對人類時遣詞用字不太妥當。

剛進入研究所時，加藤極度內向怕生，總是低頭躲在研究室角落。唯有談論仙人掌時才會主動開口。近兩年的時間讓他逐漸和大家打成一片，再加上他自己拚命努力，總算能夠笑笑地加入仙人掌以外的話題了。此外，過去松田研究室很少使用的溫室，也變成了植物樂園。

本村很清楚研究室唯一的學弟加藤有多麼努力與熱愛植物，因此搖頭叫他不用道歉。

「其實我本來就很想去，因為挖地瓜聽起來很好玩。」

「是啊。」川井也點頭贊同：「雖然沒什麼自信，總之試試看吧。」

「只要帶粗棉手套和移植鏟就行了嗎？」

岩間雖然嘴上抱怨，早已在盤算挖地瓜需要的工具了。

「一大早我可沒把握爬得起來……」松田推高眼鏡，搓揉眉心。「總之，加藤你立刻去整理溫室，我也會幫忙。各位如果有空也一起幫忙。」

「不好意思，請問一下——」藤丸惶恐地加入對話：「雖然我得趕緊收好餐具回圓服亭去了，但我有個小小的問題。」

「嗅？是什麼問題你說。」

松田轉頭面對藤丸。

「地瓜老師剛才說『六個人』對吧？好像把我也算在內了，請問該怎麼辦？」

松田研究室眾人全體仰天無語。

翌晨七點，松田與研究室眾人在Y田講堂前集合——圓服亭的藤丸也來了。

沒人有勇氣向諸岡解釋，藤丸只不過是湊巧在場的局外人。諸岡如果知道人手變少，八成又會對著他們發飆或哀嘆。

溫室的狀況也不樂觀。前一天，去溫室協助加藤的松田，過了兩個小時左右回到研究室。

「沒救了。」他無力地說：「那絕不是兩三天能解決的狀況。」

最後，眾人都認為再刺激諸岡恐怕不妙，本村立刻打電話到圓服亭。

隔著話筒也能感受到，晚餐的客人讓店內熱鬧了起來。本村連珠炮似的一口氣懇求：

「因為不便向諸岡老師解釋清楚，如果可以的話能否請你一起去挖地瓜？」藤丸倒是完全感覺不出慌亂，爽快地回答：

「請妳等一下。」

話筒傳來近一分鐘的保留音。是電子音改編的北島三郎唱的〈祭典〉旋律。本該高亢的副歌部分，變成「嗶扣嗶扣，嗶扣嗶扣」。本村暗想「這首歌都被毀了」之際——

「喂，本村小姐。」藤丸又回到電話彼端：「老闆答應了，沒問題。明天一早我也去挖地瓜。」

於是，藤丸充分展現了老好人特質，一大早趕往Y田講堂前。附帶一提，他們全體穿著的灰色連身工作服，是諸岡研究室的研究生前一天傍晚送來松田研究室的。肯定是經常有機會下田工作的諸岡研究室，常備著多套工作服。

本村的公寓住處離大學很近，只不過比平時早起一點，倒不覺得辛苦。頂多是早上與植物說話的時間減少，有點遺憾罷了。聖誕紅今天仍是綠油油的。

可是單程就得耗費一個半小時的岩間，眼皮幾乎睜不開。

「我是搭一早發車的第二班電車來的，害得我這把年紀居然素顏見人，真不敢相信。」

加藤為發牢騷的岩間送上熱呼呼的罐裝咖啡。川井看起來已上網查閱「地瓜採收方法」，從口袋掏出列印的資料閱讀。

「這上面寫著『必須先割掉匍匐莖再挖掘』，但在諸岡老師的研究室，匍匐莖應該是重要的研究材料吧？這該怎麼辦？」

松田打從一集合就不發一語。臉色慘白，大概是低血壓，還在搖頭晃腦。

「老師看起來站著都要睡著了，真的沒問題嗎？」

本村對身旁的岩間說。

「誰知道，應該待會自己會醒吧！」

岩間打著大呵欠回答。

「對了，老師住在哪裡？」

聽到加藤這麼問，就連算是跟隨松田最久的川井都搖頭。

「松田老師的私生活充滿謎團。」

「藤丸，你去問。」

被岩間慫恿的藤丸，怯生生望向穿著灰色工作服搖搖晃晃的松田。

「我才不要！我在電影裡看過散發那種氣場的人。他們叫做『清道夫』，毀屍滅跡乾淨俐落……」

「哇，真的耶。」

「的確很像。」

就在大家說笑閒扯之際，諸岡從B棟的方位走來。他同樣穿著灰色連身工作服，抱著貌似超市購物籃的東西。

「嗨，大家好。讓你們久等了。」

「諸岡老師早。」

眾人一起向背對Y田講堂門廳而立的諸岡打招呼。松田或許真的還沒醒，只是動了動嘴巴。

本村與藤丸接下諸岡抱著的成疊籃子，大概是用來裝收收的地瓜，總共七個。

「請問……」岩間略帶顧忌地發問：「諸岡老師的研究生呢？」

「我叫他們今天去板橋的田裡採收。」

「那我們現在也要去板橋嗎？」川井問。

「不用不用。」諸岡搖頭。

「我要請你們挖的，是那裡。」

朝諸岡指的方向一看，本村等人當下驚呼。

「啊啊啊？」

一九二五年完工落成的Y田講堂，是T大的代表建築。牆面以紅磚砌成，從正面看去，中央有方塔威風凜凜聳立。後方有半圓形圓頂，若從側面看整棟建築，就像貴婦人的站姿。方塔是貴婦挺直腰桿優雅佇立的上半身，圓頂部分則是從腰部蓬起的圓裙。

Y田講堂前有一小片草皮廣場，草坪周圍環繞精心修剪的杜鵑樹叢。諸岡指的，就是杜鵑樹叢的一角。

「的確……」川井啞聲說：「的確，我之前就一直覺得，那些葉片很像地瓜葉。問題是，這可是Y田講堂正前方耶？」

「校方同意的嗎？」

岩間也兩眼發直地看著諸岡。

「因為這裡是本鄉校區日照最充足的地方。」

諸岡態度飄然地答非所問。

眾人戴上自己帶來的手套，各自拿著移植鏟與購物籃，走向那片樹叢。那是距離Y田講堂的門廳最遠、位於草皮角落的樹叢。在環繞草坪畫出徐緩弧度的樹叢間，整齊種植著兩排地瓜。一排差不多超過五公尺長吧。

望著心型薄葉茂密地覆蓋地面，加藤說：

「我從來沒注意到。」

加藤的興趣完全放在仙人掌和多肉植物上，就算看到地瓜葉，大腦也不會意識到地瓜葉的存在。

可是我呢——本村自忖，本村也壓根沒注意到Y田講堂前的地瓜田。在理學院B棟研究做累了，她會去校園散步透透氣轉換心情，也曾多次路過Y田講堂前，天氣好的日子甚至會在草皮上吃便當。

可是她作夢也沒想到這裡種植了杜鵑花以外的植物，始終對地瓜葉視而不見。她被先入為主的偏見蒙蔽，忽略了重要的事實及「咦，好像有點怪怪的」這個部分。這樣子，就算用顯微鏡觀察阿拉伯芥的細胞再久，恐怕也不可能探究出事物的真髓。

本村以阿拉伯芥為研究對象，但那是因為阿拉伯芥是模式植物。如果可以，她希望能夠透過阿拉伯芥的觀察與研究，推衍至整個植物界，破解葉子的運作原理及成長之謎。這點是她與專門研究「仙人掌刺」的加藤不同之處。

加藤沒注意到地瓜還算情有可原，我卻不能原諒自己，我應該要對植物更敏銳。

自我反省的本村，蹲下來觀察樹叢下的地瓜葉。靠近地表之處，大大小小的葉子正拚命朝太陽昂首。或許擠擠挨挨卻也盡量不去干擾彼此，葉柄長度參差不齊。有的葉柄較長，比周遭的葉片高出一截。有的葉柄雖短，照樣順利從其他葉片之間探出頭。

看了讓人忍不住帶入感情，擬人化地讚嘆一聲生命力也太強悍，佩服起植物的聰明。植物沒有大腦，當然也沒頭沒屁股，但它們還是在和睦相處中為生存下功夫。這往往讓人感到它們遠比人類更聰明。

不過，她也會感受到植物與人類之間的隔閡。本村是人，自然擺脫不了用人類的邏輯和情感去解釋植物的習慣。然而，無腦也無感情的植物，只是在與本村這種想法毫無瓜葛之處，靜靜地繁生枝葉，互相調節葉柄長短，往地下深深扎根——只為了攝取更多陽光與水與養分，將生命延續到下一代。它們不用言語表情和肢體動作，就能運作出人類無法推估的複雜機制。

這麼一想，甚至會覺得植物似乎是真面目不明，本村再怎麼心心念念都永遠無法理解的詭譎生物。至於地瓜葉們當然完全不知道本村正覺得它們「有點恐怖」。它們更絲毫沒有料到接下來要被挖出地瓜，在這瞬間依然繼續充滿活力地進行光合作用。

藤丸和本村隔著一些距離，同樣蹲著注視地瓜葉。聽到藤丸小聲驚呼，惹得本村朝他轉頭。

「葉脈和地瓜皮的顏色一樣耶，真厲害。」

藤丸喃喃自語，把臉更加湊近葉片，熱切地來回比對好幾片葉子。

本村再次望著手邊的葉子。被他這麼一說，的確是。心型葉片上遍布的葉脈，隱約帶有胭脂色。彷彿要預告「這種顏色的地瓜，正在土裡生長喔」。

看著血管似的葉脈，剛才產生的詭異感就被沖淡了。植物的確擁有和人類截然不同的運作原理，活在跳脫人類「常識」的世界。但，彼此都是在同一個地球上演化而來的生物，有很多共通點。

對於自己難以理解的，某些部分和自己不同的事物，立刻就反應出「很詭異」、「好像有點恐怖」而想放棄或敬而遠之——這，是我的壞毛病。不，或許這是全人類共通的壞毛病。本村再次反省。那可說是正因為人類有感情與思考才產生的壞毛病，但若要克服「很詭異」、「好像有點恐怖」的心態，進而真正理解對方，需要的應該也是感情與思考吧。要分析、接納為何「我」與「你」不同，需要靠理性與知性；為了認同彼此的差異，就得有體諒對方的同理心。

如果可以變成植物般沒有腦沒有愛的生物，倒是最省事最輕鬆，本村嘆息。毫無思考能力與感情的植物，看起來卻比人類更包容他者、過得更瀟灑自得，這多少有點諷刺。

不過話說回來，藤丸先生真了不起——本村想，我在胡思亂想時，藤丸先生卻在一旁坦然接受地瓜葉的形狀，還發現地瓜皮的顏色映現在葉片上。這是多麼寬容大度卻又敏銳的觀察力啊！藤丸先生顯然對任何人、任何事物，都不會覺得「很詭異」。就算有這麼一瞬間，八成也會立刻轉念「不不不，且慢」開始熱心觀察，動腦筋思考，最後接納對方的全貌吧。因為他是個豁達又溫柔的人。

本村滿懷感嘆望著藤丸之際，藤丸察覺她的注視，抬起頭靦腆地笑了。似乎自覺說出的感想太幼稚。本村很想解釋「不是那樣的」，但她已拒絕藤丸的告白，不確定展現出好感是否也不好，只能默默低下頭。

面對茂密的地瓜葉，諸岡和終於擺脱睡魔的松田正在交談。

「這品種長得可真好，是紅遙嗎？」

「對。唯有這一角種的是紅東。」諸岡説著指向地瓜葉的一隅。「大概是現在的學生都不愁吃穿了，葉子長得這麼茂盛，居然都沒有人來偷地瓜。在糧食短缺的年代簡直難以想像這種事。」

「諸岡老師和我不也都是沒見識過糧食短缺的世代嗎？」

「對啦，是這樣沒錯。但我只要看到地瓜葉，就想先挖挖看再説。松田老師應該也是吧？」

「拜託，我才不會隨便亂挖。這可是諸岡老師辛苦栽種的地瓜。」

感情真好。聽到兩人對話的本村，得知松田似乎早就發現Y田講堂前的地瓜田，當下打起精神想：「看來我果然得再磨練觀察力。」

「好了好了，各位。現在我講解一下挖地瓜的訣竅。」諸岡揚聲説。

本村和藤丸站起來。眾人在諸岡面前圍成半圓形。

「首先，我會用這個掃去礙事的匍匐莖。」

諸岡説著把手繞到背後，取出鐮刀舉起。他似乎是把刀柄插在工作服的腰帶上隨身攜帶。

「危險，危險！」

「請您不要直接亮刀子。」

「植物學老師為什麼個個都像『清道夫』呢？」

眾人七嘴八舌。不過，諸岡當然不在意。面對終於迎來採收時刻的地瓜，他似乎已經樂得暈陶陶了。

「我會留下一點點莖部，所以請大家以那個為標記，用移植鏟挖開田畝。挖的時候重點在於不要往莖部正下方直著挖，那樣會傷到地瓜。聽清楚了嗎？要在距離莖部一掌之處，用鏟子輕輕翻起。」

「是。」

「輕輕翻起的同時，另一手拉扯莖部，地瓜就會自動滾出來了。」

真有這麼簡單？本村等人交換懷疑與不安的眼神，但還是再次乖巧回答「是」。

「等籃子裝滿了，請運到B棟。我在建築物正面的角落鋪了蓆子。你們就把地瓜放在那邊吹吹風。去除表面濕氣才能保存更久。」

「您種了兩種地瓜吧？」本村詢問：「混在一起沒關係嗎？有沒有什麼分辨的方法……」

「嚴格說來，紅遙的皮顏色更鮮豔，但是沾了泥土，在各位看來想必都是一樣的地瓜。之後我們研究室會再篩選，請你們不用在意。」

諸岡或許是迫不及待，說著已一腳踩進葉叢中。在田畝之間蹲下，撥開茂密的地瓜葉，拿鐮刀猛然割去糾纏的匍匐莖。

「各位，開挖吧！」

在諸岡的催促下，本村等人也走進葉叢。松田幫著諸岡，把割下的匍匐莖集中起來，用繩子綁起以便搬運。雖然睡眼惺松，但挖地瓜需要的工具他似乎還是準備得很齊全。

「哪個匍匐莖底下是哪種地瓜，這也不用做記號嗎？」川井憂心地問。

「沒事，沒事。」諸岡勢如破竹地不斷匍匐莖。「你們只要專心挖地瓜就好。」

割除葉子和匍匐莖後，地面留下十五公分左右的莖，就像用免洗筷替金魚做的那種墓碑。莖部從隆起的田畝之間隔著一定的間隔冒出。

「動手吧！」

岩間戴著手套的雙手一拍。手套上沾附的塵土，在晨光中揚起。

天氣很好。淺藍色天空下，本村等人沿著田畝蹲下開始挖地瓜。至於氣溫，只要開始作業立刻就能緩解這些微的寒氣。太陽溫暖地照在背上。隔著手套碰觸的泥土，也微微帶著暖意。

距離上課還有一段時間，校園很安靜。甚至連本鄉街上的車聲都能隱約傳到位於校園中央的Y田講堂前。偶爾有要去教室的學生越過草坪廣場。有人投以訝異的視線好奇「這些人在幹什麼」，也有人壓根沒留意到本村等人逕自走過。

我之前也是那樣對地瓜視而不見吧。本村一邊這麼想，一邊小心翼翼將鏟子插進田裡。

泥土比想像中更柔軟，但鏟子前端是否有地瓜，實在沒把握。她用空著的左手拽住殘留的莖部，動作生疏地每一條向上拉，但不知是力氣不夠還是地瓜太頑強，絲毫沒拉扯出地瓜。

沒辦法，只好用鏟子挖開莖部周圍，再用手撥開泥土——頓時地瓜源源不斷出現。根部在地底強韌地分岔，每一條莖上掛著大大小小六、七個地瓜。雖不知是紅遙還是紅東品種，總之即便在沾土的狀態下，胭脂色的地瓜皮泛出鮮豔光澤。有的甚至比本村的臉還長，粗得用五指都握不攏。

「哇！」

越挖越開心的本村，翻找土中還有沒有剩下的地瓜後，立刻開始進攻下一條莖。用鏟子挖田畝，用手撥開泥土。習慣之後自然抓住節奏，不斷挖出了地瓜。

藤丸也在挖本村隔壁的隔壁的地瓜。彼此事先並沒商量好，自然而然隔著一條莖的距離同步展開作業。藤丸抓住莖，一鼓作氣用力拉扯，但似乎扯斷了根部還有地瓜留在土裡，最後只好用手挖開泥土搜尋。就像在海邊拚命挖沙拚命玩耍的大狗，看起來怪可愛的。

加藤在對面的田畝大呼小叫：「哇！蚯蚓！」和加藤在同一排挖地瓜的岩間，一邊咆哮學弟「幹嘛扔過來」，一邊接住飛來的蚯蚓放回土中。川井把大家挖出來的地瓜集中起來放進籃子，同時自己也靈巧地揮動鏟子挖地瓜。

除去所有藤蔓的諸岡，和綁完匍匐莖的松田，也從本村他們的反方向那頭挖起地瓜。兩人拿著挖出的地瓜，還是感情融洽地繼續交談。

川井冷眼旁觀那一幕，嘀咕道：

「這片地瓜田，肯定與研究無關。」

「什麼意思？」

本村停下作業的手，望向對面田畝的川井。

「沒有匍匐莖和做紀錄就採收，這一定有問題。我猜想，實驗用的地瓜八成種在板橋那邊。基本上地瓜本來就是根部變形而成，對吧？依照老師的研究主題，理應種植莖部變形而成的馬鈴薯才對。種在這裡的，八成是諸岡研究室要吃的地瓜。」

「照你這樣說，」這時岩間也加入對話：「昨天諸岡老師怒氣沖沖上門算帳，根本演技大爆發。分明是人手不夠，所以想利用我們來採收。」

「那我不是白白挨罵了嗎？」加藤發出窩囊的不平之聲。「啊，不過，既然諸岡老師並不是真的生氣，那溫室也不用整理了吧？」

「不，溫室最好還是整理一下。」

「對呀。本來溫室應該各用一半，侵犯領土的是加藤你喔。」

被川井和岩間教訓，加藤垮下肩膀繼續挖地瓜。

T大的理學院研究所專攻生物科學的共有三十個研究室。其中，像松田和諸岡這樣投入植物領域研究的有五個。

不過，哪些算是植物，哪些又算是包括人類在內的動物，很難嚴密地劃出界線。就好比用基因當作研究基準才發現，人們一直以為「因為不會動所以是植物」的菇類，就演化過程而言其實更接近動物。因此，現在植物研究多半被歸類在「生物學」或「生物科學」這個大類別之下。

專攻生物科學的三十個研究室中，除了前述的五個植物類，還有研究菌類及酵母、魚類及鹿等等，五花八門。

不管怎樣，這系所和粒子物理學就有很大的不同，基本上不需要大型實驗裝置與大批人員。生物學最近也出現更多大規模比較基因體進行研究的團隊，論文開頭光是署名者就多達數百人的例子也不是沒有。但，至少松田研究室的規模還算是小巧玲瓏。

松田研究室與諸岡研究室，研究對象不僅都是「葉子」、「薯類」這些比較明確地分類為「植物」的領域，而且研究室也相鄰，成員們平時就來往密切。

所以本村想，幫忙挖地瓜完全不成問題。諸岡老師其實不用演這齣戲，坦白請他們幫忙就行了。不過，諸岡老師要求解決溫室問題也是真心話吧。該怎樣做才能夠以盡量不起衝突的方式，得到整理乾淨的溫室和挖地瓜工人呢？苦思良久後想出的辦法就是演這齣戲。諸岡洋溢著讓人無法討厭他的魅力呢。

松田研究室與諸岡研究室向來維持魚幫水、水幫魚的關係，因此我們來挖地瓜倒無所謂。問題是，無辜捲入的藤丸先生，被迫來挖諸岡研究室要吃的地瓜，他會作何感想呢？該不會生氣了吧？本村這麼想著，不禁偷瞄身旁的藤丸。

照理說藤丸應該也聽見川井等人的對話了，但他似乎不以為意，只是哼哼唧唧埋頭起勁地拚命拔地瓜。啊，藤丸先生真的是個大好人啊。本村欣然理解，不再擔心。

「基本上，」岩間一邊把挖出來的地瓜排放在地面，一邊嘆氣：「叫我們這麼一大清早挖地瓜，也是他怕被校方發現挨罵吧？」

正好嗯哼一聲又拔出一顆地瓜，以手套背面抹去額頭汗水的藤丸，第一次插嘴問：「啊？是這樣子嗎？」

「地瓜老師種地瓜挖地瓜理所當然，所以應該沒問題吧？」

「如果是研究用的就算了，若是自己吃的，那就不見得了吧……」加藤沒什麼把握地說。

「而且是在Y田講堂的前面。」岩間也聳聳肩說，這是她留學美國學來的動作。本村覺得很帥，一手拿著鏟子也偷偷模仿，可惜只能做出「肩膀痠痛想放鬆一下」似的生疏動作，不免暗自失望。

幸好，本村的拙劣嘗試似乎沒人發現。

「Y田講堂的門廳白天都有警衛站崗。」川井對藤丸解釋：「以免外人擅自進入。諸岡老師大概是不想被警衛發現，所以才指定我們一大早來。」

「哇——戒備這麼森嚴啊。」藤丸一臉感嘆仰望Y田講堂。「的確很氣派，看起來是古老建築。」

「因為被列入國家文化財產了嘛。想當初T大鬧學運時，全共鬥的學生就是佔領講堂，和機動隊發生衝突。就這個角度而言，也堪稱歷史性建築裡。」

「啊？爆發過戰爭嗎？就在這棟建築？」

「不是戰爭，是學生運動……」

川井似乎還想繼續解說，最後卻沉默了。或許是感到自己與藤丸之間的代溝，也可能是絕望地認定「解釋不通了」。一旁聽著對話的本村差點笑出來，但本村自己，對於學運的那個時代，其實除了基本知識也了解不多。

Y田講堂坐擁草坪廣場，如今已成為和平空間。然而，聚集在講堂前面的年輕人心中，想必一如昔人蘊藏著希望與煩惱、熱情與冷笑。

藤丸雖然不太懂，但似乎已意識到Y田講堂是T大的象徵性地標。

「如果擅自在這樣的建築物前面種地瓜，的確可能會挨罵。」他自個兒在一旁恍然大悟。

「這麼說來地瓜老師也在講堂和機動隊發生過籠城之戰啊。或許就是因為有那樣的經歷，才會在這裡種地瓜，當作緊要關頭的儲備糧食。」

藤丸想必把戰國時代的籠城之戰和二次世界大戰以及Y田講堂抗爭事件混為一談，提出立基於奇妙想像的假設。本村猜想，藤丸先生的腦中的時空大概扭曲了。

「你以為我多大年紀？」

一個聲音響起。眾人轉頭一看，諸岡正氣勢洶洶挖地瓜。明明記得他是從對面那頭開始挖，現在竟然已經離本村他們很近了。速度果然驚人！至於松田，他正笨拙地揮動鏟子，還沒挖到諸岡的一半。

「T大抗爭時，我還是中學生呢。」諸岡看著雙手說：「怎麼可能佔領Y田講堂！」

「這樣啊——我根本不懂，真不好意思。」

藤丸老實道歉。

「我也以為諸岡老師八成對機動隊丟過石頭呢，藤丸老弟。」加藤囁聲說。

「對你們年輕人來說，二次世界大戰戰敗和學運，同樣都是『幾百年前的往事』吧。」

諸岡的表情與聲音，混雜了嘆息與微笑，讓人感到DNA雙螺旋結構般的玄妙。「對我而言，一九四五年戰敗雖然沒有親身經歷，卻是『非常近的過去』。至於一九六九年鬧學潮，更是我第一時間目睹過程的『記憶』。時間真的過得很快啊……」

平時只要看看地瓜摸摸地瓜思考地瓜就很開心的諸岡老師，現在居然一邊挖地瓜一邊多愁善感起來！這可是異常狀況！本村等人互使眼色。眾人紛紛在腦中搜尋有什麼好話題讓諸岡打起精神，可惜這些人滿腦子只有阿拉伯芥和仙人掌。根本找不出能夠勾起諸岡興趣的話題，當下很尷尬。

「對、對了，藤丸。」岩間沒話找話地勉強開口：「有沒有什麼推薦做的菜色是地瓜？」

「嗯——這個嘛。」藤丸拿著剛挖出的地瓜，爽朗回答：「我個人是喜歡烤地瓜啦。」

那算一道菜？本村忘了自己廚藝拙劣，暗自吐槽。

「用來煮味噌湯也很美味，切成小方塊混入炸什錦也不錯喔。拔絲地瓜我很推薦。用微波爐熱過再油炸，就會外表酥脆內裡綿軟。不過，我現在最想吃的還是洋式點心地瓜燒吧。」

「我也愛吃。」加藤加入這個話題。「小時候，我記得我媽偶爾會做這道點心。那個我可以自己做？」

「對，很簡單。把地瓜煮熟或蒸熟或用微波爐加熱，再搗成泥，加上奶油和鮮奶油攪拌。用乳瑪琳和牛奶也可以。砂糖就按個人喜好添加。地瓜本身就很甜了，所以我有時連砂糖都沒放。然後捏出形狀後放進烤爐烤或小烤箱。表面可以刷上蛋黃，會油亮亮的很漂亮喔。」

「噢，你的興趣是烹飪嗎？」

諸岡問。

「不，不是興趣，是我的工作。」

「老師，藤丸不是研究生。」川井慌忙補充：「他是圓服亭負責烹調和接待客人的店員。」

「啥？」諸岡似乎很吃驚。「難怪我覺得怎麼沒見過這個研究生，原來是這樣子啊。讓你來幫忙挖地瓜，真不好意思。」

「沒關係，沒關係。挺好玩的。」

藤丸舉起戴手套的手拚命搖手。諸岡環視本村等人。

「你們也很過分。為什麼不告訴我藤丸君不是研究生？」

因為你根本沒給我們解釋的機會——眾人暗想，但當然不敢這麼頂回去，一起乖乖道歉。

「為了聊表歉意，就把收成的地瓜送給藤丸君吧。不過，我也常去圓服亭，卻壓根沒發現你是店裡員工。」

「沒關係沒關係。」藤丸再次搖手。「本來就沒人去餐廳是為了記住店員的長相，所以專心吃東西就好。況且，看起來『應該是T大師生』的客人，通常吃得特別快，再不然就是幾個人一起來，一直討論研究的話題。所以老闆都會交代『別去打擾人家，收盤子要拿捏好時機』。」

「真是服務業的楷模啊。」諸岡不勝感佩說：「至於我們，不只在研究上用頭腦，看來也應該對周遭稍微用點心啊。」

他說著猛搖頭，似乎再次陷入感傷。

雖想激勵這樣的諸岡，但松田研究室的眾人在「熱中研究」上也是同類，因此只能默默點頭贊同。接下來又有好一陣子都在專心挖地瓜。

諸岡宛如逃離天敵的鼹鼠般迅速撥開泥土，同時似乎在思考什麼。只見他驀然停下動作，「今後的時代，」他說：「會更加要求廣闊的視野。不只專心在研究上，對於目前正在進行的研究，藉此能夠明白什麼，還不明白的又是什麼，都得淺顯易懂地傳達給非研究者的一般大眾。一方面固然是因為爭取不到研究費這個現實原因，但最主要的，還是『立刻做出成果、對人類有用的研究之外，一切皆屬浪費且毫無意義』的惡性成果主義、功利主義籠罩了社會。」

「您的意思是，我們應該像圓服亭那樣，在身為專業廚師發揮廚藝的同時，也必須顧慮如何讓客人愉快地品嘗料理？」

川井像要細細玩味諸岡的發言，如此說道。

「正是如此。」

諸岡拍去地瓜上的泥土，愛憐地望著地瓜結實的外表。「我們做的是基礎研究，就像滋味豐富的食材。若沒有好吃又有營養的安全食材，就做不出料理，也沒料理可吃。同樣的道理，我們的研究等於是那些實用性研究的地基。正因如此，就算耗費時間也得踏實地進行具可信度的研究。」

「可是——」加藤歪頭說：「吃飯時，可不會一一考慮『必須吃營養一點』或『這來自哪個產地』。往往只是出於『因為餓了先吃再說』或『偶爾想打打牙祭吃頓色香味俱全的大餐，所以就去那家店吧』的動機。」

「加藤你是想說，我們的研究也和食材一樣，雖然滋味豐富卻不起眼[2]是吧？那的確是。」

諸岡同意。不知諸岡是不是故意的，引用歐吉桑愛說的冷笑話。關於這點，眾人都打算當作沒聽見。

「不過，『因為肚子餓』或『因為色香味俱全』這種想法，牽涉到人類根源的重要欲求。基礎研究也是出於同樣的欲求。『求知欲』和飢餓感很像。而且，因為人類天性喜歡追求美好事物，才會去研究。」

本村深深認同。她也是被阿拉伯芥細胞的美麗所吸引，一直被求知欲驅策，所以不得不繼續研究。

她曾以為，這種心情或許很難讓他人明白，但諸岡說那是人類的根本欲求，讓她覺得好像又有了希望──透過研究，或許能與某人心意相通的希望。

「我好像可以理解。」藤丸咕噥：「像我就很不愛念書，老是想著『怎麼蹺課不上學』，所以起初我超驚訝。『居然有人念了這麼多年的大學，整天只忙著研究？這樣有意思嗎？』可是，看到本村小姐他們，我多多少少改觀了。我的確也有『真不可思議，好想知道』的念頭。阿拉伯芥和地瓜，如果仔細看其實很可愛很漂亮。所以現在，我很挺松田研究室全體成員的研究。當然，地瓜老師的研究也是。」

「那真是令人振奮啊。我們也得好好努力，不能辜負藤丸君的期待。」諸岡笑了：「不過，我很快就要退休了。雖然還有太多太多想知道的，但一個人的時間實在太短。今後要靠你們這些年輕人熱心做研究、支持研究。那才是希望之光。」

諸岡說出「希望」這個字眼，讓本村暗吃一驚。一方面當然是因為正好想到希望的自己彷彿被看穿心事，同時也是因為她從來不曾想像過，自己的行為或許也有可能成為某人

---

2 此處是利用「滋味」與「地味」（不起眼）諧音的雙關語。

的希望。

「可是，」本村鼓起勇氣開口：「我總是非常不安。懷疑自己正在做的實驗是不是徹底搞錯方向，歸根究柢我是不是有研究者的資質，是不是能繼續待在這個做研究的環境裡……」

「這種疑問我也有啊。」岩間再次聳肩：「大家應該都是吧？」

「有這樣的煩惱，證明你們還年輕。」諸岡像要鼓勵本村等人似的露出微笑。「至於我的煩惱，卻是『這點積蓄是不是足夠養老』或『在家鄉獨居的老母親已高齡九十了，差不多也該問問她今後想怎麼安排』，和你們煩惱的性質截然不同。這表示你們未來的可能性還會繼續拓展呢。」

本來覺得一定會傷感的諸岡，沒想到反而被他鼓勵，本村想：「原來如此，煩惱也沒關係啊。」諸岡帶著切身感受與真情的言詞，為本村的心頭帶來光明與溫暖，就像圍著篝火那般。

其他人似乎也有同樣感受。「雖然連拐帶騙叫我們來挖地瓜，但老師果然是好人」、「奉養年邁父母這種事，我還沒考慮過」……眾人對諸岡投以尊敬的眼神。

挖地瓜大業終於有進展的松田，和眾人拉近了距離。此刻他依然笨拙地揮舞鏟子，在距離本村等人三條莖的下方奮鬥。

「松田老師有什麼煩惱嗎？」

加藤問他。

「煩惱？我想想喔。」松田想了一下，「我現在的煩惱，就是地瓜太難挖，怎麼挖都挖不好。」

這個缺乏人生深度與未來展望的答案，令全體都失望透頂。

只要籃子一裝滿，就搬去理學院B棟前面，大約兩小時作業全部結束。

幸好沒被Y田講堂的警衛發現。正確說來，其實他們挖到一半，講堂的門廳就有警衛來站崗了，但警衛只是用「這是在搞什麼」的訝異眼神望著全員，並未靠近。除了話劇社的發聲練習和音樂社的樂器練習及馬戲團社的跳躍練習之外，也有很多學生和教職員會做出意圖不明的怪異行動，因此區區挖地瓜大概已無法驚動警衛了吧。

把挖出來的地瓜搬到B棟前是相當累人的粗活。藤丸一個人可以輕鬆搬運堆滿地瓜的籃子，可是其他人都是手無縛雞之力的文弱書生，只好兩人一組，哼哼唧唧地搬運籃子。

各自跑了兩趟後，總算把地瓜搬完。藤丸活力充沛地跑了三趟。樓前放滿地瓜的場面甚是壯觀。甚至無處落腳，妨礙人們出入B棟，於是從最先搬來風乾的地瓜開始搬回諸岡研究室。地瓜再次放回籃子，這次多虧有電梯。

大家回到B棟前方，把剩下的地瓜重新排放。諸岡從研究室拿來大塑膠袋，把剛採收的地瓜裝進去。

「這個給藤丸君。」

「謝謝。」

藤丸接過袋子，喜孜孜地探頭往裡瞧。

「地瓜不要洗，就這麼靜置一兩個禮拜。風味會更好。」

「好。我還要回店裡忙，先告辭了。工作服等我洗乾淨再還。」

「不好意思喔，工作服你什麼時候拿來都沒關係。」

在眾人目送下，藤丸一手拎著袋子朝赤門走去。

諸岡也送了兩籃地瓜給松田研究室成員，大家平分後各自帶回家。那晚，本村在廚房地板角落鋪上報紙，把地瓜放在報紙上。

她已迫不及待想品嘗地瓜。昏暗的廚房中，七條地瓜如天鵝絨閃耀光澤。本村思忖，不如依照藤丸先生所言，來做做看地瓜燒吧。

當然，從沒做過點心，天天忙著研究與做實驗的本村，不可能真有能耐自己動手做地瓜燒。

距離挖地瓜轉眼已快兩星期，十一月來到了下旬。最近本村每天早上都吃蒸地瓜。口感綿密絲滑，甘甜美味。

但今天蒸的地瓜和之前不同，首先感到的是鬆軟。這才想起，諸岡在Y田講堂前種了紅遙和紅東兩種不同品種的地瓜。

本村打開自己的筆電，搜尋地瓜的相關資訊。她瀏覽了記載各品種特徵的網頁。然後發現，口感綿密的是紅遙，口感鬆軟的應該是紅東。

她把還沒蒸的幾條生地瓜從廚房拿來，和今天已經確定品種是紅東的那條地瓜比較。今天的地瓜已經加熱蒸熟，所以無法從外觀分辨品種差異。沒蒸過的地瓜還混雜紅東？只剩下紅遙？或者只剩紅東？這是唯有實際吃了才知道的地瓜俄羅斯輪盤。兩種地瓜都很甜，所以中獎了也不怕，是幸運的俄羅斯輪盤。

不管怎樣，即使沒有特地費工夫做地瓜燒，光是蒸熟就已經很好吃。本村對自己的懶惰視而不見，給植物澆水後就走出家門。聖誕紅還是老樣子，葉片完全沒有變紅的跡象。

拜每天早上吃地瓜所賜，排便非常順暢，可是本村的研究卻談不上順暢。

本村正努力收阿拉伯芥的種子。

阿拉伯芥的基因體已經完全解碼，目前做為模式植物被各種研究機構管理、活用，因此即使是野生株，也分成「Col（哥倫比亞）」、「Kyo（京都）」等等，品系劃分得相當明確。

為何要確立品系？因為研究者如果用自己喜歡的阿拉伯芥做實驗，就會發生類似跟外國人交談時缺乏口譯下，各自用母語説話的混亂。身分明確的「哥倫比亞」這個野生株，就等於共通語言。做為阿拉伯芥的基準品系，普遍用於全世界的植物研究。

比方説，假設現在有「哥倫比亞出現具有『圓弧葉緣』這個特徵的突變植株。研究後發現，是因為××基因壞掉」這樣一篇論文發表。如果想確認這篇論文是否正確，首先會用電腦登入阿拉伯芥的「基因種原庫」。

成為研究者之前，本村壓根無法想像，世上竟然有果蠅和阿拉伯芥這些生物的「基因種原庫」存在。第一次得知時，她不禁驚嘆「簡直像科幻片」。

阿拉伯芥的「基因種原庫」裡，有研究者們寄存著堪稱數不盡的突變株。由於資料都已數位化，只要輸入那篇論文指稱「壞掉」的基因編號，就會得到「該種原庫的突變株之中，基因壞掉的是這個、這個和這個」的資訊。還能下單訂購，取得那些突變株等突變株送到研究室，就可以親自檢驗論文的論點是否正確。不只是「哥倫比亞」品系裡突變的植株，基因種原庫或許也有來自「京都」品系、同個基因壞掉的突變株。可以盡情取得各個品系的突變株加以比較，這一切都是因為全世界的研究室共通使用「哥倫比亞」與「京都」這個基準品系的野生株。

當然，很多突變株迄今尚未查明是哪個基因壞掉，導致形成和野生株阿拉伯芥不同的特徵。反之，也可以刻意改變某個基因，用人工方式培育出具有「葉緣圓弧」或「葉柄扭曲」這種特徵的突變株。

現在本村勤奮收取的種子，就是努力讓阿拉伯芥的突變株之間不斷授粉後的成果。本村本人雖然過著與愛情無緣的生活，阿拉伯芥卻不停結出種子，一副誓要長滿大地的架式。

人工授粉的阿拉伯芥，萬一流落外界，後果嚴重。也有突變株會基因重組，如果在路旁隨意繁殖，有可能會令自然界失衡。因此，授粉作業只能在栽培室內嚴格進行，還得格外小心，以免種子沾在衣服或頭髮上跟著流落外界。

授粉是一連串的精密作業。

若用栽培室的植物生長箱適當控制溫度與光線，阿拉伯芥一個多月就會開花。但，開花也代表了會自花授粉，因此只能把握開花前夕人工授粉。

為了預防阿拉伯芥自花授粉，必須用鑷子輕輕找出尚未成熟的花苞，除去所有雄蕊。在仍有花苞的花序上綁上繩子做記號。花苞本身約兩公釐，有花苞的花序很細。這項作業就如同在髮絲上抄經書，不僅兩眼乾澀發花，肩膀也很痠痛。而且花苞會不斷冒出，根本在和時間賽跑。

還來不及喘口氣，花就開了。於是接著必須用鑷子從授粉對象的植株取下塞滿花粉的雄蕊花藥，準確放在已做了記號的花朵雌蕊上。人工授粉到此完成。

本村這次想利用互相授粉做出四基因突變株。但這項作業麻煩得用想的都快暈倒。本村太量了，是以內心翻白眼的狀態在收種子。

四基因突變株是什麼呢？就是不斷重複突變株的授粉，達成四次基因的變異。比方說，「葉緣崎嶇不平」的突變株，和「葉緣有點圓」的突變株配在一起，就會長出「葉子像巴西里一樣有碎花邊」的阿拉伯芥。想研究「突變再突變會出現什麼變化」時，研究者會藉由授粉培育出「雙基因突變株」或「四基因突變株」。

培育四基因突變株需要以下這些步驟：

假設阿拉伯芥的突變株以代號a、b、c、d稱之。讓a與b授粉，結出的種子（第一代）會成為野生型。形成「比正常版更不整齊的葉緣」這種基因突變，多半是隱性，所以在第一代不會發現。因此，外觀上還是正常的葉子形狀。

接著就等第一代授粉。根據孟德爾的「分離定律」，有十六分之一的種子（第二代），會變成ab這種雙基因突變株。

接著將雙基因突變株ab與突變株c授粉。結出的第一代又是野生型，因此要讓這第一代授粉。然後結出的種子（第二代）的六十四分之一，會變成abc這個三基因突變株。

講到這裡各位想必已經明白了，將三基因突變株abc與突變株d授粉，第二代的兩百五十六分之一就會變成四基因突變株abcd。也難怪本村會忍不住翻白眼。即便是阿拉伯芥的成長周期再怎麼快，如果照這樣老老實實做下去，恐怕還沒充分得到四基因突變株，本村就已與世長辭了。

於是本村為了節省時間，同時進行突變株a與b的授粉，突變株c與d的授粉。再將得到的第一代互相授粉，現在總算熬到可以收第二代種子的階段了。她幾乎是抱著祈求的心態，但願四基因突變株能如願出現就好了。

至於本村為何如此大費周章弄得自己翻白眼也要尋求四基因突變株，當然是為了研究葉片。

過去本村一直在計算阿拉伯芥葉片的細胞數目，測量葉子的大小。天天接觸阿拉伯芥，看著它們成長，在顯微鏡下觀察它們，因此只要長出形狀稍微不一樣的葉子或細胞，她就會反射性地將視線對焦。就好像當對象映現視網膜的瞬間，大腦還沒意識到異樣，鏡頭已經自動調整焦距拉近放大。

但就算研究幾百次，阿拉伯芥葉子的大小和細胞數，還是在預設範圍內。覺得葉子看似比正常版稍大的突變株也是。儘管再怎麼澆水施肥，完美調控溫度與光線，阿拉伯芥的葉子還是不可能巨大化到洋玉蘭葉片的地步。

阿拉伯芥只能以既定數量的細胞，長出既定尺寸的葉子。

可是和阿拉伯芥同屬十字花科的高麗菜的葉子，卻可以長得比阿拉伯芥大很多。說到葉片巨大往往會聯想到熱帶植物，但日本其實也有葉片特大的植物。比方說「秋田蕗」這種日本獨有的款冬，長莖的前端是大如圓傘的葉片。小孩拿著它就像愛奴神話中的小矮人，非常可愛，可以讓人體會到誤入袖珍世界的氣氛。

此外，本村在公寓種植的馬拉巴栗，原產自中南美，同一枝幹上，長有比本村的臉還大的葉子，以及約有本村手掌大的葉子。這麼大的尺寸差異，絕對不可能長在阿拉伯芥身上。

進而，阿拉伯芥和高麗菜、秋田蕗、馬拉巴栗，在因應各自的種類與環境製造出既定數量的細胞後，葉子就會停止成長。所以根本不會看到「約有千張榻榻米那麼大的高麗菜葉」。

可是像獨葉苣苔這種稀有的熱帶植物，可以在生命結束前不斷增加葉子細胞。葉子不會停止成長，還無止境地不斷變大。

為何不同種類的植物，葉子大小與細胞數目會有差異呢？為何熱帶的一些植物可以不斷增加葉子細胞完全沒有上限？迄今仍有太多太多謎團。

然而，透過觀察阿拉伯芥的葉片，本村產生了某種推測。

模式植物阿拉伯芥，因為被全世界學者研究，葉子的形成及成長原理已大多被破解闡明。「葉子的調控機制」也是其中之一。為了不長出特大號葉子或極小號葉子，阿拉伯芥具有將細胞數及尺寸調整至一定數值的機能。

像獨葉苣苔這種熱帶植物，恐怕調控機制已經壞掉了吧？不，用「壞掉」來形容不大好聽，也不正確。或者該說是「已經大幅變更了」？所以獨葉苣苔才能不斷增生葉子細胞，讓葉片成長到巨大尺寸？本村如此推測。

這個推測是否正確，該怎樣才能確立呢？本村絞盡腦汁，最後想出一個證明方法——「培育阿拉伯芥的四基因突變株來研究」。

阿拉伯芥雖具備「葉子的調控機制」，但那當然不是「按下一個按鍵，葉子細胞數與尺寸就能調整到固定數值」的單純機制。阿拉伯芥小巧的體內，複雜交錯各種調控機制，互相影響，展現出將細胞數與尺寸維持一定的精妙功能。

於是本村準備了調控機制I壞掉的突變株a，另一種調控機制II因基因重組導致壞掉的突變株b，以及調控機制III壞掉的突變株c。最後，又選了一種調控機制IV壞掉的突變株d。

「除了IV之外也有其他充分的調控機制，但我個人最在意的還是IV吧……好，就豁出去跟著直覺走。」她在一番遲疑後才選定。心情大概就像偶像團體經紀人挑選成員時，面對一整排未雕琢的璞玉抱頭苦惱。

調控機制的候選者有很多，所以基因的組合也有很多種，可惜本村的壽命有限。終究不可能每一種都試試看，只能暫且鎖定四種，做出她想要的基因型組合a、b、c、d，研究每種葉子是什麼樣子。

為了讓這樣選出來的突變株a、b、c、d授粉得到四基因突變株，本村現在正忙著收第二代種子。

本村的推論若是正確，藉由因調控機制而產生變異的阿拉伯芥授粉，就算不到獨葉苣苔那種程度，至少應該也能長出葉片更大的阿拉伯芥。此外，藉由突變株a、b、c、d的授粉，若能培育出那樣的阿拉伯芥，便可證明「特大號葉子的植物之所以存在，是因為這種植物的『葉子調控機制』已被大幅改變」。

阿拉伯芥的葉子萬一變得像香蕉葉那麼大，衝破生長箱怎麼辦？本村邊幻想著邊偷笑。然而，現實當然沒有這麼美好。

阿拉伯芥的果莢呈細長形，種子就在裡面。種子形狀像橄欖球，但渺小如細沙。阿拉伯芥陸續結果後，她就得拿著鑷子不停收收細小的種子，小心翼翼放進微量離心管以免弄丟或弄亂，因此眼睛乾澀肩膀痠痛。

想到不得不收的種子和今後的作業，除了酸澀的眼睛和痠痛的肩膀不免還得加上頭暈。

為求四種基因的突變，本村給阿拉伯芥的突變株授粉。可是，就算再次將突變株互相授粉，也只有兩百五十六分之一的機率能夠長出四基因突變的植株。

阿拉伯芥的一個果莢有三十顆種子。換言之，按照機率，十個果莢加起來至多能收三百顆種子，其中一顆或許是四基因突變株的種子。

而且本村是為了實驗和觀察才想培育四基因突變株。如此一來，四基因突變株如果只有一株，那根本啥都不用談了。萬一這唯一一株枯死了，還得重來一次麻煩的授粉作業，因此即便就保險的角度，至少也得有四株。若能小心呵護這四株，讓它們自己授粉，就可以不斷繁殖四基因突變的植株。

四顆種子，將是一切的開始。為此，本村讓四十朵花授粉。在四十朵小花的渺小雌蕊，放上同樣渺小的雄蕊花藥。光是這樣就已是浩大工程，在它們陸續結果的現在，本村痛切發現「授粉的麻煩作業只不過是開胃小菜」。

因為她得從四十個果莢收集總計一千兩百顆渺小如細沙的種子。一千兩百顆！為了得到只要有四顆就心滿意足的種子，就機率而言她得收一千兩百顆！

嗚嗚嗚。本村獨自在栽培室哭泣，是真的掉出眼淚。收種子的這項作業，就像在沙漠中找出鑽石。

不，若是鑽石倒還好，本村想。鑽石即便在沙堆中也會熠熠生輝，可以提醒她「我在這裡喔」，可是四基因突變株的種子外觀和其他種子沒兩樣，等於要從一千兩百顆沙粒找出她要的四顆沙粒，這是禪宗公案嗎？這種苦行，是搞什麼鬼啊。嗚嗚嗚。

就算再怎麼想探究葉子的謎團，也不得不怨恨想出這種實驗的自己。更恐怖的是，要完成這個實驗，今後前方還有艱難痛苦的坎坷路途。

就算順利收取一千兩百顆種子，又要怎麼知道其中哪一顆才是四基因突變株的種子？畢竟，所有種子都看似沙粒，光憑外表根本無法判斷。

當然，必須靠播種。播下一千兩百顆種子，培植一千兩百株阿拉伯芥！最後再做DNA鑑定，確認哪一株是四基因突變的植株！其中或許也會有憑藉葉子形狀看得出來「這應該是四基因突變」的植株，但目前她還是得做好不得不查驗一千兩百株的DNA的心理準備。

悲慘的事情還有。透過授粉，以兩百五十六分之一的機率得到四基因突變株，純粹是理論。實際上也可能收得一千兩百顆種子，歷經播種，培育，檢查……最後別說是四株了連一株四基因突變株都沒有。

夠了，我不要再想下去了，只能硬著頭皮上！只能祈禱神明保佑，這些種子裡有四基因突變的……

身為科學家卻已淪落到求神拜佛的本村，拿著鑷子高舉雙手，仰望栽培室的天花板。她坐在椅子上卻擺出電影《前進高棉》海報的姿勢。大概是一直在收細小的種子已經有點恍惚了。

她慢吞吞放下雙手，再次面對阿拉伯芥。驀然望向指尖，指甲剪得盡可能短。

因為種子如果卡在指甲縫裡，極可能有混入異物造成污染。萬一有一顆和這次授粉作業毫無關係的突變株種子正好掉在桌上怎麼辦；萬一它正好卡進指甲，和授粉得來的種子混入試管怎麼辦；到時一切就全完了。腦海光是浮現「污染」這個名詞，本村就已像落水狗般忍不住渾身哆嗦。

為了避免污染，收種子前必須仔細打掃桌面，松田研究室的成員也沒人留指甲。

毫無裝飾的指甲，彷彿象徵著窩在理學院B棟二樓栽培室，埋頭在長桌前拚命收種子的自己。本村不禁歎氣。

阿拉伯芥明明這樣源源不絕誕生出許多新一代的種子。讓阿拉伯芥授粉的我，卻沒有請人替我做可愛的指甲彩繪，過著一般人會用「枯燥乏味」形容的生活。不，那無所謂。反正我也不是很想做指甲彩繪，況且專心研究的每一天對我而言也不是完全枯燥乏味。但，只是這樣一直收種子，過度集中的注意力反而喚來無謂的念頭，萌生了懷疑人生，「自己到底在幹嘛」的焦躁與迷惘……

驀然回神，本村發現自己竟然一個人呵呵笑出聲。大概是這幾天一直在收種子，果然有點神智不清了吧。

畢竟阿拉伯芥的成長速度實在太快，從發芽到收種子的週期只有短短兩個月。就算利用時間差讓它依序發芽，今天這一株，明天那一株，基本上每株都到了該收種子的時候。

簡直忙得暈頭轉向。而且面對極小的種子，疲勞的雙眼和僵硬如石頭的肩膀，讓大腦開始缺氧，也難怪會陷入怪異的精神狀態。

明明不好笑，呵呵呵的笑聲卻響徹栽培室。這時有人說話了：

「妳沒事吧？」

她吃驚地轉頭一看，房門拉開一條細縫，岩間從門縫露出半張臉。

「沒事。」本村慌忙回答：「妳要使用這裡？」

「沒有。我看都中午了妳還沒有回研究室，所以過來看妳在幹嘛……」

岩間嘴上這麼說著，卻毫無進入栽培室之意。只是從門縫有點畏怯地一直打量本村。

「妳剛才在笑吧？」

「我沒笑。」

本村猛搖頭。

「屁啦，妳明明笑了。連走廊都聽得見詭異的笑聲。」

為了讓畏怯的岩間安心，本村刻意擠出開朗的聲音說：

「那就休息吧。」

她把鑷子放回鉛筆盒，蓋上裝種子的微量離心管的蓋子。

「對對對，這才對。去吃便當吧。」

岩間如釋重負地點點頭，把房門整個拉開。「妳從一大早就一直窩在這裡，肯定餓了吧。」

本村暗自慶幸有個如此關心自己的學姊，一邊走出二樓栽培室，和岩間一起回到三樓的松田研究室。

研究室內，川井與加藤正在大桌前吃泡麵。以那種標榜特強吸力吸塵器的氣勢稀哩呼嚕吸著麵條。而且似乎打算一人吃兩碗，兩人的手邊各放了一碗已經倒入滾水正在待機狀態的泡麵。秋天都過了，食欲還這麼旺盛。

屏風後面沒動靜。松田大概是去學生食堂了，或者，也可能和諸岡一起吃便當。本村以前曾目睹松田與諸岡在Y田講堂前的草坪廣場，哥倆好地打開便當。她出聲打招呼，松田開心地說：「是諸岡老師的夫人做的。」人家吃愛妻便當他也跟著湊熱鬧，果真是個謎樣人物。松田有沒有結婚，本村等人沒人清楚。

本村用水壺重新燒開水，替岩間泡咖啡，自己也泡了一杯綠茶。把自己做好帶來的便當在大桌打開，說聲「我要開動了」拿起筷子。岩間也在一旁吃起超商賣的三明治。

對面的川井與加藤已開始進攻第二碗泡麵。川井照舊唏哩呼嚕用力吸麵條，一邊還能發問：「狀況如何？」真是分身有術。

「連一半都不到。」

「我記得妳的目標是一千兩百顆？」

加藤也邊吸麵條邊做出「哇塞」的表情，同樣分身有術。

「本村學姊適合精密作業就還好，像我就不行。基本上，這麼大費周章之後如果想要的四基因突變株不稳，那該怎麼辦？」

不稳的意思，就是植株結不出種子。讓突變株互相授粉，往往會出現這種情況。

對了，也得把不稳的可能性考慮在內。本村頓時感到有一百個「晴天霹靂」砸在頭頂上。

「你不要烏鴉嘴啦！」岩間罵加藤。

「對不起。可是，一千兩百顆之中會有幾棵四基因突變株的種子，這幾乎已經進入端視手氣如何的領域了吧。」

「所以你幹嘛要講這種話！」

岩間發飆，川井急忙安撫她「別激動」。本村被頭頂上一百個「晴天霹靂」的重量，幾乎壓得趴在地上。不是本村吹牛，她的手氣還真不是普通糟糕。就算是社區商店街那種小抽獎，她都只得過「參加獎」的小糖果。

「對不起，對不起。」

看到本村垂頭喪氣，加藤暗覺不妙。連忙滔滔不絕地開始彌補自己的失言。

「哎，我真的覺得這實驗很有意思。培育一千兩百株阿拉伯芥想必很辛苦，等到要播種時我也來幫忙吧。別忘了，我最擅長種植物了。」

「我也可以幫忙，妳千萬別客氣。」

岩間咬著三明治，也自告奮勇。

「我和加藤不同，還滿喜歡精細作業的。」川井也半開玩笑說：「就連收種子，妳也用不著一個人硬撐。實驗的速度很重要嘛。」

「謝謝大家。」

在加藤、岩間、川井七嘴八舌的鼓勵下，本村的心情稍微振奮了。

今天她的便當菜色，有撒了胡椒鹽的煎香腸，以及撒了胡椒鹽的菠菜炒蛋。不僅味道大同小異而且很油膩，為了顧及健康，她特地帶來芝麻準備撒在白飯上。

本村翻便當袋，找出用保鮮膜包好的芝麻，沒想到保鮮膜黏住了，結果芝麻有一半都撒在大桌而非白飯上。

看著大桌上點點散布的黑芝麻，「種子污染！」

本村慘叫，立刻拚命撿拾散落的芝麻。

「妳冷靜點，本村。」岩間說：「那不是阿拉伯芥的種子，是芝麻。」

「芝麻的顆粒比較大，根本不可能被搞錯而污染。」

加藤也冷靜地指出。

回過神的本村，對自己感到害怕。看來太熱中收種子，竟然到了對黑色小顆粒當下產生本能反應的地步。

「對不起，我好像有點不正常。」

本村紅著臉吃便當。至於撿起來的芝麻，她猶豫之後，因為捨不得浪費還是撒在白飯上了。她判斷又不是掉在地板上所以應該沒關係。

「不是有點，是相當不正常。」

加藤說著喝泡麵湯。

「但我可以理解妳的心情。」岩間嘆氣說：「做植物研究的人，只要收過種子，我想幾乎都有這種經驗。會變成『哇！任何東西看起來都像種子！要提防污染！』這種草木皆兵的狀態。」

「吃完午餐，妳最好還是出去散散步吧。」默然旁觀這場擬似污染風波的川井，沉穩地提議：「不時透透氣調劑心情也很重要。因為就長遠看來，這樣更能找回專注力。」

走出理學院B棟的本村，做個深呼吸仰望天空。綴著黃葉的銀杏樹梢映入視野。更遠處是無垠的淺灰色雲層。吸進肺部的空氣乾淨清涼。

T大校園內到處都種有高大的銀杏樹。不知幾時樹葉已變色，猶如熊熊燃燒的黃金火焰。本村天天經過這些銀杏樹，但她滿腦子只有收種子的問題，完全沒注意到季節更迭。

助教說的沒錯。我動輒過度專注在一件事上，弄得目光狹隘很不妥。挖地瓜時，明明還反省過「應該磨練觀察力」。

好，從今天起一定要注意按時透氣散心！下定決心後，本村快步邁出，打算在T大校園散步。針織衫外只罩了一件單薄的夾克，所以有點冷。不過，只要身體活動開來就沒問題。現在最重要的還是透氣散心——本村目不斜視地前進。

連散個步都得下定決心才行動，這正是本村一板一眼的性格，或者說不知變通使然。目睹本村快步進擊般的學生們，甚至狐疑地想：「這人是怎麼了？難道是重要的課快遲到了嗎？」

當然本村壓根沒意識到，自己正擺出一副去找殺父仇人算帳的表情和氣勢。她經過醫學院大樓旁，彎過轉角一路通行無阻地走到操場。由於校園很大，她已經走得臉頰發紅，指尖也發熱了。

本村右手邊的操場上，有十名學生靜靜地跑步。目光轉向左方，可以看見蔥鬱樹林。那片樹林圍繞著夏目漱石的小說中出名的池塘[3]。

本村朝著窪地底部的池塘走下陡坡。這條路沒鋪設水泥或柏油，就像山間的獸徑。參天巨樹籠罩頭頂，可以在都市的校園裡嘗到些許野外探險氣氛。

本村自知毫無運動神經，因此小心翼翼邁步，以免被樹根絆倒，跌落陡坡。

她走完下坡在池畔站定。三名貌似園藝業者的男子正在作業。其中一人負責剷除斜坡的竹子，另外兩人站在深及大腿的水中，用耙子撈起池中的大量枯葉。他們穿著像是圍裙與長靴一體化的橡膠防水衣，靈巧使用幾乎可合抱的巨大竹耙。

但池子太大了。想到業者為了維護這片將自然環境原封不動保留的景觀，付出多少不為人知的努力，本村幾乎再次感到暈眩。

就像是想在沙灘描繪壯闊華麗的沙畫，畫出的成品往往立刻被海浪帶走或海風吹散。

用顯微鏡觀察細胞，打撈池中落葉，都是永無止息的行為。就算在一瞬間覺得完成了，那也只是幻覺。不得不觀察更多細胞、撈更多落葉的狀況還會源源不斷發生。

本村覺得，不管什麼工作，人類的任何行為，在沒有明確終點這方面都一樣。就算是喜歡某人的心情亦然，累積再累積也沒有終點，不僅如此，遲早還會有脆弱瓦解或變心的時刻吧。她如此猜想。

本村向來對於戀愛方面的愛避而不談，所以也沒資格說什麼，但根據過往的觀察與耳聞，她至少明白，不假思索就相信愛的永恆與堅定未免太天真。

工作、研究、愛情，進行這些行為的人們，如果此時此刻全都消失了呢？本村冒出這個險惡的念頭。剩下的會是什麼？

想必，是植物吧。就人類的基準而言沒有意志也沒有愛的植物，只是不斷釋放生命力，吞噬一切。

不斷飄落堆積，終於掩蓋整個池塘的落葉。衝破柏油路面的無數扭曲樹根。覆蓋理學院B棟和Y田講堂的粗大樹枝。

那樣的想像，既驚悚又美好。空無一人的大學、街道，乃至整個地球，都被不知愛情為何物的植物以綠意席捲。本村在腦中描摹那情景，為之陶然嘆息。

3 東大的這個池塘原名「心字池」，後因夏目漱石的小說《三四郎》改名為「三四郎池」。

雛鳥尖銳啼叫，從附近的枝頭飛起——幻想被打斷的本村眼前，園藝業者仍在進行清理作業。割竹葉的機械馬達嗡嗡運轉聲。有節奏地揮動竹耙的手。

哪怕那沒有終點，只是虛無的行為，也不能因而認為徒勞。本村轉念一想，又振作起來。無論任何工作、研究或愛情……正如植物單純地尋求光源而生，人類亦然，既然生而為人便不得不做，做這些看似徒勞，卻很理所當然的行為。

還是回去做研究吧，本村再次邁開步伐，因為對我而言，那是很快樂的事。或許奇怪，但用顯微鏡看細胞，就可以切實感到：「哇，植物和我都活著。」沒辦法，既然不得不做，那就只能做到底。阿拉伯芥還結出許多種子等著我呢！

這樣把植物擬人化也是個壞毛病，植物不可能有「等著誰」的想法，但我就是那種會感受到「它在等我」的人，所以還是回去收種子。

本村繞過池塘，走上和來時不同的另一邊斜坡。這個斜坡也同樣是獸徑。好不容易走上坡，來到圖書館附近時，已有點氣喘吁吁。明明才二十幾歲，看來運動量不足的問題很嚴重。今後就規定自己天天散步吧。

這裡離本鄉街很近，可以隱約聽見車聲。本村調整呼吸，沿著校園內的路朝理學院B棟走去。對了，這一帶種植的銀杏，葉子長的很奇特。她走到路旁，定睛注視銀杏的樹根。

「找到了！」

本村蹲下，撿起落在地面的黃葉。

通常銀杏樹葉呈扇形，但那片葉子不同。捲成圓弧如喇叭，又沒有裂縫，完全呈圓錐型。再加上是金黃色，她不禁幻想：「這或許是小矮人遺落的小喇叭，如果輕輕吹口氣，說不定真的會響？」

T大校園內無數銀杏之中，只有種在這裡的銀杏某些葉子不知怎地變成喇叭型。雖然沒有仔細研究過，但應該是葉子的基因發生某種突變。

本村去年聽松田說起才知有喇叭銀杏。當時本村查完資料從圖書館出來，就看到松田匍匐在地上。路過的學生們畏怯地避開松田匆匆走過。本村本來也想假裝沒看見，但她覺得那樣對待指導教授未免失禮，於是鼓起勇氣喊道：

「老師，您是不是隱形眼鏡掉了？」

松田扭頭仰望本村。

「沒看我戴著眼鏡嗎？」他表情嚴肅地說。

「對不起。那您在找什麼……」

「妳看這個。」

松田說著招手，以眼神示意她看銀杏根部。雖然在意路人眼光，本村還是在松田身旁跪下。

看起來毫不特別的銀杏樹葉覆蓋地面，就像鋪著黃色地毯。該看哪裡才好？本村正困惑之際，松田從地毯中撿起一片葉子。

那就是喇叭銀杏。

「哇！」

本村驚呼。

「這麼多人來來往往，卻誰也沒發現。」

松田露出魔術師成功變出魔術時的微笑，把喇叭型葉子放在本村的手上。

「植物有太多不可思議了。」

那時本村想，老師的不可思議其實也不比植物遜色。

松田是標準的宅男，除了出門參加學會之外，幾乎天天宅在理學院B棟。但他身為研究者的天賦和創造力堪稱無止盡，不時做出嶄新的實驗，精力旺盛地整理成論文發表，或是為陷入瓶頸的研究生提出明確的建議。進而，也很擅長從T大校內及通勤途中的路旁生長的植物中，找到形狀奇特的突變種。

在T大附近的民宅院子，發現某株山茶花葉形奇特的也是松田。當時他從籬笆縫隙之間一直盯著人家院子看，據說差點被巡邏經過的警察帶回派出所偵訊。他向那家主人和警察拚命解釋原委，研究那棵山茶花後，確定是江戶時代深受珍重，卻被眾人以為已在二次世界大戰時滅絕的品種。

那家主人又驚又喜，把山茶花託付給松田。松田徹底發揮「綠手指」，將山茶花繁殖後，原株歸還屋主，當然也做為研究材料種在T大的植物園。這個珍貴的品種，今後得以流傳後世。

松田老師的眼睛和大腦究竟是怎麼長的？銳利的雙眼，靈活的大腦，好像都只為植物而存在。本村很希望自己也能這樣，但松田的境界是當然望塵莫及。

她一邊這麼想，一邊繼續蹲著打量撿來的喇叭銀杏——

「本村小姐！」

有人在喊她。是圓服亭的藤丸。他正從理學院B棟那頭牽著那輛熟悉的腳踏車走過來。

「你好。」本村站起來。「你去哪個研究室送餐嗎？」

「不，我剛去你們松田研究室和地瓜老師的研究室送了地瓜燒。」

藤丸停下腳踏車，從車後掛的銀色箱子取出一個小紙包。「這份是本村小姐的。」

本村手裡還拿著喇叭銀杏葉，就這麼接下紙包。她說聲謝謝，輕輕打開紙包。裡面用保鮮膜包著五顆地瓜燒。油亮的金色點心看起來非常可口誘人。

「謝謝。」

本村又說一次。藤丸害羞地將身體重心從右腳移到左腳。

「地瓜終於可以吃了，所以我做了很多。在圓服亭當做甜點供應，大獲好評，老闆叫我要謝謝你們。我不知道地瓜老師的研究室有幾個人，所以乾脆裝滿整個保鮮盒直接拿來。」

「諸岡老師一定樂瘋了吧？」

「對呀，讓我覺得做得很值得。」

一陣沉默降臨，藤丸把身體重心又從左腳移到右腳。

「那個——我在松田研究室聽說，妳出來散步了。然後松田老師告訴我，『如果是出來散步，八成在圖書館附近。』所以我就趁著要回圓服亭前，順路過來看看。」

「原來是這樣啊。」

「呃，那個，我絕對不是跟蹤狂，是妳那份地瓜燒，妳研究室的人都不肯收。他們叫我直接交給妳，岩間小姐甚至拿起自己那份就直接開吃了。」

「不好意思，都是我湊巧不在，害你多繞了一段路。」

「不會不會，完全不會。反正我也要走了，只是順道過來。」

藤丸不只搖頭又搖手，似乎還不知重心該放在哪裡似的兩腳動來動去。

「那個——」藤丸又說：「請問妳蹲在這裡做什麼？」

「我在找這個。」

本村把手裡的喇叭銀杏葉遞給他。藤丸怪叫一聲「哇噻」，戰戰兢兢地拈起葉子。

「這是什麼啊？是銀杏葉吧？我第一次看到這種形狀。」

他左看右看，從各種角度打量圓形的葉片。

「只有這裡的銀杏樹，不知為何會長出這種葉子。」

「噢？很像小精靈吹的喇叭呢。」話才剛說完，藤丸就露出「死定了」的表情。「不——剛才說的收回，這樣講好像很幼稚。」

本村突然感到心口發燙。硬要形容的話，那大概是「感動」。

「不會。」本村搖頭。「一點也不幼稚，我每次看到這葉子也是這麼想。」

面對植物的不可思議，本村和藤丸都有相似的幻想。兩人分享了這種不可思議的交集。從藤丸的話語間感受到本村的感動。或許只是一瞬間，但的確體會到彼此之間有某種默契，讓她很開心。

本村觀察顯微鏡，發現形狀奇特的細胞，感覺詫異的瞬間也是。想必松田隔著籬笆發現那株山茶花的瞬間也是，那和此刻本村與藤丸之間感受到的共鳴很像，渾身會竄過一陣電擊般的喜悅衝擊。

——正因為有那個，才無法停止研究。

正因為有那個，才無法不做為一個人活著。

「太好了。」藤丸笑了，仰望矗立一旁的高大銀杏。「乍看之下，每片葉子的形狀好像都很正常。」

「長出喇叭型葉片的，我想應該是更高處的樹枝，因為在它變黃掉落之前不可能發現。」

藤丸嗯嗯有聲猛點頭，轉頭對本村說：

「妳現在研究得怎麼樣？」

「我正在收成阿拉伯芥的種子，預計收一千兩百顆。」

「一千兩百顆?!」

「收成完畢後，還得一顆一顆用牙籤尖端沾著播種。」

藤丸大驚失色，但大概是發現本村想到前途茫茫流露出悲壯的表情。

「不妨吃點甜食比較好喔。」他主動建議：「太複雜的學問我不懂，但妳如果想說，我至少可以傾聽。」

甜食？本村正要納悶，隨即想到手裡的紙包。剛剛才看過油亮的地瓜燒。頓時被刺激食欲，同意休息一下吃點心。

兩人並肩在路旁的長椅坐下。距離喇叭銀杏有點距離，但藤丸還是規矩地移動腳踏車，改停在不會擋到路人的位置。

「幸好沒有銀杏果實的臭味。」藤丸說。

「大概是因為這一帶種的都是雄株。從赤門進來的路旁那排銀杏下，好像還有附近居民一大早撿拾銀杏果喔。」

「原來如此！」藤丸大喊：「難怪，常來我們店裡的洗衣店大嬸，最近總是拿著折好好的塑膠袋，在我打掃店門口的時間出去。我問她要上哪去，她也只說有點小事，我還覺得奇怪她又沒養狗幹嘛要拿著塑膠袋，原來大嬸打算獨吞銀杏啊。」

本村想，看來藤丸先生和附近居民也相處融洽。她有點羨慕。本村把研究放在第一順位，和上班的朋友們少有機會碰面，公寓也只是晚上回去睡覺，與鄰居幾乎沒有交流。

她打開膝上的紙包，遞給藤丸。

藤丸說：「我就不用了。因為我為了試味道已經吃了很多。」於是本村毫不客氣地從保鮮膜取出一塊地瓜燒品嘗。

藤丸特製的地瓜燒非常好吃。入口即化，內斂的甜味滲入黏膜。或許是奶油與鮮奶油的絕妙搭配，柔滑感與滿足感十足。

本村吃到了溫潤柔和的味道，但以她的個性，不可能像電視節目的美食特派員那樣流暢形容出來。她只能默默蠕動嘴巴，這時藤丸貼心地說：

「要不要我去買點飲料？」

「不，沒關係。很好吃。」

本村取出第二個，照這樣下去恐怕會一口氣通通吃光，於是她連忙用另一隻手把剩下的重新包好。藤丸還在看手上的喇叭銀杏葉，似乎若有所思。

「收成一千兩百顆這麼多種子，要研究什麼呢？」

「詳細的說明我就省略，總之我期待若能稍微查明葉子不斷變大的原理。順利的話，阿拉伯芥的葉子或許也能巨大化。」

「噢？那麼，哪天說不定也會長出人類用的樂器那麼大的喇叭型銀杏葉囉。」

「誰知道。如果所有的葉子都變那麼大，落葉的季節就危險了。」

「有道理。如果像招牌那麼大的葉子乒乒乓乓掉下來，就算再輕也很煩耶。」

兩人相視而笑。

吃完兩個地瓜燒，本村開口喊「藤丸先生」。

「我現在收了大量的種子，心情變得很奇怪。」

「怎麼奇怪？」

「很想放聲大叫……想到阿拉伯芥不知道我要拿來做研究，結出了這麼多種子，我就忍不住有點心虛……」

「那是妳想太多了吧。」

藤丸用指尖捻著喇叭銀杏葉，像要搓成紙捻似的不停轉動。「我們都是在不知為何出生的情況下，吃飯睡覺愛上某人。阿拉伯芥應該也是因為長出來了所以就活著並且繁殖。只要妳好好培育收成的種子做研究，我想那樣應該就夠了吧。」

「是這樣嗎？」

「應該是。阿拉伯芥根本不會在乎妳有什麼目的。我在店裡廚房看著魚啦蔬菜啦也經常會想，『啊，這些傢伙在自己的世界可是努力活過呢。一定要做成美味的料理，讓客人吃得開心才行。』」

「這樣啊……」

本村垂眼看向膝上的紙包。為了收種子她一直把自己逼得很緊，但現在心情像地瓜燒一樣鬆軟，總算比較輕盈了。

「不過話說回來，阿拉伯芥真厲害。」

藤丸撓著後腦杓，稍微轉移話題。因為現在他覺得為了鼓舞本村而拚命滔滔不絕，有點難為情，可惜本村對這個靦腆男人心毫不理解。「是哪點厲害？」她很認真地反問。

「沒有啦，我是想說阿拉伯芥長得那麼小，居然能夠收集到一千兩百顆種子，如果放任不管，地球上的植物豈不是通通都變成阿拉伯芥了？」

「從一個果莢收到的種子，其實大約只有三十顆。」

「就算是這樣，如果是人類也就是生出超多孩子了吧。這種繁殖力超級厲害。植物的世界，受異性歡迎果然很重要。」

他說到最後已經帶了點酸葡萄的味道，但本村已無暇專心傾聽。她像要打斷藤丸說話般大喊：「就是那個！」

「啊？哪個？」

藤丸被她嚇慌了手腳。

「藤丸先生。我之前跟你說過『我對葉片形狀及生長方式很感興趣，正在做研究』對吧？」

「對。」

「不過，這種念頭是大學時開始的，最初對植物感興趣，其實是小學。」

「噢，妳從小就喜歡植物啊。」

「喜歡是喜歡啦……那個……小學不是有上過性教育嗎？」

本村只有說到「性教育」這三個字特別小聲，藤丸為了聽清楚，不由歪身靠過去，下一瞬間，他連忙坐正挺直腰桿。

「的確有。」

「當時，你們老師是不是使用花朵的剖面圖？有沒有跟你們說把雄蕊的花粉沾到雌蕊上，就能夠授粉？」

「好像是吧，我也不太記得了。」

「我就讀的小學是這樣。當時老師向我們說明：『人類也是這樣，把男性的精子附著在女性的卵子上，就可以生出小寶寶。』但我完全聽不懂。」

本村說到「精子」這個字眼時也格外小聲。這次藤丸依舊腰桿硬直如青竹。藤丸被本村展開的這個危險話題嚇得渾身噴出冬天不該有的大量汗水，可是本村當然完全沒發覺，還是繼續說。

「因為人類沒有雄蕊和雌蕊。」

「不，我覺得應該有……」

「可是並非那種形狀吧？所以，我一直抱著『精子到底是怎麼附著在卵子上？』這個疑問，直到一年後發現真相時，忍不住叫出來：『原來如此！』」

「這、這樣啊。」

「藤丸先生以前沒有這樣的疑問嗎？」

本村滿懷期待地看著坐在身旁的藤丸，但是面紅耳赤的藤丸斬釘截鐵回答「不，我沒有」，讓她有點失望。她很想再體會一次剛才那種共鳴，一反平日作風特地敞開心扉訴說，可惜失敗。

我幹嘛要提起這種話題！本村忽然窘迫得無地自容，於是採用了加快語速結束對話的戰術。

「總之就是因為那件事讓我對植物開始產生興趣。我很好奇植物與人類看似雷同卻又不同的繁殖、成長及生存方式。」

「嗯——」藤丸沉吟：「嚴格說來，我應該算是對人類的繁殖比較有興趣的那一派。或者該說，大部分人應該都是這樣子吧。」

「是這樣嗎……」

果然是我太奇怪嗎？本村感到很徬徨。「給阿拉伯芥授粉的時候，我曾想過要是人類也像植物一樣就好了。只要把花粉沾到雌蕊上，就會結果。」

「可以與愛情或戀愛無關？」

被藤丸這麼問，本村心頭一凜。她暗自反省是否哪壺不開提哪壺，又說錯話了。但藤丸並未如她所擔憂的那樣，反而目光沉穩地看著本村。

「植物那個……會覺得很舒服嗎？」藤丸說：「我是說花粉附著在雌蕊上的時候。」

「植物沒有神經，所以我想應該沒有舒服這種感覺吧。」

「嗯——」

藤丸說著「變冷了耶」，一邊從長椅站起來，牽著腳踏車邁步走出。本村並肩同行。兩人緩緩邁步，一直走到赤門前。

「這片葉子，可以給我嗎？」

藤丸輕晃夾在指間的喇叭銀杏。

「好啊，你儘管拿去。」

「本村小姐。我還是覺得當人比較好。因為應該比較舒服。」

藤丸露出從未見過的神情笑了，這次輪到本村的臉蛋紅得不遜於赤門。

「不過，我也想知道葉子的秘密，所以我支持妳繼續研究。」

藤丸跨上腳踏車，一腳踩在踏板上。「圓服亭那邊，隨時歡迎妳來和大家一起用餐。」

本村目送藤丸一眨眼已遠去的背影。之後拿著那包地瓜燒，朝理學院B棟走去。人無法成為植物。但正因為是人，才能夠認識植物，對研究燃起熱情，品嘗地瓜燒。猶帶熱氣的臉頰，被冬天的風舒爽地拂過。

第三章

沒有腦沒有神經的植物，並不需要愛。
只要有光和水，就可以順利成長好好活著。
和光靠食物絕對無法滿足的人類比起來，
「生存」的意義似乎截然不同。

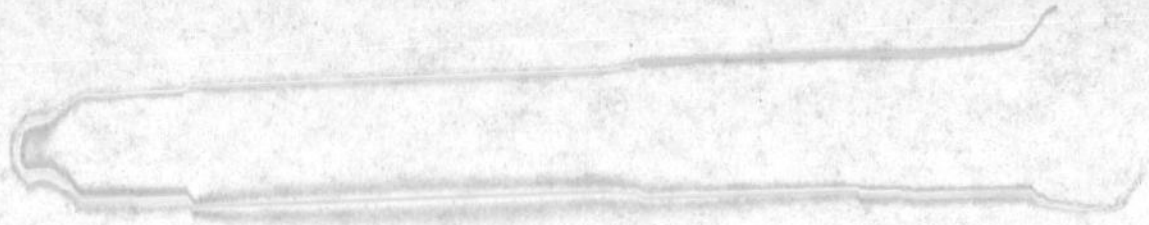

彷彿被陸續開花的阿拉伯芥追逐，本村已變成不斷給阿拉伯芥授粉、收種子的人形機器，費了一個月時間總算收好一千兩百顆種子後，作業暫時中斷。

因為到了十二月，研究室的活動大增。

首先，是每年例行的「學生實習」。T大理學院的大學生，到了四年級必須做「畢業專題」。這等於是文科學生寫的畢業論文。不過，沒有人突然被要求做實驗就能立刻做出來，所以大三時有「學生實習」。大三生得去各研究室，實地學習該如何做實驗、實驗結果又該如何整理成報告。

對於負責接待大三生的研究室這邊，「學生實習」也是重要活動。只要這時候能夠抓住學生的心，到了大四時，學生就會認定「畢業專題一定要進這個研究室做」。換言之，也等於是擄獲「想念研究所」的優秀研究者潛力股的絕佳機會。

基本上松田研究室說得好聽是「個個精銳」，但其實研究室眾人真心盼望「能不能再多來幾個學生或研究生」。研究室人員越多，就越能善用各人的長才，分工合作促進研究。比方說，叫擅長精細作業的本村負責授粉，讓擅長細胞透明化的加藤協助，諸如此類。一人包辦實驗從頭到尾的作業很辛苦，所以他們巴不得有兩名以上新人加入。

不過最主要的還是人多更好玩，最年輕的加藤總是哭訴想要學弟妹。

「就像今年的壘球比賽，松田諸岡聯隊不就輸得很慘嗎？」

研究所專攻生物科學的人，為了維繫感情，每年秋天會舉辦「研究室壘球對抗賽」。但松田研究室目前包括教授松田賢三郎在內總共只有五人。其中還有兩個私底下被排除在戰力外，也就是宅男掌門松田，和徹頭徹尾的運動白癡本村。

無論人數或實力都湊不成一支隊伍，於是松田研究室和隔壁的諸岡研究室合體，攜手參賽。

「諸岡老師的飛毛腿不管看多少次還是很意外。」博士後研究員岩間說。

「對呀，打擊出去的下一瞬間，已經到達陣地了。」

想起諸岡的英姿，本村也再次感嘆。附帶一提，她說的「陣地」是一壘壘包。本村不僅不運動，對運動知識更完全沒概念。

他們邊喝咖啡，邊聊起秋季壘球賽慘敗的回憶。松田研究室的成員此刻圍坐在研究室大桌前，享受午後的休息時間。

「讓快要退休的諸岡老師為我們賣老命奮戰，不覺得丟臉嗎？」加藤有點不滿。「隔天諸岡老師猛說膝蓋痛呢。可是岩間學姊和助教不僅沒擊出安打還一直在外野發呆。本村學姊一直呆坐在板凳暖椅子。至於松田老師就更離譜了，比賽到一半居然蹲在操場角落開始觀察雜草。」

「對不起，我自認很拚命在替你們加油。」

「『雜草』這種含糊的說法不太好。我只不過是看車前草長得很茂盛，所以欣賞一下。」

本村和松田都含蓄地提出反駁。

「加藤你還好意思說我們，你自己還不是漏接了滾地球。」岩間一針見血地反擊。

「就只有一次而且我三打數兩安打欸。」

加藤得意洋洋地撐大鼻孔，但對本村而言只聽見「三打樹晾氨達」，當下一頭霧水。

「總之我很想擺脫完全仰賴諸岡研究室成員的狀況。明年的壘球對抗賽，我希望松田研究室能夠實現多年來的心願，打贏一場！」

「為此，」川井這時第一次開口：「從明天開始的學生實習就更重要了。大家要面帶笑容，親切指導大三生做實驗。」

「是！」

本村等人一邊回答，也不禁窺視松田。那是因為大家隱約都認為，松田研究室雖然積極地投入實驗，明明有亮眼成果，偏偏不受學生歡迎，研究生只有小貓兩三隻，原因或許出在教授的松田身上。

不，松田身為研究者和教師都很優秀，在人品方面沒有任何問題。研究室成員在松田的指導下自由自在地專心投入自己的研究，大家和睦相處，氣氛相當舒適自在。

儘管如此，大學生還是隱約流露出對松田研究室敬而遠之的態度，說穿了，不就是因為松田的陰鬱氣質嗎？

本村第一次見到松田時，暗覺他「好像死神」。圓服亭的藤丸，則是用「像個殺手」形容他。堂堂大學教授竟被比喻成死神和殺手？松田的確很少曬太陽所以臉色泛白，眉間總是刻畫深深的皺紋。那不是因為他在思考下一個目標要選誰，純粹只是視力欠佳。但也難怪滿懷希望思索「該進哪個研究室做畢業專題」的學生一看到松田，就心生不祥，不由自主敬而遠之。

「如果學生實習時能夠留下好印象，」川井接著又說：「想進松田研究室做畢業專題的大四生就會增加，想念研究所的人自然也會選擇我們研究室。到時候，松田研究室就有可能自己組隊報名壘球賽了。」

本村等人鬥志昂揚地點頭，再次窺視松田的反應。松田還是面不改色地喝著咖啡。

大家用視線互相禮讓對方發言之際，岩間或許是下了破釜沉舟的決心，終於喊了一聲：

「老師。」

「我一直很好奇，老師為什麼每天都穿黑西裝？」

松田把咖啡杯放到大桌上說：

「這是喪服。」

「啊？」「松田老師打從我進入研究室時就一直穿黑西裝……」「那麼長的時間一直在服喪，這到底是什麼狀況？」「難道松田一族要滅族了嗎？」……本村等人驚慌地竊竊私語。

「開玩笑的啦。」松田這才補上一句。

「幹嘛開這種無聊的玩笑？」岩間怒不可遏。

「好了好了。」川井連忙安撫她，大家都在等松田的下文。

「其實是我懶得選衣服。只要『穿黑西裝』，就可以省下打扮和逛街買衣服時猶豫的時間，把那些時間用來做研究準備課程。」

「你當你是賈伯斯啊……！」

眾人再次一陣騷動。為了研究植物，居然連衣食住行的「衣」的樂趣都自動放棄？

「那麼，老師的衣櫃中，只有黑西裝和白襯衫一字排開嗎？」

加藤戰戰兢兢地問。

「沒有多到足以『一字排開』，不過也可以這麼說吧。夏季用和冬季用的黑西裝各幾套，婚喪喜慶用的白領帶和黑領帶各一條……為了怕來不及清洗替換，白襯衫準備了十件。」

「那是斑馬的衣櫃嗎？」

加藤嘀咕，被岩間罵了一句「閉嘴」。

本村有點難以置信。雖然她完全不注重穿著打扮，卻還是喜歡買衣服穿新衣。配合季節或實驗內容挑選今天該穿哪種圖案的T恤，堪稱埋首研究的生活中唯一的樂趣。

但松田只因為嫌麻煩就專買黑色和白色的衣服，把一切都奉獻給研究。該用壯烈來形容嗎？總之老師果然是怪胎——眾人重新體認到這點。

「如果老師有其他顏色的衣服，」岩間用半帶絕望的語氣說：「希望明天學生實習時老師能穿來。」

「我回去找找看。不過，為什麼？」

呃，這個……眾人一同詞窮。面對純粹覺得訝異的松田，實在開不了口說，因為你穿黑西裝像死神會格外加強出那種不祥。

「總之，大家要記得面帶笑容，要親切。」

川井就像背誦超市員工服務教條般再次提醒。已確定松田靠不住，本村等人格外有鬥志地點頭。

松田一臉狐疑地望著眾人，最後還是拿起杯子，繼續面不改色地啜飲冷掉的咖啡。

就這樣到了學生實習的第一天，松田研究室成員早早就覺得，「完蛋……了……」

因為現身實驗室的松田，穿著深紅色綴有螢光粉紅扶桑花圖案的夏威夷衫，搭配黑色休閒褲。的確沖淡了死神感，但配上他陰沉的表情，看起來分明像是二十年來第一次度假的殺手，或者正在鬧牙疼的黑道人士。

「不知是從哪買來的。」

「三年前在沖繩舉辦過研討會，八成是那時買的吧。」

加藤與岩間如此小聲討論。川井盡量不去看松田，默默擺好實驗器材。本村也一邊幫忙，一邊暗想：「夏威夷衫啊。真好，我也想要一件。」

當然，除了松田之外，即便是這時研究室眾人也沒忘記笑容。但那反而形成怪異的印象，聚集在實驗室的大三生已經瑟縮如鵪鶉。看到穿著花俏襯衫皺緊眉頭的教授和皮笑肉不笑的研究室成員們，準備了鑷子和刮鬍刀片什麼的嚴陣以待，也難怪這些學生害怕。

不過，一旦開始實習，學生的表情都變得很認真。他們規矩地穿上實驗袍，略帶緊張地確認實驗步驟的模樣很清新很萌。對於實驗已成日常生活的本村等人而言，現在只有使用特別危險的藥物時才會穿實驗袍。

T大理學院的生物學科，每學年的招生名額很少，只有二十名。生物學科中，又分為人類學系和動植物學系，所以或許堪稱貫徹執行的菁英教育。

本村每每在想，T大學生真的擁有得天獨厚的環境。生物學科的教師多達五十幾人。本村大學時就讀的私立大學，雖也擁有優秀的教授陣容和最頂尖的器材，卻不可能像T大這樣採取少量學生的菁英教育。

為了培育未來的研究學者，T大做好萬全準備，相對的，對學生的要求也很高。進入靠稅金維持營運的國立大學後，學生努力求學似乎理所當然。如果上課和實習時打混，立刻會跟不上導致成績滿江紅，所以學生也很拚命。

今年選擇植物領域來實習的學生總共有八人。男女各半。現在各自在實驗桌前作業。松田與川井當老師指導實驗方法，岩間、本村和加藤則以助教的身分協助學生。

松田帶的學生實習連續用四個下午進行。期間，本村等人也得一直陪伴學生，因此不得不暫時中止自己的研究。不過，本村很開心。

起初操作刀片和鑷子很生疏的學生，轉眼變得熟練，展現出外科醫生般的嫻熟巧手。本來覺得有些學生笨得無藥可救，沒想到顯微鏡下的觀察能力特別強，比任何人都能更快更正確地發現細胞突變。也有些學生特別擅長分析、解讀實驗得到的數據資料。

看著這種情景，本村深深感到天生我材必有用，自己彷彿受到鼓舞。最主要的是，學生們兩眼發亮投入實驗的模樣令人會心一笑，很想替他們加油。本村會不動聲色地暗示「要不要換個試劑」，或者教他們使用離心機，照顧散布實驗室各處的學生們。川井、岩間、加藤也熱心地協助學生。

也因此，學生們逐漸和他們打成一片。大家開始積極發問，或在休息時間閒聊，氣氛相當融洽，只是唯獨對松田還是有點敬而遠之。在岩間和加藤的懇求下，松田自實習第二天起就不再穿夏威夷衫，又恢復平日的黑西裝，但那或許更增強了學生認為他是「來歷可疑的教授」的印象。

松田似乎對於自己嚇到學生完全不放在心上。他灑脫提出指導，懇切給予建議，慎重旁觀學生操作，以免學生被刀片或藥品弄傷。

本村偷偷嘆氣。松田老師這人其實就像魷魚乾一樣越嚼越有味道。如果實習時間不只有四天，學生們有機會更長久與老師接觸的話，一定都能了解他的魅力。

松田替大三學生準備的實驗，是「使用基因轉殖的阿拉伯芥葉片，研究調控細胞分裂及細胞大小的基因的效果，探究每個基因具有什麼功能」。這樣的內容，用意是讓學生使用藥品將葉子透明化，或用顯微鏡觀察細胞，也能夠學會解析ＤＮＡ。進而，不只能學到實驗技術，也能體會根據實驗數據去推理的思考樂趣。四天的實習剛剛好，是精心設計過的實驗。學生從這樣的過程中自然可以感受到，目的不在於交出「事先想定的答案」，更重要的是要從不斷嘗試的錯誤中學習，一邊思考一邊仔細做實驗、做研究。

如果我大學時也能遇見松田老師這樣的教授就好了，那我肯定會更早立志做研究吧。這麼一想，本村羨慕起T大學生。同時也不得不忐忑地祈求學生們能夠理解松田老師的優點。雖然看起來像死神，但他其實是非常替學生著想的好老師！所以拜託你們，加入松田研究室吧。就算是為了壘球賽，我們也等著你們加入！

不知是否該說不出所料，學生實習結束後，果然沒有大三生來到松田研究室。本來期待或許有人會提出申請「想進松田研究室做畢業專題」的本村等人很失望，為了學生來訪特地準備的餅乾，最後也全進了自己的肚子。

「到底是哪裡不行呢？」

加藤專挑巧克力餅乾吃。

「果然是第一天的夏威夷花襯衫害的嗎？」

川井替坐在研究室大桌前的眾人依次倒上熱咖啡。

「不，那件夏威夷衫很漂亮。」本村說：「我倒覺得是和第二天的黑西裝落差太大……」

「不管怎樣，都是我不該亂出餿主意。對不起。」岩間說著低頭道歉。

「不會不會。」研究室眾人紛紛搖頭。

「不是岩間學姊的錯。」

「也不是西裝或夏威夷衫的錯。」

「是松田老師的氣質吧……」

被歸咎責任的松田本人，此刻去大學部上課，不在研究室裡。

「的確。」岩間嘆氣：「或許不是服裝的問題。化學系教授穿西裝的比例很高，但我可沒聽說過因此招不到學生。」

「老師的服裝會因系所而異嗎？」本村問。

理學院B棟只有生物科學系的研究室，因此研究所才念T大的本村，並不清楚其他系所的教授陣容。

「據說交響樂團的演奏者也會因負責的樂器不同，在性格上有很大的差異。」

川井說著，起身從書架取來系所簡介。「理學院似乎也因各系所的研究領域不同，導致老師們的服裝傾向各有千秋。」

大家一起湊近看川井在大桌上攤開的簡介。那是針對理學院大一、大二學生製作的系所簡介，上面刊有各系所的教師合照。

生物系的教師，是在B棟樓梯的轉角平台合照。

「為什麼選這麼陰暗的地點？」

本村歪頭納悶。

「大概是因為從研究室可以立刻走到，比較省事。」川井用帶著確信的語氣說。

照片中的教師穿的都是毛衣牛仔褲，款式休閒。諸岡甚至不改平日本色地穿著連身作業服搭配褐色拖鞋。

「照理說應該會事先通知拍攝宣傳用合照的日期，好歹該修飾一下外在嘛。」岩間感嘆。

「這不是廁所用的拖鞋嗎？」加藤驚呼：「你們看，上面還用麥克筆寫著『3F』。這是三樓廁所的拖鞋。」

唯有站在諸岡身旁的松田穿著黑西裝，但是沒有打領帶。而且只有松田陰沉沉的彷彿烏雲罩頂，所以很遺憾，並未給人體面正式的印象。

「總之，從照片就可以看出，很多老師都不拘小節。」井川做出結論。「然後這邊是化學系。」

他翻到簡介另一頁。

「哇——」

化學系教師的合照，是在陽光普照的戶外拍攝。全體穿著筆挺的藏青色或黑色西裝，打領帶的人也超過一半。

「看起來就是成熟貴氣！」

「物理系西裝的比例也很高，而且教師人數超多的。」

眾人盯著簡介看得入神。

「啊！這科有點類似生物學科的味道欸。」

加藤指的，是天文學系教師的合照。

「真的。還有老師穿夾克，不過還是比生物學系體面一點。」

「頭髮蓬亂的人也很多！」

「果然只顧著注意天有多高，對於自己的頭頂卻漫不在乎吧。」

眾人打量各系所的照片，繼續隨意點評。

「的確，每個系所的氛圍都不同呢。」

本村點點頭。

「容易申請專利的化學系，和需要大型實驗設備的物理系，或許是因為與外界接觸或交流的機會也多，所以服裝比較正式吧。」

岩間看起來很羨慕。

「咱們生物學系的老師太隨興了。」加藤垮下肩膀。「不過，光著身子也能做研究，所以穿著的確不重要啦。」

「全裸很危險喔。」本村怯生生提出異議：「萬一藥劑噴到身上就糟了，至少套上實驗袍比較好吧。」

「全裸穿實驗袍，那不是超級大變態嗎？」岩間說著，拍開加藤又專挑巧克力餅乾的手。

「我說加藤學弟，你也吃點原味餅乾好嗎？」

「我想說的不是那個意思。」

川井說著搓揉太陽穴。「專攻生物科學的老師們，的確在服裝方面比較自由奔放。但他們有熱情，也能做出高水準的研究。看來我們只能耐心等待理解這一點的學生出現吧。」

「就算做植物研究也賺不到錢。」

加藤發牢騷。「即使勉強把人拐來研究室，也無法替學生的前途打包票。」

「就算拿到博士學位，大學和研究所不見得有職缺。」

岩間說著也目光恍惚。

「景氣如果稍微好轉，基本上判斷去企業就職比念研究所更有利的人，也會增加。」

本村的腦海浮現朋友們的臉孔。

「嗯。不過，一定還是有學生想做研究。」川井說：「也有人在工作幾年後選擇回來念研究所。就算是為了這些有熱情的人也好，我們仍得嚴肅地繼續研究。松田老師應該是同樣的想法吧，只想討好學生也沒用。到頭來，這個世界注重的是，你對研究有沒有執著的信念。」

的確是這樣，本村暗自同意。只要本村等人抱著熱情投入研究，寫論文在學報發表，有意願的學生或研究生看到了，遲早會來松田研究室。

於是「松田老師改造計畫」就此中止。

但本村並未完全放棄。不可否認的是，松田的確需要比較平易近人的氣質。其實本村公寓的衣櫥裡，還收著一件沒穿過的「氣孔T恤」。本來打算留著等現在穿的這件舊了再換，但本村想，或許可以送給松田老師。

穿上氣孔T恤的松田，在有志從事植物研究的學生眼中，肯定會湧現好感吧。這是好主意。本村獨自點頭。

年底來臨，之後是一連串兵荒馬亂的日子。

為了以嶄新的心情迎接新年，當然得來個大掃除。松田研究室眾人意識到這點，終於下定決心面對現實，拿起雞毛撢子和抹布。

「去年也做過大掃除吧。」

「對呀。」

岩間和川井邊整理書架邊交談。站在椅子上的川井拿雞毛撢子撢去書架上方的灰塵，戴口罩的岩間則拿抹布擦去落在各人桌上的灰塵。

「可是為什麼還有這麼多灰塵呢？」

「大概是因為我們一年只做一次大掃除吧。」

撇下對話毫無營養的兩人，本村去幫忙收拾松田的巢穴。平時因為有屏風擋著，她還能盡量對松田的桌子視而不見，現在被迫直視，當下大受衝擊。

基本上就連桌子在哪裡都無法確定。因為已經被堆積的學術期刊、書籍與文件淹沒了。就像用紙做成的雪洞，唯有桌子下勉強保住了一塊空間沒塞東西。大概是因為坐在椅子上時，需要膝蓋的空間吧。

「老師。」本村拘謹地喊道。

松田老早已完全停止打掃。他坐在辦公椅上，只顧著閱讀從紙堆雪洞中發掘出來的學術期刊。

「我已經把地上的期刊大致按名稱做了分類，桌上的期刊也可以整理了嗎？」

「謝謝。不過，桌上的放著不動沒關係。」

看起來實在不像沒關係的狀態。本村雖然這麼想，卻未說出口，但眼前的慘狀又讓她不放心乖乖撤退。

松田似乎察覺本村還站在身旁，朝著被淹沒的桌子投以不死心的注視。他從期刊抬起頭說：

「不如妳去幫加藤吧？」

「好。不過老師，桌上堆滿東西，您不覺得不方便嗎？」

「沒有特別不便之處。至於電腦，只要這樣就能打。」

松田站起來，把雙手放在紙堆頂端的筆電上示範。看起來就像站著彈奏琴鍵位置特別高的鋼琴。

「如果有什麼必須提交的文件，找起來恐怕不太方便吧……」

「哪個東西放在哪裡，我大致上都記得。」

松田又在辦公椅坐下，把夾在腋下的期刊放到膝上攤開。「比方說，妳打開桌子第一個抽屜看看。」

本村依言行事。抽屜裡亂七八糟放著筆和直尺等文具用品，也胡亂塞著印章。這個抽屜平時都沒上鎖，這樣沒關係嗎？

「抽屜裡有微量離心管吧？」

松田伸長手臂，在抽屜一陣翻找。本村只能張口結舌地望著印章埋入筆的下方。

「妳看，找到了。送給妳。」

松田把指尖摸索到的微量離心管放上本村的掌心。本村望著微量離心管，裡面裝了褐色的東西。扁平渾圓，似乎是小種子。

「這是什麼？」

「哈瓦那辣椒的種子。」

松田匆匆闔上抽屜，又垂眼看起期刊。總之，他似乎堅持不想整理桌面。有些人好像的確是房間越亂越自在——本村勉強說服自己。她謝謝松田贈送的哈瓦那辣椒種子，識相地從松田身旁撤退。

川井正拿棕刷刷洗研究室的流理台水槽，岩間用吸塵器清潔地板。

「怎麼樣？」

被岩間這麼一問，本村搖頭。

「對不起，我失敗了。松田老師的巢穴今年又築起銅牆鐵壁。」

「如果光看窗邊的盆栽，倒是美好的空間。」

岩間嘆氣說。

「沒辦法啦。」川井說著，拱起背將棕刷高速前前後後移動。「反正又沒有長蟲生蛆，就隨他去吧。」

「我去看看加藤學弟做得怎樣了。」

本村走出研究室，走下理學院B棟的樓梯。一打開門廳的門，乾燥的冬季冷空氣撲面而來。本村縮起脖子，快步走向位於B棟後方的溫室。

溫室約有兩層樓高，側面的窗子只要一個按鍵就能開關，非常專業。自從諸岡上門抱怨後，加藤就先把他繁殖的仙人掌盆栽整理了一番。不過，蕨類植物和仙人掌依舊茂盛，諸岡心愛的薯類似乎又被迫陷入苦戰。

察覺本村在溫室外探頭探腦，加藤立刻替她開門。走進溫暖的溫室，本村鬆了一口氣。有植物的氣息，彷彿混合了水和土，是很舒服的氣息。

「有什麼要我幫忙的嗎？」

本村詢問加藤的同時，林立的仙人掌後方出現人影，是圓服亭的藤丸。

「我這裡人手夠了。」加藤說：「有藤丸幫忙，已經搬完盆栽了。」

「妳好。」藤丸說：「上次加藤先生送給我的仙人掌變得垂頭喪氣，所以我來找他求救。」

溫室一角有作業台，用來移植盆栽。藤丸帶來的仙人掌此刻就放在那裡。是可以放在掌上的迷你尺寸，但是長滿細小尖刺，可以輕易判斷，如果真的放在掌心肯定會很慘。仙人掌呈球形很可愛，不過看起來的確有點無精打采。

「這是錦繡玉屬的仙人掌，算是比較好養。」加藤向藤丸說明：「也比較會開花。」

「可是現在綠色越來越淡，而且好像整體都萎縮了。」藤丸憂心地望著帶來的仙人掌。「是我害它枯死了嗎？」

他看起來很想碰觸確認，只是對方是仙人掌不敢碰，有點焦急。

「不，我想應該還有救。」

加藤像資深醫生一般頗有威嚴地從各種角度觀察仙人掌。「看來這孩子似乎缺水。」

「就算天氣變冷之後，我每個月都有澆一次水。」

「你把這盆仙人掌放在哪裡？」

「白天放在店裡。店裡的窗口。因為如果放在我房間，店裡營業的時間我房間沒人，我怕會太冷。晚上我帶它一起回房間，就放在我的枕邊。」

藤丸的語氣就像把仙人掌當成寵物，令本村忍俊不禁。不過，把仙人掌稱為「這孩子」的加藤，關注的重點似乎不是這個。

「把仙人掌放在枕邊很危險喔。萬一睡著翻身時被刺到，會在半夜慘叫。」

「加藤學弟，你有這種經驗？」

本村戰戰兢兢問。

「對，這是『仙人掌愛好者常有的經驗』喔。」加藤驕傲地說：「撇開那個不談，這表示你白天和夜間都把它放在有暖氣的房間裡。這樣的話會相當乾燥，必須更頻繁澆水才行。就算是耐旱的仙人掌，畢竟是植物，沒有水當然會枯死！」

彷彿被加藤的氣勢鎮住，藤丸乖乖點頭。加藤拿澆水壺裝了水，遞給藤丸。

「仙人掌如果萎縮了，多澆水就行了。要澆到盆底下流出水為止。只要一兩天，它就會咻的一下子胖回原先的模樣。」

「好。」

藤丸慎重地舉起澆水壺，給盆栽澆水。

「等它恢復元氣後，只要看表面的土乾了再澆水即可。如果澆太多水會讓根部腐爛，千萬要注意。」

「是。」

澆完水後，藤丸小心翼翼將仙人掌裝進塑膠袋。看起來就是這麼拎來的。

「我用手機查過仙人掌該怎麼養。」藤丸說：「上面寫說『冬天一個月澆一次水』，所以我以為就該這樣做，沒有好好留意這傢伙的狀態。」

「那只是個大概基準。」

加藤彷彿手術成功的醫生，一臉滿足地對著袋子裡的仙人掌點頭。「烹飪也是，必須熟知食材，臨機應變去處理對吧？這是同樣的道理。」

「對喔，說的也是。」藤丸鞠躬致謝：「謝謝你，加藤先生。我不會再讓仙人掌乾枯了！」

「嗯，交給你了。我可愛的錦繡玉屬仙人球就拜託你了，藤丸老弟……！」

加藤帶著恨不得握手的熱切說。透過仙人掌，這兩人不知不覺變成好哥們了呢，本村驚訝地感嘆。

加藤本來就不善交際，剛來研究室時，給人的感覺像是「只有仙人掌是好朋友」。想必當時他已絕望地以為，沒有任何人能夠理解他喜愛仙人掌的心情。

和喜愛足球、棒球、音樂或看書的人相比，喜愛仙人掌的人想必不多。而且加藤打從懂事以來就特別喜愛仙人掌，好像從來沒遇過能夠聊得來同年男生。當別的小孩迷戀汽車或電車之類的東西時，他卻對會動的東西不屑一顧，一心尋找適合渾身帶刺的植物生長的土壤，所以連本村都認為「那樣八成會被朋友排擠吧」。

這樣的狀態日積月累，讓加藤變得口齒笨拙。除了特別親近的人，否則他不會表明自己喜愛仙人掌。但他滿心只有仙人掌，即便在要求最低限度社交的場合也無話可說，陷入惡性循環。結果，國中和高中的同班同學對他的印象都是「加藤這人好像很陰沉，都不曉得他在想什麼」。加藤對仙人掌的全心全意，但這個行徑無法讓周遭的人理解。

加藤從T大的理學院大學部直升研究所。大學四年期間主要學的不是植物，而是動物發育生物學。據說因為太愛仙人掌，反而不敢直接面對仙人掌當成研究對象。

「想做的工作和適合做的工作往往是兩回事。」本村的朋友曾說，那位朋友在出版理科學術書籍的出版社上班。當初是因為想當編輯才入社，卻被分發到業務部，起初常為此發牢騷。但是過了一年後，似乎從業務找到工作意義，變得開朗多了。

「和書店店員交談很有趣，也會激發各種靈感，想像該如何吸引對理科沒興趣的人拿起那本書。這工作似乎出乎意料地適合我。」

加藤當初選擇專攻動物而非植物，大概也是因為不想讓自己對仙人掌的情感蒙蔽眼睛，以為這樣就能以平常心做研究吧。他以為只要像過去一樣，把仙人掌當成興趣栽培就好。

此外，「仙人掌特化研究」在植物學中屬於極端少數派，或許也是讓加藤裹足不前的原因。植物研究多半根據阿拉伯芥或地錢這類模式生物進行，就算「想研究仙人掌」，也不見得有研究室願意收他這個學生，所以據說加藤當時很不安。

然而加藤對仙人掌的愛與日俱增。他想念研究所繼續做研究。既然都是要研究，他想徹底了解自己最心愛的東西，他不再刻意迴避。研究過動物發生學後，加藤終於察覺自己的真心——我喜歡研究。而且我真正想研究的，依然是仙人掌，是仙人掌的刺。

下定決心誠實面對自己的愛之後，加藤造訪了松田研究室。因為他讀過松田的論文，發現松田的研究不僅限於模式生物，也大範圍遍及腐生植物、銀杏等等。若是松田，應該會同意任他自由研究仙人掌。

面對熱切敘述仙人掌種種的加藤，松田果然説出「聽起來很有意思」。加藤頓時燃起鬥志，針對研究所入學考發憤苦讀，最後成功地成為松田研究室一員。

加藤學弟很努力呢！本村想。加藤剛考進研究所時，在研究室也多半保持沉默，整天待在溫室繁殖研究材料的仙人掌。但他大概覺得「既然決心要為仙人掌的愛而活，這樣下去不是辦法」。不知幾時起，他開始積極與研究室成員搭話，主動給人看他養的仙人掌。本村等人不熟悉仙人掌，所以雖被加藤爆發出來的知識與熱情震懾，仍然認真聽他敘述。

那似乎是正確之舉。加藤待在這種可以毫無忌憚闡述他對植物之愛的環境，培養出比仙人掌更生氣蓬勃的精神。逐漸也和松田研究室之外的研究生混熟了，如今甚至透過網路與全世界的仙人掌愛好者交換資訊。研究仍然確實進行，成功做到刺的透明化。

「我很膽小。」以前加藤説過：「現在我才明白，那就像被硬塞進小花盆的仙人掌，是一種畫地自限。其實過去如果我開口，或許有人也會對仙人掌感興趣，可我自以為是地關上了心門。」

因為太愛而變得膽小，想必是許多人都有過的經驗。當時正值敏感青春期的加藤，抱著「反正任誰都不會了解我」的想法保持沉默，想是無可奈何。

然而，加藤並未就此認命放棄。憑著對仙人掌的愛，他轉而透過仙人掌，嘗試與人交流，所以本村覺得他很了不起。否定或漠視他對仙人掌的愛，對加藤而言大概也等於否定或漠視了自己吧。與仙人掌面對面，主動對人談論仙人掌，正因為愛深情重，想必更需要勇氣。

與藤丸交談時，加藤的神情活潑開朗。和本村那個在出版社做業務的朋友表情一樣。這或許是因為加藤與本村的朋友，都把對研究的愛藏在心中，雖然過程迂迴曲折，還是找到了安身之處。看著他們就會切實感到：重視某個物事的心情，有時也能夠照亮前方。或許這想法太天真，但本村自己就沉迷於阿拉伯芥的研究，從中找到樂趣。所以她總覺得無論是興趣嗜好，或對工作、對某個人都行，正因為有傾注愛情的對象，才能夠支撐人類活下去。

如此看來，最不可思議的還是植物。沒有腦沒有神經的植物，並不需要愛。只要有光和水，就可以順利成長好好活著。和光靠食物絕對無法滿足的人類比起來，「生存」的意義似乎截然不同。

她感到植物與人類之間的鴻溝，是再怎麼研究都無法跨越的。也意識到，藉由研究植物的不可思議，或許也能間接窺知人類的不可思議。生長在同一個星球的植物，像鏡子般映出人類的外貌、言行和愛，彷彿在問：「你們是什麼樣的生物？」

本村陷入沉思之際，一旁的加藤與藤丸已開起臨時園藝講座。藤丸發現溫室的作業台上放著幾種篩子。

「這是用來幹嘛的？」藤丸問：「不只是烹飪會用到的篩子，好像還有網孔更大的。」

「這是用來篩土，讓土壤顆粒大小均一，根據種植的植物調整顆粒大小。植物喜歡的濕度也各不相同。」

加藤從溫室角落拿來兩袋土壤。「土壤配方也很重要。我用的是『赤玉土』和『鹿沼土』，不同的比例調配，濕度與保水性也會有變化。不過，到我這樣的達人境界後，只要看一眼植物，大概就能憑直覺知道該用哪種比例了。」

「噢？這麼厲害。」

藤丸率直的讚嘆讓加藤很開心。正好有仙人掌需要換到大盆，加藤索性就開始實地表演。他一邊小心不碰到刺，一邊用戴手套的手將盆子傾斜，取出全長十五公分高的仙人掌。接著把赤玉土和鹿沼土過篩。赤玉土如字面所示是紅土，鹿沼土則是淺黃色泥土。藤丸也出手幫忙，靈活地晃動手腕抖篩子。本村暗想，藤丸先生不愧是廚師，操作起來得心應手。

大托盤上是篩選出來的小顆粒土塊。加藤加入肥料，雙手輕輕攪拌混合。

「真的像做菜呢。」

藤丸似乎很開心。

把仙人掌豎在新的盆子中，輕輕倒入混合過的泥土。

「不可以把土壓得太緊實。」加藤說：「要捧著整個盆子輕輕敲擊台面，讓泥土均勻。」

「這和做杯子蛋糕時一樣！」藤丸兩眼發亮：「我們老闆說，麵糊不能攪拌太久，倒入模型時也要輕輕的。」

「仙人掌是生物，杯子蛋糕使用的雞蛋和麵粉，追本溯源也是生物。或許動作輕柔、不要壓太緊實是共通的訣竅。」

加藤説著點頭。

加藤流暢的動作，以及藤丸在學習廚藝之餘，對於其他領域同樣旺盛的好奇心，令本村深為感佩。她忽然想起什麼，連忙摸索牛仔褲口袋。

「這是剛才松田老師給我的。」她説著，把微量離心管給加藤看。「他説是哈瓦那辣椒的種子。」

「噢？」

藤丸把臉湊近微量離心管。「圓服亭的客人很多都是老人家，所以我們沒用過這種哈瓦那辣椒，但是和一般辣椒的種子長得一模一樣呢。」

「哈瓦那辣椒也是辣椒屬。」加藤説。

「應該什麼時候種植才好呢？」

本村把微量離心管在手心上滾動。

「我也沒種過，不大清楚，不過等天氣暖和點應該比較好吧。我先去查一下資料。」

「嗯……加藤學弟，你要不要種種看？」

本村為何如此提議，加藤似乎猜到了。他收拾起作業台面。

「哈瓦那辣椒應該沒那麼難養，我想妳沒問題。」他說：「我也會幫忙。」

「嗯，說的也是，謝謝。」

本村把微量離心管放回口袋。身為種植什麼都會枯死的「黑手指」，令她很不安，但收下種子的是自己，所以只好加油。

「如果結了很多果實，請讓我做成哈瓦那辣油。拿來清炒超辣大蒜義大利麵，一定會很好吃。」

藤丸也嘴饞地聲援。

在播種的適當時期來臨前，哈瓦那辣椒種子決定先由本村保管。雖說是保管，其實也只是放進研究室桌子的抽屜。如果放在松田的抽屜，八成會跟印章一樣不知沉沒到哪去，交給本村至少好一點。

本村三人走出溫室。加藤給溫室的出入口加上掛鎖。授粉的植物沒放在溫室，茂盛的仙人掌和蕨類也大半是加藤出於興趣繁殖，所以用不著過於神經質地呵護。不過，畢竟是實驗會用到的重要植物，為了避免被偷走或是來T大參觀的人不慎闖入，上鎖比較保險。

附帶一提，加藤把鑰匙穿了繩子，貼身掛在脖子上。松田研究室的人要用溫室時，必須向加藤借鑰匙。鑰匙被體溫搗得熱呼呼，因此遭到眾人碎嘴「很噁心」。岩間也總是抱怨：「真想去問諸岡研究室借鑰匙。」

本村意識到自己到頭來並未就打掃溫室幫上忙，一邊和加藤與藤丸走回理學院B棟。

藤丸拎的裝仙人掌的袋子，發出踩踏枯葉似的沙沙聲。真正的枯葉，連同路上的樹枝被掃得乾乾淨淨。落葉的季節早已過去，冬天已經來臨。

「差點忘了大事。」藤丸在B棟的門廳前說：「明天你們不是有訂位要辦尾牙嗎？店裡現在正準備尾牙宴，我們老闆問：『炸物可以選炸豬排或炸雞，你們想吃哪一種？』」

「炸雞比較好吧。」

「炸豬排！」

本村與加藤同時回答。

「我知道了，炸雞是吧。」藤丸點點頭：「那明天七點，恭候你們光臨。」

說完就朝赤門走遠了。

「枉費我還替他救治仙人掌……」

自己的要求被大手一揮地無視，加藤一臉不服氣。

即便是遲鈍的本村也多少猜到，藤丸採用炸雞這個答案，肯定是假公濟私。完全沒察覺藤丸心意的加藤，還歪著頭納悶說：

「是我剛才說的太小聲嗎？」

原來還有人比我更不開竅啊，本村當下受到激勵，隨即檢討，「就算藤丸先生選擇炸雞，但我剛才我好像有點佔便宜。」她默默在心中向藤丸與加藤道歉。

不過，能夠吃到圓服亭的炸雞還是很開心。炸豬排雖然也好吃，但喝啤酒還是配炸雞最夠味。

「竟然已經要吃尾牙了，真不敢相信。」

「忙著做研究，一年轉眼就過了呢。」

本村與加藤如此閒聊著走回松田研究室。

若照往年規矩，尾牙是在理學院B棟的松田研究室舉行。大家各自帶飲料和零食來，把小瓦斯爐放在大桌上，辦個烤肉派對或鐵板燒派對。其他研究室的人往往也會聞香而來，熱鬧歡聚到深夜。

這種時候，對本村等人做出明確指示，幫他們買菜、事先處理食材的，是松田研究室的秘書中岡小姐。住在T大附近的中岡，擔任松田的秘書已有五年。

中岡的丈夫是上班族，有兩個上高中的女兒。她不僅擅長事務工作，個性也很溫柔體貼，把研究生們當成自家小孩看待。本村也曾麻煩她縫補開襟衫快脫落的釦子，吃過中岡分享的便當菜，平時受到她不少照顧。

實驗用的藥品和工具如果庫存不多了，松田研究室成員會告訴中岡。由中岡統計出數量後向業者下訂單。多虧有中岡掌控研究室的財政大權並精明管理，本村等人才能安心投入研究。

中岡最厲害的，就是管得住松田。什麼時候該提出什麼樣的文件，中岡全都一清二楚。到了提交期限，中岡就會催促松田，巧妙地哄勸嫌麻煩只想繼續拖延的松田，逼他寫好文件。松田的桌子凌亂卻勉強還能維持運作，極大的原因是來自中岡管理時程與搜尋文件的能力。

「我家兩個女兒幼稚園的時候也常常不肯收拾玩具，或者不肯換衣服。當時的經驗被我充分發揮，用來軟硬兼施對付松田老師。」中岡笑著說。

即便是在植物學界佔有一席之地的松田，碰上中岡也毫無招架之力。

研究室成員辦尾牙時，喜歡做菜的中岡會在家中事先做好燉煮或油炸的東西帶來。大家尤其期待豆皮壽司。圓柱形的特大號豆皮壽司，塞滿醋飯拌香菇、紅蘿蔔丁、雞鬆，非常好吃。鐵板烤肉和大阪燒是給大家熱鬧搶食用的配菜，桌上的主角毋寧是中岡做的豆皮壽司。

可是今年中岡獨居的父親腰傷，憂心的中岡決定年假都在娘家度過。等丈夫的公司放假，中岡一家就要出發去九州。因此，通常在二十九日傍晚舉行的研究室尾牙，中岡這次無法參加。

「對不起。」中岡說：「今年本來也想做豆皮壽司。」

中岡的情況特殊，包括松田在內的研究室全體成員當然回答：

「妳不用在意尾牙，好好照顧令尊就好。」

不過，尾牙吃不到中岡的特製豆皮壽司，的確有點讓人失落。

「我們自己辦尾牙，真的辦得成嗎？」背著中岡，川井偷偷與松田商量：「我實在很不放心，恐怕我們只會煎出像一團麵糊般不倫不類的大阪燒，以及兼具岩石硬度與黑炭外表的烤肉。」

與川井一樣不安的松田迅速做出決斷。他決定把尾牙宴交給專業人士。中岡聽到松田吩咐她去圓服亭預約尾牙宴，當下也露出雨過天晴的表情。她大概一直提心吊膽，生怕自己不在的期間，有哪個研究生切高麗菜時把手指頭一起切掉，或者桌上的小瓦斯爐爆炸。

「那我先祝各位新年快樂。」

二十九日上午，中岡開朗地拜了早年後，離開了研究室。本村等人目送中岡離去後，在晚間七點的圓服亭尾牙宴開始前，各自專心做自己的研究。

大掃除煥然一新的研究室內，本村直到下午三點前一直在檢查電子郵件，閱讀上網搜尋到的論文。這麼忙著忙著，上午處理的阿拉伯芥切片已變得透明，於是她守在地下室的顯微鏡室努力觀察。做紀錄，拍照片，驀然一看時鐘才發現已經六點多。地下室沒有窗戶，而且本村只要開始觀察細胞就會渾然忘我，待在顯微鏡室總覺得時間過得特別快。

這樣很像童話故事裡的浦島太郎，我搞不好也會在轉眼之間變成老婆婆。本村一邊這麼想，一邊拾級而上走向B棟二樓的栽培室。途中遇到的都是陌生人——幸好沒發生浦島太郎的情節。

「聽說你們松田研究室今年不辦尾牙？」

「不，還是要辦，只是因為種種因素改在圓服亭辦。」

諸如此類，沿路不忘和其他研究室的研究生聊上兩句。

栽培室的植物生長箱中，阿拉伯芥順利成長。本村預計除夕至正月初三回家和父母過年。加藤這次據說不返鄉過年，所以新年期間就拜託他照顧阿拉伯芥。

本村算出阿拉伯芥生育所需的天數，事先調整讓它在新年期間不會開花結種子。她還把澆水的份量及次數寫在紙上，貼在生長箱的門上。加藤看著這張紙，就可以照顧每個人培育的阿拉伯芥。她想像新年期間人跡稀少的校園內，加藤獨自往返栽培室和溫室的情景。如果換成自己，好像會有點寂寞，可是被植物環繞，正確澆水的加藤，在本村的想像中卻笑咪咪的一臉幸福。

照料完阿拉伯芥，確認生長箱內的溫度與濕度後，本村回到三樓的研究室。室內早已空無一人，本村的電腦螢幕上貼著岩間寫的便條紙：「我們先走了。」

本村心想，自己也得要走了，但我行我素的她就是無法把這個念頭化為實際行動。她一如既往，把當天做的研究記錄在實驗筆記上。

她寫下細胞切片在什麼配方比例的藥品中浸泡了多久的時間，把細胞的顯微鏡照片也貼到筆記本上，寫下自己注意到的事項。關於生育中的阿拉伯芥，也要針對成長速度及生長箱內的環境做紀錄。本村在牛仔褲的後方口袋放了小記事本，逐一記下忽然想到的事項和數值等等。根據這些紀錄，她天天寫實驗筆記。

實驗筆記可以擔保實驗及研究的正確性與可信度。松田徹底指導研究生該如何寫實驗筆記。本村隨身攜帶小記事本，也是向松田學的。

實驗筆記若有含糊的紀錄或模糊不清的照片與圖表，松田眉間的皺紋就會變得像馬里亞納海溝那麼深。看到他皺眉會嘗到彷彿血液凍結的恐怖滋味，因此松田研究室成員不只在寫論文和發表論文時仔細，對於做為論文根本的實驗筆記也絕對不敢偷工減料。「沒有每天的實驗筆記，便無法成就正確精妙的研究。」

把寫好的實驗筆記放進包包，本村關掉電腦。穿上外套，關掉研究室的燈，走向走廊。從遠處傳來聲音，似乎有研究室在開派對。實驗室的門是開著的，她不經意往裡一看，諸岡研究室的研究生正拿著鑷子，四目相接，互道「新年快樂」。

即便在這一年將盡的日子，T大理學院B棟的時光依然如常，充滿研究、歡笑與認真。這是對本村而言無可取代的日常時光。

快步穿過赤門，驀然回首。銀杏樹梢掛著一顆閃亮銀星。她扣上大衣領口的釦子，呼著白煙趕往圓服亭。

先一步抵達的松田等人，不知為何坐在靠裡面的桌子，正在吃草莓。本村一打開圓服亭店門，雖被店內溫暖的空氣籠罩鬆了一口氣，還是忍不住納悶。明明才七點十分，難道他們已經吃到飯後甜點了？

藤丸聽到門鈴響，立刻喊著「歡迎光臨」出來迎接本村。他接過本村的大衣，掛在衣架上。

店內擠滿了看似常客的人。大家都滿面笑容，或是舉杯互敬，或是吃漢堡排。窗邊放著仙人掌。大概是藤丸請加藤診斷的那盆。和前幾天看到時截然不同，已經變得精神抖擻，圓嘟嘟了。

藤丸順著本村的視線望去，

「它活過來了。」他笑著說：「這邊請。」

在藤丸的帶位下，她走近靠裡面的桌子。松田研究室眾人正在專心朝盤子裡的草莓進攻，發現本村後，七嘴八舌說「怎麼這麼慢」、「快坐下快坐下」、「妳喝啤酒嗎」、「那就麻煩來五杯啤酒」。

本村在岩間旁邊坐下，藤丸聽他們點了啤酒後，拿起只剩草莓蒂的盤子走進廚房。

「不好意思，讓你們久等了。」本村說著一鞠躬。「請問……你們剛才為什麼在吃草莓？」

「說是做蛋糕剩下的。」

岩間回答。

「我們肚子餓了，結果藤丸就拿草莓請我們吃。」

加藤補充。

「不好意思，讓你們久等了。」

本村再次鞠躬道歉。這時藤丸端著托盤送來啤酒。本村也幫著藤丸把啤酒分發給大家。

松田研究室眾人一同舉杯說：「一年來辛苦了！」藤丸站在桌旁，把空托盤抱在腹部笑瞇瞇地旁觀，主動開口說：

「剛剛話才講到一半，草莓的秘密是什麼？」

「啊，差點忘了。」川井抹去嘴邊的啤酒泡沫：「草莓上面一顆一顆的小點點，你猜是什麼？」

「啊？不是種子嗎？」

「如果那是種子，豈不是等於果實表面貼滿種子？」加藤插嘴：「果實完全沒保護到種子，這樣很怪。」

「被你這麼一說，的確是喔。」

「那些小點點，其實是果實。」川井對歪頭不解的藤丸揭曉謎底：「種子在那些小點點裡面。」

「啥！可是……那我以為是果實的紅色部分呢？」

「簡單來說，等於果實的地基吧。」一直保持沉默的松田說：「我們以為是果實的其實不是果實，這種例子還很多。比方說玄圃梨，結有小果實的果梗整體會變粗。吃起來的口感就像皺巴巴的葡萄乾，香味有點像哈密瓜，但粗大的部分並非果實而是果梗。」

「啥！吃的是果梗嗎？」藤丸目瞪口呆：「妳早就知道？」

被問到的本村搖頭。

「我只知道草莓上面的小點點是果實，但玄圃梨我見都沒見過。」

「是嗎？」已經喝完第一杯啤酒，又向藤丸加點的岩間說：「那種樹其實滿常見的。在我老家附近的野地就有，小時候我經常摘來吃。」

「岩間，妳的老家好像在九州吧？」

被川井這麼一問，岩間點頭稱是。

「聽說那個治療宿醉很管用。」

「妳那時是小孩，應該不是為了治宿醉吧？」加藤吐槽。

「是我阿公這麼說的。不過，現在我的確很希望附近就有玄圃梨。」

「當然，我們必須用科學的方法來分析功效，但古人關於植物的說法還是值得一聽。」松田的杯子也已空了。「我見過成分含有『玄圃梨萃取物』的口香糖，所以想必玄圃梨就像傳言，具有讓口腔和胃部清爽的效果。」

這時廚房傳來老闆呼喚藤丸的聲音。藤丸叫了聲「糟糕」，把空杯子放到托盤上，連忙飛奔至廚房。

隨後送來加點的啤酒和炸薯條，以及奢華地放了牛排的生菜沙拉，眾人開始專心吃喝。藤丸也被別桌客人接連召喚，忙得團團轉。

「對了。」川井說：「我申請過了，明年要去婆羅洲做研究調查。」

「這樣啊……」

松田略低下頭，但立刻補上一句：「那太好了。」

「真好！」加藤拿著薯條甩來甩去。「助教也帶我一起去吧，我想要蕨類。」

「這次名額已滿，我會盡量採集一些蕨類回來。」

「研究隊伍有哪些人？」

岩間也兩眼發亮問。

「日本這邊的隊友是R大的刈谷先生，印尼那邊是當地B大的布朗先生。」

「那豈不是黃金陣容！什麼時候去？」

「利用大學部的春假，三月去三周左右。」

「真好！」

加藤再次甩著薯條說。

「你可別說出去喔。」川井苦笑：「如果被問『幫忙採集那個』、『幫忙找這種植物』，我就無法替加藤你帶蕨類回來了。」

「知道了，我肯定保密。問題是我憋得住嗎？那可是婆羅洲欸。只要一次就好，我也好想去啊。」

婆羅洲中央有遼闊的叢林，棲息著許多動植物。也有陡峭的山嶺，因此許多地方尚無人做過正式調查，應該有不少稀有植物。對於研究植物的人而言，簡直是樂園般的聖地。這次川井要去調查的，是佔據島上大半面積的印尼屬加里曼丹地區。

「我的主要研究對象是阿拉伯芥，倒是沒有特別要託你找的植物……」岩間說：「松田老師還是要腐生植物吧？本村妳呢？有什麼要採集的植物最好趁現在先說出來。」

本村從剛才就留意到松田眉間的皺紋似乎變得更深，有點耿耿於懷，但面對這能夠得到珍貴植物的機會，她也忍不住心情雀躍。

「我想麻煩助教採集獨葉苣苔，它的葉片會長得超級大。聽說婆羅洲有二、三十種。我讀過探討泰國近緣種的論文，但一直很想親眼看到實物。如果研究它的細胞，也許能對我現在進行的增大阿拉伯芥葉片的實驗有幫助。」

「哇——」

「本村一口氣講了這麼多話……」

眾人一陣鼓噪。本村一直以為最不常開口的是一直以來的加藤學弟，結果自己平時原來也這麼寡言嗎？發現研究室成員這樣看待自己，本村有點難為情。

「好吧，研究室各位的份，我會盡量帶回來。」

川井打了包票，眾人在開心的同時也找回冷靜。這時藤丸來了，手上捧著大盤子，裝滿糯米糰子似的炸雞塊。

「來，各位久等了。」

大家爭先恐後朝冒著熱氣的炸雞伸出叉子，順便改喝起白葡萄酒。藤丸看起來很忙，因此請他送來白葡萄酒和杯子後，就由大家自行倒酒。

「如果不夠，請你們自己從酒櫃拿酒。」藤丸指著店內一隅。「當然，最後是要算錢的。」

角落放置的，不管怎麼看都不像葡萄酒櫃，分明是小冰箱。圓服亭賣的葡萄酒沒有高級貨色，和其他飲料一起存放在一般的冰箱裡。

松田研究室沒有人對葡萄酒特別講究，因此大家滿足地舉杯。堆積如山的炸雞很快已少了一半。

「讚！」

岩間瞇起眼細細品味。的確，本村也點頭同意。炸雞外酥內嫩，風味十足，和葡萄酒很搭。本以為炸雞的絕配是啤酒，但現在覺得只要是酒，什麼都可以。

藤丸又來到桌邊。

「這些炸雞……是我做的。」他扭扭捏捏說：「用老闆的獨門醬汁醃了一晚，半夜還爬起來一次，搓揉雞肉以充分入味。我摻了麻油去炸，這樣更香。」

難怪——本村大為佩服。

「還好我點了炸雞。」

說完，她又拿了一塊炸雞一口咬下。

川井露出「原來如此」的表情，岩間嘀咕：「愛意深重啊……」但本村和藤丸都沒注意到。因為本村忙著吃炸雞，藤丸忙著凝視吃炸雞的本村。附帶一提，松田似乎陷入沉思，加藤則是對仙人掌以外的愛都不在乎，因此沒感受到藤丸揉進炸雞的愛意，只覺得「醬汁放了一點薑，很提味」。

「藤——丸——！」

廚房那邊傳來冤魂似的呼喚，藤丸立刻飛奔而去。徒弟到了外場就像無法辨識方向的獵犬，一去不回，身為老闆的圓谷當然氣得跳腳。

之後，藤丸鄭重地送來海鮮飯，鯛魚、蛤蜊、淡菜、小番茄等，把每個人的小盤子妝點得五彩繽紛。

「最後，每人可以各選一份蛋包飯或拿坡里義大利麵。」藤丸說。

「我已經很飽了。」川井慘叫。

「又不是十幾歲的運動員，誰吃得下那麼多啦。」岩間也發出哀號。

加藤或許是因為年輕，倒是食欲旺盛地說：「硬要我選的話還是蛋包飯。」

本村很遺憾自己已經快吃撐了，但她對圓服亭的招牌菜難以割捨。

「要是兩樣都能各吃一點點就好了。」她說。

「我知道了，就這麼辦吧。」

藤丸立刻回答。加藤的意見再次遭到漠視，送來了大盤蛋包飯和加量版拿坡里義大利麵，讓大家各取一點品嘗。

但加藤並未受到打擊。或者該說，因為壓根沒發現藤丸對本村的偏心，所以他對碳水化合物攝取量減少似未懷恨在心。一口氣吃光蛋包飯與拿坡里義大利麵後，開朗地丟出新話題。

「對了，新年期間要給植物澆多少水，你們有沒有清楚寫出來？」

眾人回答已把紙條貼在植物生長箱上。唯有松田說：

「我預計在研究室工作到三十一日，元旦也是下午就會來研究室，所以可以幫忙加藤澆水。」

本村聽了，焦慮地想：「我還有閒工夫悠哉地放假到初三嗎？」但是想到父母八成正期盼著久別的女兒返鄉，事到如今也很難更改計畫。至於其他人，則在心裡加深了疑問：「松田老師的私生活果然充滿謎團。不，應該說他有無私生活都是個疑問。」

「松田老師也在的話，給我打了一劑強心針。」加藤說：「大家都放一百二十個心回去好好過年吧。等你們回來時，一定會發現我把阿拉伯芥養得很茂盛。」

「加藤你不用回家過年嗎？」

被岩間這麼一問，加藤「哎」了一聲抓抓臉頰。

「我有三個哥哥，分別在日本商社、外資公司、外交部上班。而且全都派駐海外。」

「都是菁英耶。」川井說

專心研究仙人掌的加藤，該不會被家人視為問題兒童吧？本村可以看出川井抱著這樣的憂慮。率直的岩間直接調侃：

「有這麼優秀的哥哥，加藤學弟的英文怎麼還那麼爛。」

「就是因為我老哥都太優秀了。」加藤坦然笑了。「我們感情也不是不好，但就是聊不來。這次過年三個哥哥都會帶老婆小孩回來。我家客滿了，所以我決定錯開時間，晚一點再返鄉。」

一問之下，據說加藤總共有八個侄子侄女。就算家裡是寬廣的豪宅，肯定也沒有加藤容身之地。眾人這下子恍然大悟。

不知不覺店內除了本村等人，已經沒別的客人了。本村看看手錶，這才發現他們已經吃了兩個半小時。

圓谷總算可以喘口氣了，從廚房走出來。

「藤丸每次都麻煩你們照顧了。」他客氣地道謝。

松田研究室成員惶恐地搖頭又搖手，竭力表達菜有多麼好吃。

藤丸把門口招牌的燈關掉後，端來草莓蛋糕捲和咖啡。蛋糕捲有高雅的甜味，口感綿密鬆軟堪稱絕妙。照理說已經吃飽了，卻還是一眨眼就掃光蛋糕。

圓谷在旁邊的桌子坐下，滿足地望著眾人享受甜點。藤丸替坐在椅子上的師傅按摩肩膀。

「每年到了這個時期，都會忙得暈頭轉向呢。」圓谷說：「聖誕節，尾牙，還得照顧菜鳥。」

所謂的菜鳥，應該是指藤丸。

「生意忙碌是很好，但我一年比一年老了，也不知身體能夠撐多久。」

圓谷如此嘆息。

「沒問題的！」藤丸鼓勵師傅：「您是越老越像一尾活龍。」

「我看你的國語有問題吧。聽起來好像我是個色老頭。」

「我才沒問題。」

藤丸用力按摩圓谷的肩膀。圓谷呻吟著：「好痛好痛。」

「各位一整年都忙著研究吧，」他有點尷尬地說：「想必根本不在意過什麼聖誕節。」

「聖誕節……」

松田研究室眾人彷彿第一次聽到這個名詞似的眨巴著眼。

「我都忘了。」加藤說。

「完全不記得。」川井也點頭。

「我倒是記得。」本村在舌間回味咖啡的苦澀。「我養在公寓的聖誕紅，始終沒有變紅……本來想堅持到聖誕節，可是聖誕節早上搬開箱子一看，葉子還是綠色的。因為那天是我放棄做短日照處理的日子，所以印象深刻。」

「不行不行，那個做為聖誕節故事太扯了。」

加藤說，本來一臉緊張傾聽本村敘述的藤丸，露出笑臉高速猛按圓谷的肩膀。「痛痛痛！」圓谷呻吟。

「今年聖誕節我也沒見到男友。」岩間嘆氣：「不過本來就是遠距離戀愛，也沒辦法。」

「岩間學姊有男朋友啊！」

如此驚訝的，只有不了解人類戀情的加藤。岩間和奈良縣S科技大某研究生交往，對松田研究室其他成員而言是眾所周知的事。

「到了年度研討會的季節，你們就能見面了。」

本村如此安慰她。

「也是啦。不過研討會的時候，彼此都滿腦子研究，根本無心談情說愛。」

岩間嘆氣嘆得更大聲了。

眾人望向始終沒發言的松田。植物沒有聖誕節這概念，所以松田的腦內行程表上，似乎本來就沒有「聖誕節」這樣的字眼。他就像聽到沒有植物棲息的某星球常規，只是事不關己地喝咖啡。

圓服亭從三十一日至一月三日公休。圓谷據說已訂好箱根湯本的溫泉旅館，準備好好休息。藤丸說要回家和家人團圓，安心當幾天米蟲。

「當然，我會把仙人掌帶回去。」

「靠你囉，藤丸老弟！」

加藤甚至和他緊緊握手致意。

愉快的尾牙宴結束，眾人互道新年快樂，走出圓服亭。

來到本鄉街，本村等人要去地下鐵車站。唯有松田說：

「我要回研究室。」

「這麼晚了還要回研究室？」

本村等人很驚訝，但松田說還有一堆電子郵件沒回，穿越馬路後消失在赤門內昏暗的校園。只留下一句：「雖然明天可能也會在B棟碰面，不過還是先跟大家說聲明年見。別吃太多年糕，小心吃壞肚子。」

本村還是覺得，今晚的松田老師似乎特別沉默。雖然這麼想，但嚴格說來松田本就不愛講話，和平日表現並無明顯差異，所以本村覺得或許是自己想太多了。川井等人看起來並不覺得松田的言行有何異樣，一如往常地嚷嚷：「啊——好飽好飽。」

本村吐出的白煙，消失在一年將盡的本鄉街頭。空氣冰冷澄淨。她暗自期許明年阿拉伯芥的葉子能夠越長越大，一邊隨同研究室眾人走下通往地下室的台階。

新年期間，本村待在父母身邊平安無事地度過。

看到久違的父母，本村覺得「爸媽好像『萎縮』了……」父母還不到六十歲，談不上蒼老，實際上他們的外表也與年齡相稱。或許因為分居兩地，才會敏感察覺對方的些微變化。經過漫長的冬天，新綠耀眼地滲入眼中。同樣的，幾乎暌違一整年的父母，似乎也變得比記憶中的模樣更矮小無力，令本村有點驚訝。

是啊，爸媽他們漸漸老了。雖然很想以研究者的身分自食其力，好讓他們安心，但不知自己幾時才能做到。

基本上，「一個迷戀阿拉伯芥的女孩」在全人類中想必是極少數派，父母對這樣的女兒不知作何感想？無法和周遭的人商量，也無法得到他人的同理，他們或許只能悶在心底吧？本村想到這裡不免擔心。

仔細想想，所有的父母，都是因為有了孩子才成為父母。對於揚言「完全沒興趣生小孩」的自家孩子，很可能認為價值觀迥異而難以理解。而且本村對談戀愛和結婚都沒興趣，唯一心動的對象只有阿拉伯芥。想到父母的困惑與失望，她就有點不捨。

但他們畢竟是本村的父母。或許在本村升上博士時就已斷念，現在純粹只是為獨生女返鄉而開心，什麼都準備得好好的，把她當成貴賓伺候。母親頻頻催她多吃點年糕和年菜，父親也興沖沖打開別人贈送的上等日本酒，邀她「一起喝一杯」。就另一個角度而言，這甚至令本村感到心痛。

愛好重——本村思忖。她沒發現藤丸在炸雞裡放了多少愛意，卻從父母歡喜的模樣察覺自己是多麼受寵。沉重卻很幸福。她在父母的催促下大吃大喝，短短三天就胖了兩公斤。

我變重了，這怎麼得了。正要洗澡的本村，俯瞰浴室的體重計，整個人僵硬片刻。她連忙脱光，長吐一口氣後再次站上體重計，結果還是胖了兩公斤。

她一邊擔心穿回來的牛仔褲是否還穿得上，新年假期最後一晚，在家裡就此睡去。本村住到大學畢業為止的房間，床鋪和書桌依舊，保持隨時可以使用的狀態。本村再次感到，愛好重，但即便她是個只愛阿拉伯芥的女兒，父母依然接納她，這讓她感覺到幾乎落淚的幸福。

但不可否認，新年期間的確也出現過緊張局面。母親雖已不會再提「結婚」這個詞，但畢竟人非聖賢。周遭眾人結婚生子也是阻擋不了的事。

初二早上，一家三口吃著年糕湯和年菜。

「對了，」母親說：「妳還記得住在川越的小環吧。」

小環是比本村大三歲的表姊。小時候經常暑假一起玩，本村的腦海浮現熟悉的面孔，專心聽母親說。

「她年底……沒什麼。」

母親突然打住話題，差點讓本村被年糕噎住。

「『她年底沒什麼』是什麼意思？這樣文法不通吧？」

母親明顯露出「說錯話」的表情，咀嚼著鹽漬魚子。

「呃，哎呀，就是那個嘛。聽說她有了。」

母親吞吞吐吐說。

「啊？小環結婚了？」

「兩年前就結了。」

「啊啊啊？我怎麼不知道！」

「咦，我沒跟妳提過嗎？」母親接著朝黑豆伸筷子。「對了對了，因為她說不辦婚宴，所以就忘了通知妳。」

「問題不在那裡吧，我起碼該跟她說聲恭喜。」

「可是妳做研究好像很忙……沒事，我已經送過紅包了。」

雖然還是耿耿於懷，但面對已鎖定栗子泥做為下一個目標的母親，她很難提出強烈抗議。她提醒母親「甜的吃太多了」後，又問道：

「那妳剛說她有了，是小環要有寶寶了？」

「不，已經生了。年底生的。」

「這進展也太快了吧，我什麼都不知道！」

本村不禁大叫，把用過的餐具端到廚房粗魯地清洗。她知道，母親是顧慮她的心情，故意沒通知她表姊結婚、懷孕和生產。雖然知道，但是想到「難道我必須讓她顧慮這麼多嗎？」窩囊與不甘讓她湧起憤怒。

母親或許是理解本村憤懣的理由，說：

「妳動作不要那麼粗魯。」

從餐桌那邊提醒本村：「真是的，妳一個人生活行不行啊？妳家的碗盤該不會都缺一角吧？」

母親這種口氣，好像自己一點過錯和失言都沒有似的！本村越發氣憤，猛然搓揉洗餐具用的菜瓜布，擠出壘球那麼大的泡沫。

父親秉持「君子不立危牆之下」的策略，始終默默在旁邊慎重檢視元旦收到的賀年卡，但之後，他邀本村一起去神社拜拜。

父女倆朝附近的小神社走去的途中，父親冷不防說：

「妳媽也沒有惡意。」

本村斜瞄對著神社正殿虔誠合掌膜拜的父親，難得萌生超級黑暗的想法：「該不會是在祈求神明『保佑我家紗英早日嫁出去』吧？」

但本村猜錯了，父親轉身離開正殿的同時，溫聲說道：「我剛才求神保佑妳的研究順利喔。」

父親又說：「妳研究的那個叫做大犬草是嗎？」

「是白犬薺。」

本村回答，對疑神疑鬼的自己深感羞愧，差點要哭出來。

父親在短短的參道旁零星擺設的路邊攤買了蘋果糖葫蘆給她，這是本村小時候最愛吃的。如今雖覺得太甜、色素顏色太紅，糖漿包裹的蘋果似乎也放太久不新鮮了，本村還是全部吃光。

回到家，正在邊看電視播出的箱根馬拉松接力賽，邊等父女倆回來的母親，含笑問：「神社排隊排很久嗎？」並且告訴他們：「現在已經跑到第五區了。」

本村挨著沙發上的母親坐下。忽然有點想撒嬌，她挪動屁股貼近。

「妳幹嘛？」

母親扭腰把她頂回去。母女倆在沙發上妳推我擠了一會。

本村把體重半壓在母親肩上，一邊拿手機給表姊發簡訊。表姊立刻回覆，而且附帶剛出生的小寶寶照片。小寶寶像蘋果糖葫蘆一樣圓滾滾紅通通。

「真可愛。」她說，和母親一起看著照片。

本村在牛仔褲頭緊繃的狀態下展開新一年的活動。不過，其實和去年沒什麼改變。研究工作只能淡定地不斷積累，因此她還是天天窩在理學院B棟。

不過勉強說的話，還是可以舉出幾個小變化。

新年假期結束，本村從家裡回到租的公寓，發現窗邊的聖誕紅無精打采。似乎是在無人的房間耐不住夜間寒冷，掉了好幾片葉子。雖然搬運起來盆子有點大，但她還是很後悔沒有效法藤丸帶盆栽一起回家過年。目前她正注意室溫持續觀察中。

另一方面，栽培室的植物生長箱中，阿拉伯芥生長得簡直順利過度。不愧是有「綠手指」的加藤出馬照顧。

「別人的阿拉伯芥如果被我養死了，那還得了。」加藤神采飛揚說：「幸好平安無事度過了新年。」

「謝謝你喔，但它茂盛得有點恐怖。」

岩間嘀咕。因為超乎預期的成長速度，讓她錯失觀察氣孔的時機，現在只好忙著摘葉子進行透明化作業。

本村為了得到四基因突變的植株，將一千兩百顆種子批次播種。這項作業很辛苦，需要極大耐心，甚至令她忍不住想嘆氣抱怨：「收種子比這個簡單一百萬倍。」

用宛如立方體海綿的岩棉吸飽水，把阿拉伯芥的種子播在上面。種子小得無法用手指或鑷子進行作業。只能拿牙籤尖端浸濕後，一顆一顆沾起種子，默默移到岩棉上。

播完半個托盤時，肩膀已開始痠痛，這項作業要重複一千兩百次！本村獨自待在二樓的栽培室，忍不住發出小小的慘叫。

不巧這時栽培室的門開了，川井探頭進來，看到一邊轉動肩膀一邊慘叫的本村，

「現在……方便嗎？」

川井帶著顧忌問。

「方便，助教你儘管說。」

本村慌忙放鬆手臂，轉身面對川井。

「我查了一下獨葉苣苔。」

川井說著走進栽培室，看到本村在播種，自告奮勇要幫忙，在剩下一半的岩棉上播種。

川井用起牙籤又快又正確。

「助教你平時明明很少使用阿拉伯芥，動作卻這麼熟練。」

「這大概就是資歷深淺的差別。」川井笑著說：「我現在雖然主要研究青苔，但好歹也是從大學的時候就開始接觸阿拉伯芥。」

本村本來有點沮喪，懷疑自己太笨拙，但川井的話讓她稍微振作。她想，自己大學時研究的是大腸桿菌，所以就算處理阿拉伯芥有點生疏，也是莫可奈何。

但若說自己很擅長處理大腸桿菌，倒也不是。她曾讓大腸桿菌在培養皿中死光光，而且當研究生已三年，至今給阿拉伯芥播種還叫苦連天。不過，這方面的悲慘事蹟，她決定很沒有科學家風範地掩蓋起來。

「對了，剛才說到獨葉苣苔。」川井說：「這次我去的，是婆羅洲島上的印尼屬地。來自印尼國立B大的布朗先生主動邀約，說有很多罕見的苔類。可是妳想要的獨葉苣苔，好像生長在婆羅洲島北部的馬來西亞屬地。」

「那就沒辦法採集了。」

本村很失望，但她努力不形於色。基於保護稀有物種及疫病學的觀點，即使是為了做研究，海外的植物採集還是需要繁雜手續。事先得向對方國家申報研究目的與方針，取得正式許可。像蘭科這種觸犯華盛頓公約的植物當然不可能得到許可，除此之外的植物也無法擅自採集或帶走。川井似乎為了本村等人想要的植物，詳細製作了審核用的植物清單。

「嗯。不過我寫郵件問過，布朗先生好像在栽培獨葉苣苔。順利的話說不定可以讓他分妳一株。」

「真的嗎?!」

本村忍不住歡喜地驚呼。

「不，我是說如果取得許可的話。」川井安撫她：「妳就不要抱太大希望地等著吧。」

「好。」

把播種完畢的托盤放進生長箱，調整溫度與濕度。本村對著生長箱默唸「四基因突變株，四基因突變株……」。這又是一個很沒有科學家風範的舉動，但就機率而言，一千兩百顆種子中只有四顆能夠長出四基因突變株，現在只能求神保佑了。

「嗯——」看到本村死盯著生長箱。

「但願這其中有四基因突變株。」川井用心有戚戚焉的語氣說：「對了，松田老師最近是不是有點怪怪的？」

不是最近，是一直怪怪的。本村正想迂迴地這麼暗示他，突然打住。的確有點不對勁。這是繼掉葉子的聖誕紅，凶猛成長的阿拉伯芥之後，第三個「小變化」。

打從圓服亭尾牙宴那晚開始，松田就有點鬱鬱寡歡。本以為他新的一年會恢復正常，結果他卻經常在研究室屏風後面發出「嗯——」或「噢——」的呻吟。有時還在給窗邊植物澆水的時候失神遠眺。結果前幾天澆水澆太多都溢出來了，氣得秘書中岡邊罵邊擦地板。

本村很擔心老師怎麼了，但松田做研究和上課似乎都很正常，況且本村也有其他必須思考的問題，因此就暫時擱置了此事。「其他必須思考的問題」當然是指阿拉伯芥播種作業該如何搞定，以及新年發福該如何減肥。

原來川井也察覺松田的樣子不對勁啊，本村當下感到安心，

「對，我也早就這麼覺得了。」她振奮地回答：「松田老師好像無精打采的。」

沒想到川井的反應是「啊，會嗎？」他說：「老師反而超主動找我說話。」

川井意外的證詞，令本村心慌意亂。

松田雖然指導學生非常細心，同時也很尊重學生與研究生的自主性。研究生想做的實驗方向如果實在太荒唐，他會立刻察覺，給予建議，否則他基本上不會干涉。失敗往往可以導出真相，況且也沒有哪個研究是一開始就知道正確答案。松田對於欠缺細心和正確度的實驗或研究素來鐵面無情，但絕對不會打壓研究生自由發想。必然的，本就沉默寡言的松田頻繁主動發言的情況極少發生。

尤其川井不是研究生是助教。雖說隸屬於松田研究室，畢竟已是一個正牌研究者，在川井沒有開口求助的情況下，照理說松田不可能干涉川井的研究。

「關於苔類，松田老師說了什麼嗎？」

本村怯生生問，川井搖頭。

「怎麼可能。以松田老師那種個性，向來都是讓我自由發揮。不是那樣，是他最近一有機會就找我閒聊，說什麼『在網路上發現看起來不錯的睡袋』或『如果去叢林，應該需要

鍛鍊體力吧』之類的。」

「為什麼？」

「我也很想問為什麼。可是他渾身充滿陰森森的氣息很恐怖，所以我只能乖乖回答『睡袋我已經有了』或『我高中時是登山社，而且現在周末也三不五時會跟朋友去爬山』。」

世上居然還有充滿陰森森氣息的恐怖閒聊！本村渾身發抖。

「老師沒找妳閒聊嗎？」

「沒有，我們對話的頻率和內容一如往常。」

這到底是怎麼回事呢？本村與川井納悶不解。改天如果有機會就試探一下老師吧，本村在心裡悄悄做筆記。

松田為何只對川井拋開平時沉默寡言的面具呢？本村出乎意料地，早早抓到解開那謎團的線索。

由於新年縱容食欲吃太多年糕，本村的肚子周圍變得像年糕。

「竟然捏得起肥肉！」大受打擊的本村，比以前更積極在研究之餘去散步。

這天她快步在T大校園內走來走去，從池邊來到Y田講堂前。她打算休息一下，朝長椅望去，只見諸岡看起來在廣場周圍的樹叢一角進行某種作業。那是去年秋天，本村他們幫忙採收地瓜的地點。

然而現在才一月中旬，應該還不到種地瓜的時節。本村訝異地走近諸岡。諸岡在工作服外面套了夾克，正朝他用來當地瓜田的區域揮起鋤頭。

「老師好。」本村喊道。

諸岡停下手，露出笑容說：「啊，本村同學。」

這天很冷，諸岡的額頭卻有一層薄汗。

「已經開始種東西了？有我可以幫忙的嗎？」

「不用不用。」

諸岡用戴著手套的手背抹去汗水。「地瓜要五月才能種。貧瘠的土地也能長得很好，所以其實不太需要事前整地施肥，但這裡的土有點硬，我想稍微翻翻土。」

諸岡的腳下，升起泥土潮濕甜美的芬芳氣息。穿著高筒膠靴的諸岡用鞋尖靈巧地把挖出來的小石頭踢到樹叢角落。

「對了——」諸岡說著，傾身向前。把鋤頭當拐杖整個人倚在上面。「你們研究室的川井，聽說要去婆羅洲做調查。能不能叫他幫我拍張照片，看當地市場上有賣什麼樣的薯類。如果有種植薯類的田地，最好也幫我拍幾張照片。」

不愧是諸岡老師，絕不放過打聽薯類情報的任何機會。本村很佩服，打包票說一定會轉告川井。

「對了，諸岡老師。松田老師最近好像有點不對勁，您發現了嗎？」

松田比諸岡小了十五歲，但都是T大畢業的。而且諸岡長年在T大執教，松田據說打從做研究生時就跟他很熟。到現在還會要好得一起吃便當，所以諸岡應該也感受到松田最近怪異的言行了吧？本村這麼猜想，忍不住試探著問。

「噢？是怎樣不對勁？」

出乎意料的，諸岡似乎毫無察覺。不知是因為松田平日的言行舉止就不正常，還是諸岡和松田都忙著觀察植物，對彼此的言行並沒有那麼留意。

「我是覺得……松田老師好像比往常更那個……好像更陰沉，但川井助教說老師最近格外熱心地找他聊天。今天老師好像也拿了一本高性能手電筒的商品型錄給川井助教，勸他不妨買一支帶去婆羅洲。」

「手電筒？」諸岡傻呼呼地歪起腦袋：「松田老師從宅男變成野外派了嗎？」

「我想應該不至於。那種手電筒一支要十萬日圓，川井助教也很疑惑。他還說：『老師難道想叫我去叢林當警衛嗎？夜間只會待在帳篷睡覺，如果帶功能這麼強大的手電筒，昆蟲鐵定會大老遠地成群結隊蜂擁而來。』」

「這世上還有這麼昂貴的手電筒啊。」諸岡畫錯重點地感嘆，但是隨即臉色一正：「如果我沒猜錯——你們研究室幾乎都沒有出遠門做調查過吧？」

「對。或許是因為老師本人是道地的宅男，就我所知，這次川井助教是第一個。」

「原來如此。」

諸岡咕噥。

「老師，如果您知道什麼請告訴我。助教忙於日常研究，工作之外還得準備去婆羅洲的行李，可是松田老師最近天天推銷戶外用品，似乎把助教搞得很心煩。我也很不放心老師究竟在擔憂什麼……」

諸岡拿鋤頭把翻過的地面抹平。動手的同時，似乎也在思考什麼。本村站在廣場邊上耐心等待。

過了一會，諸岡終於開口。

「你們松田老師念研究所時有個同學，是從外校考進T大研究所的奧野君，和松田老師不相上下，非常優秀。而且個性活潑開朗，這點和松田君正好相反，但或許反而互補。當時松田君與奧野君非常契合，曾經是最要好的競爭對手。」

本村察覺到諸岡開始用「君」稱呼松田，而且整段話都用過去式敘述。

不知幾時諸岡已停止揮動鋤頭，垂眼看著地面。彷彿地上映出了過去的情景。

「或許有人認為，『最要好的競爭對手』這個說法矛盾，但我想妳應該理解，我們研究者，全都是彼此的競爭對手。不過，為了盡量解析植物的奧妙，有時會彼此幫助，有時互相爭論，但都是志同道合的夥伴。如果再加上意氣相投，當然會在身為競爭對手的同時也成為最佳拍檔。」

本村對諸岡的說法點頭贊同。她非常能理解。

松田研究室的成員感情雖融洽，但如果自己以外的某人有了實驗成果，或者發表了精彩論文，難免也會忍不住焦慮。甚至會不由自主嫉妒：「真好。為什麼我的實驗就那麼不順利呢？」為了在大學或研究所找到工作，繼續從事研究，他們必須不斷累積成果，擠過門檻相當高的窄門。

尤其是岩間，在本村心目中更是格外在意的對象。雖然兩人的研究對象分別是「氣孔」和「葉片大小」，但都使用阿拉伯芥，再加上同性且年齡相近，不可能沒競爭意識。岩間經常給本村各種意見，本村覺得和岩間很合得來。想必岩間應該也是這麼想。即便如此，依然是競爭對手。

松田老師在研究生時代也抱著同樣的想法嗎？本村思忖。他也同樣對前途未卜感到不安，卻又覺得做研究很快樂，與知心好友互相扶持互相競爭，天天在顯微鏡前度過嗎？

「奧野先生這個人，現在怎樣了？」

本村問，聲音有點嘶啞。諸岡的回答，正如本村隱約已料到的答案。

「他死了，」諸岡說：「死在採集植物的山裡。詳情我不清楚……唯一能說的，就是奧野君死後，松田老師更加投入研究，變得更加陰沉。」

諸岡又開始揮動鋤頭。本村向他道謝，回到理學院B棟。

研究室的屏風後面，傳來松田窸窸窣窣找東西的動靜。川井正在電腦前打郵件。她朝掛在房門旁寫明「各人去處」的白板一看，岩間在地下室的顯微鏡室，加藤去溫室了。

諸岡說的話在本村體內膨脹，帶來悸動。松田之所以不斷推薦川井各種戶外用品，十之八九是因為想起那個死在山中的好友。但本村猶豫不決，不知該直接問松田，還是該自行告訴川井。

驀然回神，本村發現自己坐在位子上瞪著電腦低聲呻吟。川井害怕地逃出研究室的同時，松田也從屏風後面出來了。

松田拿著終於找到的文件說：

「本村，拜託妳安靜點。」

剛剛還弄垮整堆書的明明是松田！但本村當然老實說了對不起。不過這天，她還是動不動就忍不住冒出一聲呻吟。

阿拉伯芥的播種沒什麼進展。

晚間回到公寓後，本村看到窗邊的聖誕紅又掉下更多葉子，不禁發出今天最後一聲呻吟。新年假期凍傷後，聖誕紅的葉片就逐一變黃枯萎。

雖然一直期盼葉子變色，但並不希望變黃。本村嘆氣，把勉強掛在枝頭的葉子全部摘去。她期盼盡量減少聖誕紅的負擔，或許有機會起死回生。

夾在指間的葉片已完全頹軟，彷彿黃色小鳥的屍體令人不忍卒睹。本村在聖誕紅的根部撒上少許固體肥料，洗手漱口後吃起豆腐。豆腐便宜美味又有營養，但晚餐只吃豆腐還是有點淒涼。不過，深夜回家還吃米飯就無法減肥了。她捏著肚子上的肥肉這麼告訴自己。雖然最後還是不敵誘惑，把事先做好準備帶便當的肉臊澆到豆腐上。

刷牙淋浴後，本村鋪好被子躺下。她不忍心丟掉枝頭摘下的聖誕紅葉片，遂依序排放在窗台上。也因此，她發現葉片乾燥後捲成毛毛蟲的形狀。本村在排排站的毛毛蟲大軍守望中就此閉上眼。

肚子很快就開始咕嚕叫。明天中午是叫圓服亭外賣的日子。本村思考著要吃什麼，就這樣墜入睡眠世界。本來也想思考一下已變成戶外用品推銷員的松田，但是被飢餓和睡意干擾，腦子實在轉不過來。本村本來就不擅長思考植物以外的事。想到那個話題也許會冒犯松田深藏內心的情感，她就越發退縮，懷疑那不是自己這種人有資格隨便開口打聽的話題。

結果，她思考到「圓服亭的菜單中熱量看起來較低的，應該是蔬菜三明治吧」，就失去意識了。

翌日上午，本村在研究室打電腦。

新的一年來臨，松田研究室還是照樣一周進行一次嚴肅的例會。每次由一人介紹論文，另一人報告研究內容，研究室全體做評論。包括教授松田在內，基本上人人一個月都會輪到一次介紹論文或報告研究內容的機會。下周輪到本村報告研究內容，所以她必須先挑選摘要使用的照片。

但本村的研究並沒有太大進展。雖已將授粉得來的一千兩百顆種子依序播種，也細心觀察葉片的大小與形狀，但現階段還無法確定其中是否真有四基因突變的植株。本村搓揉眉心，重新戴上眼鏡，比對電腦上一字排開的照片。那是用來做紀錄，給生長箱內栽培的阿拉伯芥拍攝的照片。

本來就是突變株互相授粉結出的種子，所以種子長出的子葉，多半也和正常阿拉伯芥的葉形不同，例如比較圓，或葉片比較大，可以看見很多阿拉伯芥擁有個性化的葉子。不過，和一般阿拉伯芥的差異都很細微。是因為本村深愛阿拉伯芥，天天盯著阿拉伯芥看，才會發現「這株的葉子好像和別的有點不同」，如果把照片給加藤看，他八成只會滿面笑容說：「嗯，全部都是阿拉伯芥！」

現階段尚未長出差異大得足以瞠目的植株，況且光看外表也無法斷定「這就是四基因突變的植株」。當然，本村想了各種科學化又有效率的手法，以辨別四基因突變株，並做了準備。但基本上本村這個「一千兩百顆種子中應該有四顆四基因突變株種子」的預測本身，唯一的根據只是「機率」，實際上也可能一顆四基因突變株的種子都沒有。

本村拚命搖頭，從腦海甩開「四基因突變株一個也沒有」的可能性。萬一真的變成那樣，授粉、收種子、播種的辛苦就全都泡湯了。為了辨別四基因突變株做的種種準備，也將全數化為徒勞。若要打個比方，那就像揮棒一千兩百次，賣力地以為其中至少能有幾次打中，可是實際上一球也沒投出。換言之，只是自己一個人對著空氣揮棒一千兩百次，如此而已，很可怕。

總之目前的問題是下周的研究報告該怎麼辦。就算給大家看現在生長箱裡栽培的阿拉伯芥照片，也只不過是「炫耀自家的心肝小寶貝」。本村再次摘下眼鏡搓揉眉心。指頭用力。搞不好會像松田一樣留下明顯的皺紋。

唉，沒辦法。就算撒謊吹噓「研究進展順利」也沒意義，還是老實報告現狀，說明今後打算如何辨別出四基因突變株吧。對於辨別的方法，松田研究室成員或許能提供本村想破頭也想不出來的好主意。

生長箱裡空間也是個問題，不可能一口氣將一千兩百粒阿拉伯芥的種子全部播種。除了分成幾次栽培、觀察，慎重鎖定四基因突變株之外，別無他法。如果急著只想趕快有成果，就會被願望和欲望蒙蔽眼睛，做出欠缺正確性與可信度的研究。不，那種東西根本不能稱為「研究」吧。實驗是使用活生生的阿拉伯芥，因此不能胡來。還是把真誠、確實地逐步前進當作第一要務。

戴上眼鏡的本村，關掉電腦的照片，開始檢查電子郵件。本村現在擔任校際研討會的事務聯絡員，因此有很多事必須和其他大學的研究室通信聯絡。

研究不只是以個人為單位，也有各大學研究室合作的項目。關於後者，各研究室會齊聚一堂，舉辦校際研討會報告進度，多半在暑假舉辦。這時校內沒有學生，可以利用教室當會場。

身為松田研究室事務聯絡員的本村，有很多關於研討會的事情必須處理。舉辦的時間和地點，參加人數的統計，訂便當等等。光是播種就已夠忙碌的腦袋，這下子越發陷入混亂，但是和其他大學的研究生透過電子郵件交流也很有趣。畢竟對方都是迷戀植物的人。有時看到郵件最後附帶一句「最近有趣的論文資訊」，全體就會盯著不放，把本來要聯絡的事務撇到一旁，附帶的那句反而衍伸出越來越長的郵件往來。

不過，本村一直坐在研究室的位子上，不只是因為有很多事情需要用電腦處理。最大的目的還是窺探松田。從諸岡那裡聽到一點松田的往事後，她就一直耿耿於懷，雖然遲疑是否該主動挑明，終究不自覺尋找和松田在研究室單獨對話的機會。

快到中午了。研究室眾人進出頻繁，本村始終找不到與松田獨處的機會。而且好一陣子，屏風後面都悄無聲息。本村檢查完電子郵件後，慢吞吞站起來，從屏風這頭偷窺松田的桌子。

屏風後面空無一人。看來本村專心打電腦時，松田已經離開了研究室。

虧我還卯足了勁以為老師在呢。本村不免有點難為情。就像以為是對著身旁同伴說話，結果卻發現自己是在對電線桿說話時的尷尬。她連忙環視室內，看看有沒有被誰目擊她可疑的舉動。這才發現不只是松田，其他成員全不知不覺走光了。

她成了「獨自在研究室狼狽瞎忙的人」，本村臉紅的瞬間，門開了。

「午安，圓服亭的外賣來了。」

藤丸走了進來，本村嚇得跳起來。藤丸把銀色外賣箱放到地上抬起頭，本村正好也在這時落地，幸運躲過了被藤丸看到她臉紅跳起的一幕。

本村裝作若無其事，走近朝銀箱子彎腰的藤丸。

「大家好像都不在，那我就先把菜放在箱子裡不拿出來了。」

「沒關係，沒關係，反正他們很快就回來。」

「這樣啊？啊，可是蔬菜三明治會變熱，還是拿出來比較好吧。」

藤丸先從箱子取出裝蔬菜三明治的盤子，本村連忙接過說：「這盤是我的。」

「咦，真稀奇。平時大家不是點蛋包飯就是拿坡里義大利麵，老闆還說：『不曉得是誰點了蔬菜三明治。』」

本村感到，好不容易才褪去紅潮的臉頰，似乎又開始充血。

「因為我過年變胖了……」

她老實報告後，又暗自後悔不該說出來。她覺得就算這樣跟藤丸先生說，大概也只會讓他困窘。

藤丸把剩下的盤子也從箱子取出，不動聲色地瞥向本村的臉蛋，只說了一句：「會嗎？」他沒有說「真的」或「沒那回事」，而是非常中立的「會嗎？」，讓本村多少感到被拯救。她暗想，只可惜明顯圓了一圈的不是臉而是肚子，隨即又急忙否認：「不不不，反正不會有機會讓藤丸先生看到自己的肚子。」

她幫藤丸把研究室眾人點的菜一一放到桌上。本村排放叉子和湯匙時，藤丸把裝蔬菜湯的保溫壺放到大桌上。

「剛才好像有什麼奇怪的動靜。」

「剛才？」

「就是我開門時。」

被看到了嗎？本村這次心臟差點跳出來，她不自在地扭頭看藤丸。藤丸的表情很認真。可以感受到他不是要取笑獨自抱頭慌亂的本村，純粹只是擔心她，本村頓時感到心頭一緊。

可我什麼都無法回報藤丸先生——不，這種想法本身就很傲慢，那種事藤丸先生很清楚。明知如此，他純粹只是關心我「是否發生了什麼事」，並不期待我的回報。

本村覺得，這跟研究植物時一樣。想必沒有人是因為期待有什麼大發現後，可以被人稱讚或得到地位與榮譽才做研究。如果是出於那種動機，不可能長年來天天埋頭做枯燥乏味的實驗。研究者只是因為喜歡植物，想更了解植物才做研究。

她的腦海浮現「愛」這個字眼。

她感到身體深處湧現力量，挺直背脊問藤丸。

「如果得到解謎的鑰匙，藤丸先生會怎麼做？」

本村的發言似乎出乎意料，藤丸眨了兩三次眼。

「會使用看看吧。」

他答得乾脆，讓本村吃了一驚。看到本村的反應，藤丸似乎也很驚訝。

「啊，這有什麼不對嗎？」他說：「妳是說電玩遊戲吧？最近的遊戲我很少玩。因為一躺下就睡著了，手機不充電起碼能用三天。」

見藤丸開始莫名其妙地辯解，本村說：

「不，我不是說電玩遊戲。是解開某人之謎的鑰匙。」

藤丸這次慢動作眨了一下眼。

「解開謎底，會對那個人有什麼不利的影響嗎？」

本村想了一下才回答：

「應該不會。」

「那我會用用看。」

藤丸的回答還是一樣乾脆。見本村有點猶豫，藤丸笑了。

「本村小姐妳想想看，如果做植物研究，得到解謎的鑰匙妳會怎麼做？一定會想用用看吧？」

「對。可是，這是兩回事……」

「都一樣啦。」藤丸的回答非常明快：「一旦想知道答案，無論誰來阻止都會想用用看吧？」

本村檢視內心，發現的確如他所言，不禁點點頭。有時就是按捺不住，所以說好奇心真的很可怕。在人際關係中，經常會發生「要是不去多事知道那些就好了」的事。

當然，好奇心也有好的一面，科學界少了它就無法成立。本村也是被求知的好奇心推動著做研究。但她也經常自問倫理或良心，因為很怕自己「一不小心做了會讓地球毀滅的研究」。對於好奇心的功過比任何人都自覺的，或許就是研究者。

正好這時研究室眾人回來了，她與藤丸的對話就此打住。藤丸從松田手裡收下錢，拎起銀箱子走了。望著吃蛋包飯的松田和川井，本村也大口咬下蔬菜三明治。鬆軟麵包夾了新鮮的生菜、小黃瓜和番茄，芥末醬適時地畫龍點睛，格外美味。

就算向松田問起往事，想必也不可能讓地球毀滅。本村在心中握緊諸岡給的那把「鑰匙」。

不過，現在該放在第一優先的，還是自己的研究。

吃完午餐後，研究室眾人為了靜待消化，有的坐在電腦前，有的喝著咖啡。這時候，研究室不可能只有松田一人。本村只好暫且放棄與松田接觸，先去二樓栽培室。她得繼續進行有點落後的播種。

埋頭工作一陣子後，把整個托盤上的岩棉都播上阿拉伯芥的種子。播種完畢的托盤要用鋁箔紙覆蓋，放進冰箱靜置三天。這樣可以讓發芽的時間統一，也能提升發芽率。做實驗果然和烹飪有點像啊，本村獨自微笑。她想，藤丸先生是否也是這樣醃炸雞用的肉塊呢？

回到生長箱前，本村觀察已經發芽的阿拉伯芥，檢查有沒有形狀不同的葉子。有一株的子葉好像有點大，但也許是懷抱過大的期望造成錯覺。她一如往常拍照，在植株葉子較令她在意的岩棉插上牙籤做記號。她得等葉子再長大一點，才能判斷是不是四基因突變株候選者。

總之不管怎樣，目前實驗進度雖慢，但已有進展——大概有吧。至少種出了葉子顯露某種突變跡象的阿拉伯芥，所以應該如本村所願進行了雜交。之後只要順利鎖定目標，從一千兩百株中找出四基因突變株即可。

要找出來不僅耗時，也很困難，但就算不是四基因突變的植株，看著阿拉伯芥成長也很快樂。望著岩棉上成排的綠葉，本村不知不覺開始輕輕哼歌。

不過，旋律哼到一半就中斷。因為栽培室的門開了，川井和松田走進來。

「老師，今天就說個明白吧。」川井用前所未有的強硬口吻說：「老師到底為什麼那麼熱心推薦戶外用品？」

「可是，我發現有一種非常輕巧且堅固耐用的帳篷……」

「帳篷我也已經準備了。」

「這樣啊。」

松田拿著帳篷的型錄，似乎有點失望。

這時川井和松田似乎終於發現待在栽培室的本村。「咦，妳在這裡啊？」松田說著，在承接生長箱排水的水桶底下，鋪上他帶來的型錄。為了掩飾自己積極的推銷行為，他似乎決定採用「『我只是來解決漏水問題』戰術」。但川井不明白松田最近一連串舉動的真意，看起來似乎越發困惑了。

這是好機會！本村想，或許這樣會冒犯松田的隱私，但是現在如果不開口問，松田和川井都只會變成「對最新型戶外用品異樣做功課的人」就不了了之。松田的氣場比平時加倍陰暗，害得本村也耿耿於懷無法專心研究。

「老師。」本村毅然轉身面對松田：「老師對助教的擔心，我非常理解。但是到底該帶什麼去婆羅洲，我想助教一定詳細研究過了。」

「就是啊！」彷彿想說這是重點，川井用力點頭。「我和B大的布朗先生一直保持聯繫，裝備都齊全了，也請了熟悉那片森林的當地人當嚮導。」

「話雖如此，但畢竟是要去叢林，誰也不知道會發生什麼事。」松田的不安似乎仍未消散。「我聽說婆羅洲有大象，說不定會被踩死。」

「就算走在都市，也可能被車子撞到。」

松田的說法只能用杞人憂天形容，因此川井的語氣也漸漸像個「安撫胡思亂想瞎操心的老奶奶的孫子」。

「我們會牢記是自己闖入大象的地盤，行動時格外小心。」

「我聽諸岡老師說——」本村終於用「鑰匙」直搗謎團的核心：「松田老師有個朋友在山中不幸過世。老師這麼擔心，該不會和那件事有關？」

松田的表情文風不動，但眉間的皺紋深刻，從他凝定的目光可以看出，本村的發言讓他深深潛入自己的內心世界。川井似乎毫不知情，驚訝地看著本村與松田。本村忐忑不安地等待松田的反應。

或許是檢視完自己的內心了——

「的確可能如妳所言。」過了一會松田說：「我自以為在擔心川井君，但我的行為，反而讓大家擔心了。」

松田低頭說聲對不起，本村與川井慌忙搖頭。

本以為話題到此結束，但松田的個性比本村預想的更認真堅毅。他認為，都是自己害研究室的成員這麼擔心，所以不能就此含糊帶過。關於本村想知道的往事，他主動平靜地開始敘述。

「或許妳已從諸岡老師那裡聽說了，我當研究生的時候，有一個好友奧野。我們互相幫忙做實驗，一起討論研究，也會去彼此租的房子喝酒。」

據松田表示，雖然兩人也會為「你的論文，每次英文都很奇怪」、「你的論文才是，拐彎抹角囉哩囉嗦的，主旨一點也不明快」這種小事吵架，但大致說來，他和奧野過著快樂的研究生活。

「就在博二那年夏天。奧野說要去沖繩的西表島旅行。他說大概要去兩星期，期間希望我幫他照顧生長箱裡的植物。」

奧野從以前就喜歡登山，順道會觀察植物拍些照片。如果發現感興趣的植物，也會取得許可後採集回來。不只是登山，他還想挑戰瀑布攀岩，所以西表島應該是實現奧野的興趣與研究的最佳場所。因此松田也一如往常地回答：「知道了，生長箱就交給我。」

「但唯獨那次，不知怎地，奧野主動問我『在西表有沒有什麼想要的東西』。平時他登山回來，就算我不問，他也會主動拿拍到的植物照片來找我炫耀。不過，那大概是因為無論就距離而言，或就我們這些窮研究生的經濟狀況而言，西表都不是隨便能去的地方。於是對於奧野的好意，我也隨口回答：『那你如果發現腐生植物，就幫我拍張照片。』」

因為松田當時正好對不會行光合作用的腐生植物產生興趣。

「奧野當時說：『好，包在我身上。』」

奧野揹著大背包出發了。然後就在他預計回來的那天又過了三天後，被人發現他摔死在西表島的原生林斷崖下。

「打從接到那個噩耗後，我的記憶就不太清楚。」松田說：「我想大概是打擊太大，沒傷心也沒驚訝，整個人都呆掉了。」

奧野的老家位於兵庫縣靠山那頭，松田和當時的研究室教授一起趕去參加喪禮。去程的新幹線上，松田與教授都不發一語。松田覺得好像作了一場噩夢，快要退休的教授，也因得意門生猝死備受打擊，看起來一下子老了很多。

奧野的父母與姊姊，看似堅強地聽和尚誦經，卻掩不住哭腫的雙眼。靈堂上，掛著奧野曬得黝黑快活大笑的遺照。奧野的小外甥還不了解發生了什麼事，指著那張照片，天真無邪地問：「舅舅？」奧野的姊姊溫柔地哄他：「對呀，你安靜點。」松田感到心口彷彿梗著某種塊壘，慌忙低下頭。

即使上香祭拜，他對奧野的死還是沒有真切感受。自己和老師這樣待在這裡之際，奧野說不定已經回到T大研究室了吧？他或許一邊說著「奇怪，怎麼都沒人在」，一邊把買回來的特產點心隨手放到桌上，立刻去看生長箱裡的植物了？松田怎麼想都覺得是這樣。

棺蓋上的小窗一直沒打開。時值炎夏，而且奧野的遺體不僅過了好幾天才被人發現，想必也做了司法解剖。或許是未能見到奧野的最後一面，松田對好友的死更加無法產生真實感。

出棺移靈前的短暫空檔，奧野的父母過來向教授與松田打招呼。老夫妻倆客氣地道謝說：「謝謝你們以往對小犬的照顧」、「謝謝你們特地遠道而來」。老教授拿手帕摀住臉，似乎連安慰話語都說不出來。目睹奧野雙親的憔悴，松田不願用「節哀順變」這種老套的台詞，與其說不願，毋寧是湧現類似「誰說奧野死了，那是騙人的」憤怒，心裡已經亂糟糟。如果開口，恐怕會胡言亂語大叫甚至大鬧，所以他只是低頭不語。

「奧野掉到崖下後，似乎沒有馬上斷氣。」松田垂下眼簾。「當時還不像現在這樣到處都能用手機通訊，況且奧野本來就沒帶手機，因為他說『不喜歡受到束縛』。」

奧野與他的親朋好友可能受到的痛苦壓在本村心口，讓她動彈不得。腦海一隅在茫然思索，老師怎麼知道奧野沒有馬上斷氣？是司法解剖後查明的嗎？

或許是察覺本村的疑問，松田露出一絲笑意。但也可能只是顏面表情肌痙攣。

「奧野的父母說：『他的遺容非常安詳。』還拿出照片給我看。」

那是落在奧野遺體旁的相機底片沖洗出來的照片。松田接下約有二十張的照片，依序檢視。扎根在河口的紅樹林。蔚藍清澈的大海。濕地綻放的纖弱竹葉蘭。也有臥在民宅簷下睡午覺的貓咪照片。「那小子，八成打算給我看這個，堅稱這是稀有的『西表山貓』。」松田暗想，不禁有點好笑。

然而看到最後一張照片的瞬間，松田凍結了。

「那是以極近的距離拍攝崖下的地面。」松田用平靜的口吻說：「奧野的父母說，『警局的人表示，這張照片雖然失焦，但應該不是因摔落時的衝擊誤拍，而是他想拍攝什麼東西。』」

松田明白，鏡頭映出的是什麼。

奧野直到最後，還替松田拍下了腐生植物的照片。

「我頓時猜到一切。奧野會從山崖跌落，八成是因為發現崖下有腐生植物，或判斷崖下有腐生植物，才會冒險探出身子。都是因為我提到『腐生植物』……」

「老師，那是——」

川井想插嘴，但松田似乎充耳不聞地繼續往下說。

「那一刻，所有的感情與思緒瘋狂席捲而來。我忽然很害怕。我想立刻把這個真相告訴奧野的父母，乞求他們的原諒，但就算聽到我這麼說，他們八成只會困擾，我猶豫著是否該讓他們再嘗到必須言不由衷地說『這不是你的錯』的痛苦，終究什麼也沒說。不過，仔細想想，那也是我基於懦弱做出的選擇。我害怕被奧野的父母哭著譴責，無法承受竟然是自己害死奧野。」

然而，不知是什麼心態作祟，松田非常想要那張失焦的照片，忍不住開口向奧野的父母詢問。不知情的奧野父母說「反正可以加洗」，爽快地把照片給了他。

松田就這樣沉默地與教授回到東京。回程在車上，松田頻頻從襯衫胸前的口袋取出照片端詳。教授想必也已察覺奧野最後拍攝的是什麼，以及想拍攝那個的原因，但是教授什麼也沒說。

松田只要在新幹線的座位上看照片時，坐在旁邊的教授就會輕握松田手臂。那既像是慰勉，也像是在把自己僅剩的門生挽留在人間。

「『奧野為何要拍這張照片』的想法困住了我。」松田說：「他墜崖時沒人發現，獲救的可能性幾近於零，陷入絕望。重傷瀕死的奧野，他所感到的疼痛、苦楚與恐懼，和我保持沉默從他父母面前逃離所感到的痛苦，想必有天壤之別。可是，奧野還是擠出最後的力量，拍下腐生植物的照片。我想，這會不會是用來告發，也就是所謂的死亡訊息。他想告訴大家，他的死，是因為我託他『拍攝腐生植物』造成的……」

「才不是！」本村不假思索大喊：「我想絕對不是。」

「對。」

松田笑了一下。從他那種表情看得出他不知已針對這點思考過多少次了。對於反反覆覆提出這個絕不會有答案的疑問，他似乎已半是厭倦半是死心。

「我立刻甩開那個念頭，告訴自己『奧野不是那種人』。我想，那傢伙就算是遭遇失足墜崖這種不幸的意外，面臨幾乎被死亡的恐懼與孤獨壓垮時，也絕對不會怪到誰的頭上，更不可能有告發的念頭。實際上，奧野的確是個非常理性又溫和善良的男人。我拚命說服自己：『奧野想要完成和我的約定，臨死前還替我拍了腐生植物的照片。這張照片足以證明奧野的友情。』」

但是，即使一再想揮開「照片或許是奧野的告發」這個念頭，還是在松田的腦中縈繞不去。松田漸漸變得淺眠，即使睡著了也會作噩夢。

「夢中要是奧野有現身就好了，可惜沒那麼好的事。我夢見的，全是只留下噁心感的、莫名其妙的夢。我甚至遷怒奧野，怪他若是肯在夢中責備我或原諒我，或許我還能輕鬆一點。」

奧野死後一個月，松田徹底失眠。他原本就有低血壓加上本來就臉色蒼白，所以起初教授及研究室成員都沒發現松田有異。但他的黑眼圈越來越重，體重驟減，漸漸變得人不人，鬼不鬼。周遭的人頻頻憂心起來。

「我想你應該明白，那並不是你的錯。」老教授說。

其他研究生也替他著想，勸他「不妨休息一陣子」，還主動提議幫他做實驗和研究。

「但我還是繼續來B棟報到。不，我幾乎沒回過租屋處，可以說一直守在這裡。即使理智上明白『奧野根本沒怪我』，情感卻跟不上，總覺得不做點什麼就坐立難安。更何況就算躺下休息，也只會作噩夢。」

實際上，松田還有很多該做的事。奧野生前留下了幾篇論文草稿，研究室成員正同心協力幫他完成。為了取得論文需要的正確數據資料，他們決定繼續做奧野沒做完的實驗，松田負責實驗的核心作業。

松田必須和自己的研究同時並行，因此不分日夜都忙著觀察顯微鏡或在實驗室裡調配試劑。當然，他也沒忘記照顧奧野養在生長箱的植物。奧野遵守了與松田的約定。所以松田也一心一意只想守護奧野託付的植物，好好做實驗，完成奧野遺留的草稿。

雖說如此，但失眠久了，體力終於到達極限。這天，松田正在理學院B棟地下室的顯微鏡室，研究奧野的生長箱採來的植物細胞。

這是凌晨將至的秋夜。地下空間清冷無人。透過顯微鏡的鏡片，可以看見隱約發光的葉綠體。松田毫無睡意，或許有點低燒，身體倦怠無力。松田從顯微鏡抬起頭，就這麼坐在椅子上打個大呵欠。

「就在這時，」松田說：「當我放下雙臂，準備再次看顯微鏡時，有人把手放在我的左肩上。」

敘述突然變得像鬼故事。本村與川井不禁用力吞口水，更加專心聽松田說。

「沒有腳步聲也沒聽到開門聲，難道有人趁我不注意時走進顯微鏡室嗎？我想轉頭看，放在我左肩上的那隻手頓時映入視野。」

「是奧野先生吧？」

川井啞聲問。

「對，是奧野。我絕對不可能看錯，那就是奧野的手。」

松田彷彿很懷念當時，瞇起了眼。「我驚愕得當下定住了，奧野隨即在我肩上拍了三下，我才回過神，迅速轉頭看背後，但是當然沒看到任何人的蹤影。事後我才發現，那晚，過了午夜零時就是奧野的七七忌日。」

本村幾乎落淚。奧野想讓痛苦的松田老師放下心結，所以化為幽魂出現了。

不料松田說：

「你們兩個，現在該不會有不科學的想法吧？」他說：「當然，我不否認的確有人看到鬼，也認為那種經驗應該有可信度。我自己也看到了奧野的手，清楚記得那隻手拍我肩膀的觸感。不過，如果單就我現在說的經驗，那全是我個人的主觀感受，並沒有能夠科學性證明鬼魂存在的客觀要素，這點必須注意。」

煞風景。自己是在為松田與奧野深厚的友情感動個什麼勁啊！本村與川井有氣無力地「噢」了一聲。

「我的大腦，的確認得出奧野的手，也感受到那隻手的重量，但我的理性判斷，那是作夢，或者睡眠極度不足導致身心出現幻覺。」

松田又說：「不過，說也奇怪。自從那晚之後，我又睡得著了。大腦——換言之是心靈——編織的故事，有時也會拯救心靈吧。就這角度而言，我想我還是被奧野拯救了。是我記憶中的奧野，是他生前的言行舉止和人格救了我。」

本村與川井點點頭。他們想，老師與奧野先生的友情果然真金不怕火煉。

恢復睡眠的松田，逐漸從失去摯友的悲痛中恢復。也越發投入研究，一年後的夏天，自己的博士論文和奧野留下草稿的數篇論文，全都可以投稿到專業期刊了。

「我和研究室成員也一起編纂了一本追思奧野的紀念冊。收錄奧野生前發表過的論文、拍過的照片等等。奧野大學時代的朋友也有幫忙，完成了可以了解他大學生活與研究生生活的一本冊子。」

雖已過了一周年忌日，松田還是帶著剛出版的冊子造訪奧野的雙親。遞上紀念冊，告訴他們根據奧野草稿完成的論文也將在近日刊登於期刊後，兩老很高興，熱情款待松田。松田把紀念冊供到佛壇上，上香合掌。

那本冊子，也刊載了奧野最後拍攝到的照片。松田告訴奧野的父母，照片中是腐生植物，是自己拜託奧野拍攝的。其實很想當場跪地磕頭，向奧野及奧野的父母道歉，但他覺得那樣做只會讓老人家更痛苦，也讓死去的奧野困惑。況且他也明白，那是自己想尋求解脫，因此他用力握拳，忍住磕頭謝罪的衝動，只是道歉「沒有早點告訴你們，很抱歉」。

奧野的母親靜靜聽松田說完。

「太好了。」她低語：「如此說來，那孩子最後還是完成了和你的約定。」

松田默默低頭行禮。奧野的父親拍著松田不由顫抖的肩膀輕晃。

「謝謝你，松田先生。」奧野的父親說。

松田想起奧野在顯微鏡室拍自己肩膀的那隻手。他想，果然是父子。

供奉鮮花素果的佛壇上，遺照中的奧野笑得快活恣意。

回程的新幹線上，打瞌睡的松田作了一個夢。這是他第一次夢見奧野，到目前為止也是最後一次。除了失眠的那段時期，松田本來就很少作夢。

夢中，奧野沒責怪松田也沒原諒他。兩人在研究室聊天，只是一個平凡無奇的日常的夢。夢中的奧野和松田都在笑。

醒來的同時，已經忘了夢中聊了些什麼。他似乎只是短暫打了個盹。從車窗見到的景色，讓他知道車子正奔馳在關原一帶。松田眺望暮色即將籠罩的天空。

他取出襯衫胸前口袋的照片。那是奧野拍攝的，腐生植物的失焦照片。

想必此生永遠忘不了奧野的死，也忘不了是自己害死奧野。但松田還是會活下去，繼續做研究。除此之外別無他法，況且他一直都想這麼做。

松田選擇相信照片是奧野友情的證明。奧野肯定也會說：「不然還能有什麼意思，你真傻。」──松田允許自己這麼想。

對於不擅長打理日常事務的松田而言，堪稱奇蹟的是，那張照片迄今仍好好放在研究室的桌子抽屜。松田偶爾會拿出照片看，在研究陷入瓶頸想思考解決之道時，或者搞定了堆積如山的文件終於可以喘口氣時。

看久了之後，照片的焦距自動在腦內校正，松田幾乎已可確信，照片拍攝的是透明水玉簪這種腐生植物。這植物全長只有三公分，外型就像比較苗條的海若螺。顏色雪白，也像是展翅的可愛小妖精。妖精頭部，是清新的檸檬黃色。

松田想，奧野最後看到的，就是這麼美麗的東西吧；他就是想告訴我這件事吧。

栽培室裡，陷入一陣沉默。本村覺得好像一直站著聽松田敘述了很久，但一瞄手錶，還不到三十分鐘。

「經過就是這樣。」

松田結束回憶。「對於川井君的婆羅洲之行，我似乎太神經質了。」

松田再次道歉說對不起，本村與川井也再次慌忙搖頭說「不會不會」。

「謝謝老師這麼擔心我。」川井用滿含真情的口吻說：「當然，不管在哪做什麼，都不可能『絕對安全』，但我會盡量小心，也保證絕不逞強。」

「這樣最好。」

松田點點頭，說聲「那就這樣」便想走。卻被川井的一聲呼喚叫住。

「老師以前說是『開玩笑』，但黑西裝其實真的是喪服吧？」

松田一瞬間定住。

「不是。」他用含笑的聲音回答。匆匆走出栽培室。「之前說過，我只是懶得挑選衣服。」

本村與川井呆立在栽培室，過了一會才面面相覷。

「我……」本村努力擠出話：「我好像很沒禮貌，硬逼老師講出傷心事……」

「沒事。」川井像要給本村打氣似的說：「如果真的不願意，老師應該死都不會說。老師的心裡，早在我們詢問之前，就已經接受了奧野先生的死，所以才肯告訴我們。」

並不是不再傷痛，只是經過漫長時光，奧野與奧野的死已成了松田無法割捨的一部分，埋藏在內心最深處。

本村點點頭。

「不過話說回來，助教你真的很敢問，竟然問起黑西裝的事。」

她刻意用開朗的語氣說。

「可是結果還是被老師避重就輕地閃開了。」川井苦笑：「對於鬼魂的見解，也很有松田老師的作風。」

「真的，我都覺得他是科學之鬼了。」

本村與川井將松田說的話珍藏在心頭，在栽培室展開各自的作業。

松田沒說，所以本村與川井並不知道鬼其實也會流淚。

當日在地下室的顯微鏡室，回頭尋找友人的蹤影時，松田對著除了自己別無他人的空間，小聲呼喚著「奧野」，無人回應。這讓松田終於感到，自己再也見不到奧野，不禁放聲大哭。這是奧野死後，他第一次流淚。之後，只有打呵欠或小趾撞到衣櫃邊角時會反射性流淚，此外再也沒哭過。

只有理學院B棟靜靜聽著那憋也憋不住的嗚咽聲。

第四章

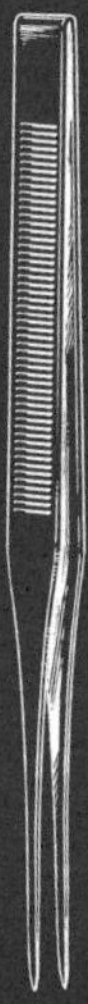

我們研究者雖是競爭對手，
更是互相協助走同一條路的夥伴。
用不著一個人獨自煩惱。
實驗最重要的是獨創性，以及不畏失敗。

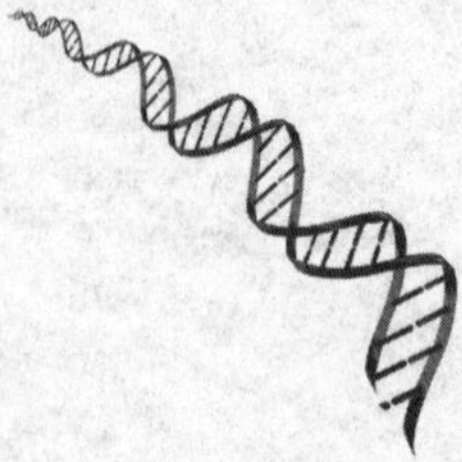

進入二月後的某天上午，本村一如往常，前往T大理學院B棟二樓的栽培室。

本村上午回覆電子郵件，瀏覽感興趣的論文，時間一眨眼就過去了。關於夏天的校際研討會，還有許多事項必須與各大學系所的研究室協調，也得隨時留意期刊發表的最新研究成果，因此本村相當忙碌。

其實她很想細細品味阿拉伯芥的逐日成長，把葉片透明化後用顯微鏡觀察細胞，或者替它們授粉，看看能夠長出什麼樣的突變株；只做這些動手的作業就好，但世事當然不可能盡如人意。然而，整天研究會讓眼睛和大腦疲憊也是事實，所以用電子郵件互相聯絡或閱讀論文算是與外界接觸的樂趣，正好轉換心情喘口氣。

就這樣，上午把預定的工作都完成了，本村帶著成就感，心滿意足走向栽培室。今天的午餐是圓服亭的餐點。本村已拜託待在研究室的加藤替她點一份蛋包飯。再過一小時就可以吃到美味的午餐。飯前的這段時間就觀察一下阿拉伯芥吧。不只是步伐，本村心情也很輕快地打開栽培室的門，隨即不由自主脫口而出：

「天啊——」

因為栽培室的地板淹水了，水當然是來自教授松田賢三郎的生長箱。松田似乎又忘記把排水管放進水桶。

本村彷彿被當頭潑了一盆冷水。但她立刻振作起來，拿栽培室的抹布擦地板。淹水面積太大，光靠抹布擦不乾，所以她把被隨手放在長桌上的舊毛巾也拿來用。那好像是加藤在溫室工作時常圍在脖子上的毛巾？不過管他的。松田現在應該沒有使用對人體有害的藥劑栽培植物，這表示從生長箱溢出的，應該是充滿養分的水。

本村感到，松田敘述的往事，無法用哀傷或痛苦這類字眼簡單道盡。儘管旁人再怎麼勸說「這不是你的錯」，松田想必還是會一輩子懷抱傷痛。

松田之所以過著鎮日研究的生活，最大的理由肯定是他喜愛植物，但本村猜測，松田對好友壯志未酬而早逝的傷懷，想必也以某種形式影響了他。不過，不可能直接問松田實際情況。這本來就不是可以隨便打聽的事，況且松田與本村是教授與研究生的關係。本村感謝松田的熱心指導，同時保持一如既往的距離感度過研究室生活。

川井似乎有同樣的想法，他不再提起松田的過去，態度也一如既往。至於松田本人，對於自己的經歷當然不曾再提過一個字，如常對待包括本村在內的研究室眾人。

上周，本村輪到在研究室例行的周一討論會報告研究進度。本村老實報告已依次播種，目前還在設法找出四基因突變株的階段，松田聽了，詳細追問她「打算用什麼方法找出來」，並且冷靜提出見解：

「妳最好稍微加緊速度。當然，正確性比什麼都重要。」

所有對話都是以英語進行，因此本村拚命翻找腦中的英文單字，汗如雨下。

想當然耳，松田老師在做研究方面似乎從不知道何謂「手下留情」。本村內心夾雜著失落和信任。過於涉入隱私，逼松田說出難以啟齒的往事，令她有點心虛，但這時就得誇一聲松田不愧是松田了。他似乎只是理性地判斷「有必要所以就說」，心中毫無芥蒂，平常依然不客氣地進行「冷靜的熱血指導」。雖然老師這樣很可靠，但是被毫不留情地指出自己研究不足之處，仍讓本村有點胃痛。

正如松田指出的，她必須加快速度。四月本村就要升上博二了，為了在三年內取得博士學位，研究若再沒進展就來不及了，因為最遲得在博三的七月確定有學術期刊刊登她的投稿。

論文就算寫好初稿，還得審核英文，詳細推敲。才能向期刊投稿，但接著還有其他同領域研究學者審核論文內容的「查核」這一關。就算查核通過了，也不能安心，因為必然會有被指出「這點含糊不清」的建議。修改後，通常還得再過四、五個月才會接到期刊同意刊登的通知。

在T大研究所，論文登上國際性期刊是審核博士論文的必要條件。等到期刊差不多通過審核了，就得同時開始執筆寫博士論文。

博士論文必須具備兩篇期刊論文的份量，因此投稿用的論文容納不下的實驗資料也會在這時納入，必須盡可能充實內容。

博士論文的審查分為兩階段，博三的十一月是口頭報告的「預審」，過完年到了二月中旬，就得根據論文進行「正式審查」。審查如果通過了，三月底便可順利獲得博士學位。

換言之，不難想見，博士班三年級的七月之後，將會陷入同時撰寫期刊論文和博士論文忙得焦頭爛額的狀態。在那之前，必須先做實驗儲備戰力，讓自己可以說出「關於研究結果，目前的新發現就是這個。同時，今後也打算據此繼續展開這樣的研究」。

距離明年七月，剩下的時間只有一年又五個月。本村當然很焦急，但她不可能逼阿拉伯芥「長快一點」，況且要培育四基因突變株，「第一要有耐心，第二也是耐心，沒有第三第四，第五還是耐心」。她只能焦慮地等待阿拉伯芥逐日成長，小心觀察是否有錯誤並且努力做實驗。

好不容易擦完栽培室的地板，本村興奮地湊近自己的生長箱觀察。她天天重複「仔細檢查有沒有冒出特大號葉片，然後陷入失望」的過程，因此總是告訴自己「今天不抱任何期待」，但這一瞬間還是會忍不住心跳加快。就算沒出現四基因突變株，對於喜歡阿拉伯芥的本村而言，只要一想到能夠欣賞它堅強伸出葉片的可愛模樣，就很雀躍。愛貓的人即使累得半死回到家，看到自家的貓主子也會立刻精神百倍，忍不住拿起逗貓棒，玩得比貓還起勁。

話說，今天的阿拉伯芥又是什麼樣子呢？本村在生長箱前彎下腰，隔著玻璃門眺望擺滿岩棉的托盤。目前生長箱裡有三個托盤。播種時間各有少許差異，因此每個托盤上成長的狀態各不相同。

為了節省空間，本村在每塊岩棉播下四顆種子。一個托盤上有四十塊岩棉，因此等於總共播下四百八十顆種子。就機率而言，一千兩百顆種子中應該有四、五顆四基因突變株的種子。照理說這三個托盤之中，就算有一株有四基因突變也不足為奇。

生長箱的阿拉伯芥順利成長。有些植株的子葉數目不斷增加。本村盤算，「如果變得太擠時，就得各分出一株移植到新的岩棉上，才能自在成長。」

其中一個托盤是五天前剛播種，因此小小的子葉好不容易才伸展開。望著小指尖大小的葉片，本村瞇起眼讚嘆「真可愛」，隨即在下一瞬間察覺不對勁。

不對勁的是托盤中央的那塊岩棉。其中一株的子葉，好像和之前看到的不同。本村把臉湊近想看仔細一點，結果動作太急切，額頭撞上生長箱的門。

「好痛……」

她把撞歪的眼鏡扶正，一邊哀怨先撞到的是額頭不是鼻子，一邊急忙打開生長箱。輕輕取出托盤，放在長桌上。彎腰近距離觀察出問題的子葉。

果然。果然，這小傢伙和別株的樣子不同。雖仍處於剛冒出子葉的階段，葉片卻比別株大。而且胚軸（子葉下方的莖）好像長滿濃密的纖毛。

葉片大，胚軸纖毛濃密。這該不會就是我渴求的四基因突變株吧？授粉成功，終於得到四基因突變株了？

本村感到心跳就像全力奔跑時那樣急促，呼吸加快。不，慢著。說不定是我眼花看錯了，也說不定是期待過度產生了幻覺。總之我得冷靜。她像唸經似的在腦海吟誦「冷靜，冷靜……」。

不管怎樣，她先把另兩個托盤也從生長箱取出，進行例行工作。澆水，記錄成長狀況，用數位相機拍照。但，做這些工作之際，也忍不住凝視那個胚軸多毛且長得較大的子葉。拍照時也是，明明規定自己每天從同樣距離用同樣倍率拍攝，驀然回神才發現只顧著拍胚軸多毛的大子葉，而且是從各種角度以高倍率拍攝。

就像小粉絲不經意走進咖啡館竟然遇見偶像明星，不禁看得目不轉睛，或者假裝去廁所藉機端詳偶像的側臉與背影。不，粉絲可能還比本村更有禮貌更謹慎。因為對象不是人類而是阿拉伯芥，本村噴著粗氣，幾乎像要舔上去似的觀察那子葉。甚至連她自己都開始擔心，子葉萬一承受不住她的視線，就此枯萎了該怎麼辦？

不過，子葉畢竟才剛冒芽。用肉眼檢視有其侷限。本村用力深呼吸後，操作數位相機，再把拍下的子葉在數位相機的螢幕上放大。

支撐子葉的細莖上密密麻麻長滿纖毛，而且和以相同倍率顯現的其他子葉相比，果然葉片明顯較大。這是之前從未見過的子葉。

成了，成了，成了！

本村抓著數位相機，忘情地高舉雙臂。

出現四基因突變株了！當然，未做詳細調查前還不能斷言，但憑著直覺，以及每天觀察阿拉伯芥的經驗，這，就是四基因突變株！

本村放下雙臂，把三個托盤放回生長箱，拿著數位相機衝出栽培室。其實她更想抱著那個托盤繞著T大跑一圈，可惜阿拉伯芥還得在「溫室花朵」的狀態下繼續培育，無法從栽培室取出。於是，她打算把數位相機拍到的畫面給研究室眾人看。

她一口氣衝上理學院B棟的樓梯，朝三樓的松田研究室奔去。過於激動之下，忘了門不好開關，額頭用力撞到門上。「好痛……」她再次嘀咕著，稍微抬起門打開。

研究室內，加藤和藤丸剛把圓服亭的餐點一一放到大桌上。他們自然不知道本村正朝著研究室飛奔而來，兩人一邊動手，一邊還在悠哉閒聊。

「仙人掌刺的基部一定會有芽。」

「真的假的？仙人掌真厲害。」

「不只是仙人掌喔。銀杏的粗大樹幹也是，其實有很多被掩沒的芽。植物分為『葉，芽，莖』，就是這樣不斷重複、逐漸變大。無論什麼植物，冒出多少葉子就一定有多少芽。」

「噢──這麼一想，植物好像有點詭異耶，好像渾身都是牙的妖怪。」

「不，嗯……不是牙齒的『牙』，是草字頭的『芽』。」

加藤和藤丸聊到這裡時，研究室的門突然從外頭爆發撞擊聲，接著被猛然打開，嚇得兩人慌忙轉身，只見眼鏡歪掉的本村氣喘吁吁站在門口。

加藤和藤丸的注視，讓本村有點退縮，想到額頭八成撞紅了有點難為情，但她還是大步走到兩人面前，遞上數位相機。

「你們看！」

加藤與藤丸聽話地湊近看數位相機的螢幕——

「是阿拉伯芥的子葉嘛。」

「哇，好可愛。」

兩人紛紛說出看到的感想。

不是這個啦！本村急死了。

「我想我終於培育出四基因突變株了！」

她大聲強調，可惜加藤專攻仙人掌，藤丸又是個對植物一竅不通的門外漢，根本看不出子葉的細微差異。

「噢？」

他們笑咪咪。似乎只是看本村興奮又歡喜，所以才跟著連聲說「太好了」而露出笑容。這種不痛不癢的反應，令本村憋得很想說「真是夠了」。

這時岩間出現了。本村火速出示數位相機，大喊：「四基因突變株！」

抽著鼻子正想聞午餐香味的岩間，也許是被嚇了一跳，猛咳著望向螢幕。

「嗯——？」岩間沉吟：「這只是剛冒出的子葉，不好說……」

「學姊妳仔細看。胚軸長滿纖毛，而且也比其他子葉大，絕對是四基因突變株。」

「好好好，妳先冷靜一下。」岩間再次仔細打量畫面。「是啊，被妳這麼一說，好像樣子的確有點不同。」

「我只看得出來是葉子，幹得好喔，本村小姐。」

藤丸不負責任地道賀。

「如果是仙人掌，我倒是分辨的出來。」

加藤似乎覺得很沒面子。

眾人圍著數位相機七嘴八舌時，松田與川井也回到研究室了。松田看著數位相機的畫面。

「原來如此。」他說著點點頭：「看起來的確像突變株，但武斷猜測是大忌。也許並不是妳想要的四基因突變株，只是不相關的突變湊巧發生。或者，也可能只是偶然的一致，讓四基因突變的其中一株湊巧葉片較大而已。」

本村感覺滿心喜悅被澆了冷水，但松田說的沒錯。若是前者，可能會把非四基因突變的植株誤認；若是後者，則可能錯失其他的四基因突變株。不管怎樣，都不能單憑外觀判斷那就是四基因突變株。

本村總算稍微冷靜了。

「是。」

她回答。這才發現眼鏡歪了，用手指推回原位。

「到底是不是授粉成功，這是否真的是四基因突變株，我會按照既定步驟做PCR[1]。」

1 Polymerase Chain Reaction，聚合酶連鎖反應。

「是啊。最好也查一下過去的文獻，在現階段再次確認實驗方向有無錯誤或疏失。」

本村認真聽取松田的建議，掏出牛仔褲口袋的小記事本，寫下「確認文獻」。川井微笑看著本村與松田。

「好了，吃午餐吧。」他說：「藤丸，我來盛湯。」

本村沒能從研究室眾人那裡得到「這就是四基因突變株」的背書。現階段，唯一的根據只有子葉的外觀和本村的直覺，因此這怪不了旁人。附帶一提，藤丸的道賀才真的是毫無根據，所以在本村心中根本沒列入「掛保證名單」。

藤丸還說：「葉片很大，莖上的毛好多……噢噢，『波霸』耶！」但本村當然假裝沒聽到這個可能被冠在子葉上的綽號。

雖然如此，但本村的直覺絲毫不動搖。當然，她今後還得除排武斷，藉由實驗來證明授粉成功培育出了四基因突變株。但她有充足的把握。

天天做苦工忙授粉、收種子、播種，總算沒有白費工夫。不斷觀察阿拉伯芥的這些日子並未虛度。

本村很開心，整張臉笑得失控扭曲。就算翻開學術期刊想確認實驗方向，眼睛也只是滑過文字，完全看不進內容。結果，這天下午她幾乎什麼也沒做就結束了。

回家途中，以及回到公寓一個人靜下來後，驀然回神才發現自己一直在傻笑。回家前又去看了一次栽培室的生長箱，但她還是覺得那個子葉是四基因突變。

怎麼辦，順利得讓人害怕。雖然一直沒信心，但我該不會擁有可以給植物正確授粉的巧手吧？說不定，說不定，我渾身洋溢研究者的才華？啊～～

不能這樣想！她咬住臉頰內側黏膜想阻止自己繼續傻笑。她自以為控制住了，其實幾乎毫無成果，睡著後，本村依然在傻笑。一旁，已經掉光葉片變成「一根光棍」的聖誕紅，寂寞地在榻榻米上落下影子。

翌晨，本村努力繃緊臉部肌肉，順便也繃緊神經，前往T大。抵達理學院B棟後立刻前往二樓栽培室，觀察生長箱的阿拉伯芥。

不是作夢。並排放置的托盤中，只有一株的胚軸毛很多，有較大的子葉。當然，和昨天比起來並沒有肉眼可見的顯著成長，但本村還是很滿足。用來做紀錄的照片最好是在同一時間拍攝，因此她決定中午再來栽培室。

三樓的研究室還沒人來。本村燒開水泡咖啡，開始重讀過去的論文，確認今後的實驗法。

本村研究的是「葉片的調控機制」。阿拉伯芥的葉子，葉片大小和一片葉子的細胞數，都得固定在一定的數值。因為有各種基因巧妙運作，以調整葉子的大小和細胞數。

可是也有植物能長出特大號葉子，或者葉子細胞能夠無限增加。本村推測，這些植物或許是「葉子調控機制」大幅改變了？於是她決定用阿拉伯芥做實驗。換言之，挑出與「葉子調控機制」有關的基因以代號A、B、C、D稱之，將它們的突變株a、b、c、d

互相授粉，培育出四基因突變株abcd。

擁有這四種突變基因的阿拉伯芥，如果長出比正常版更大的葉子，或者葉子的細胞數更多，就可以據此研究出哪個基因壞掉會對「葉子調控機制」造成什麼影響，最後能夠長出什麼樣的葉子，成為破解謎底的線索。

現在疑似四基因突變株的阿拉伯芥子葉正在生長箱繼續成長，但那純粹只是「與其他阿拉伯芥的外觀不同」，是否真是四基因突變株，只有做實驗才能確認。

那麼，該怎麼從突變株互相授粉得來的一千兩百株阿拉伯芥中，找出四基因突變的植株呢？本村重讀過去的論文，整理腦中思緒。這時研究室眾人陸續進來了，但本村太專心看論文，就算有人對她道早安，她也只是心不在焉地含糊回答「早喔」。

她把四基因突變株abcd的基因型寫成「aabbccdd」。本村想要的，是基因A、B、C、D分別具有「aa」、「bb」、「cc」、「dd」的基因型，也就是同型的四基因突變株abcd。假設基因A變成「Aa」，或者雖然是同型卻是沒發生突變的「AA」，那就得剔除在外。

本村授粉而得的突變株a、b、c、d各有各的特徵，她刻意選擇這樣的植株。鎖定四基因突變的植株時，這些特徵應該會成為方便的記號。

首先是突變株a，稱為「stop & go狀態」，特徵是葉子會比正常的大，但要過一段時間才有真葉長出。如果發現某一株長出子葉後，好像一直沒冒出真葉，就可以判斷那一株擁有基因型「aa」。

根據孟德爾的分離定律，基因型「AA」、「Aa」、「aa」會以「1：2：1」的比例出現。換言之，一千兩百株四基因突變株候選者中，四分之一擁有基因型「aa」。

本村一一在真葉比較晚冒出來的植株旁插上牙籤，這樣就能一眼看出哪些植株得留意。要鎖定突變株b，也就是基因型「bb」的植株時，必須經過一些階段。

有一種除草劑叫做「百試達」，如果在阿拉伯芥的DNA隨機以人工方式插入能夠承受這種除草劑的基因，就會長出噴灑到百試達也不會枯萎的阿拉伯芥。

突變株b，是挑選基因B插入「除草劑抗性」的基因，破壞了基因B的植株。這種突變株b，不管基因型是「Bb」還是「bb」，都具有不怕百試達除草劑的特徵。

本村把授粉的一千兩百顆種子依次播種在岩棉上，這時，她也沒忘記在托盤的水中溶入除草劑。

結果你猜怎麼著？基因型「Bb」株和「bb」株，都具備除草劑抗性，吸收到摻有除草劑的水也不會枯萎。可是基因型「BB」株無法對抗除草劑的藥性，就這麼枯萎了。

同樣根據孟德爾定律，基因型「BB」出現的機率是四分之一。換言之，一千兩百株之中有四分之一會因除草劑枯死，剩下的四分之三，將成為四基因突變株候選者。

就像她觀察的生長箱內逐日成長的阿拉伯芥，約有四分之一在剛冒出子葉的階段就發白枯萎。不過，沒枯死的四分之三中，有基因型「Bb」株也有「bb」株，為了分辨何者才是擁有「bb」基因型的突變株b，最後還是得靠PCR來判定。

把到此為止的步驟在腦中釐清後，本村喘口氣喝咖啡。她呼呼吹氣之後才舉起馬克杯，但咖啡其實早就冷了。她當下悄悄東張西望，看看自己的愚蠢有沒有被誰看到。

研究室眾人正神情嚴肅地各自打電腦。本村乾咳一聲重新打起精神，又垂眼看期刊。

突變株c，也就是基因型是「cc」的植株，特徵是葉子基部微紅。根據孟德爾定律，有四分之一會表現出這種特徵。本村當然在葉片基部發紅的植株旁也插上「待觀察」的牙籤。

好，這下子算是縮小不少範圍了。

剩下哪一株擁有「dd」的基因型，無法靠除草劑抗性和外觀判斷，不過那已不是問題。根據除草劑抗性，一千兩百株有四分之三，也就是九百株會存活。從這九百株之中，可以根據外觀選出兼具「真葉較晚冒出來」的特徵和「葉片基部微紅」這個特徵的植株，它們的基因型，是「aacc」。

確認好「aacc」後，B的基因型有「Bb」、「bB」、「bb」這三種，D的基因型有「DD」、「Dd」、「dD」、「dd」這四種。根據孟德爾定律，「bb」應有三分之一，「dd」有四分之一。

這樣的話……本村興奮了。兼具基因型「aa」和基因型「cc」特徵的植株中，有十二分之一將是擁有「aabbccdd」四種基因型的突變株！

換言之，如果從「吸收了百試達除草劑也沒枯死」的植株中，選出二十四株「真葉較晚冒出來，而且葉片基部微紅」的植株，就十二分之一的機率而言，也就是有兩株，將是四基因突變株。只要把這二十四株拿去做ＰＣＲ，便可正確判定哪兩株有四基因突變。判定結果如果和「子葉較大，胚軸多毛」的植株一致，就等於證實了她的假設！

本村如剛蒸好的地瓜般滿臉熱呼呼，從閱讀的學術期刊抬起頭。喔呵呵呵！我想的實驗法與步驟果然沒有錯！

我把具備除草劑抗性的突變株ｂ用來授粉。這個周詳的計畫有了成果，岩棉上的子葉有四分之一枯死了。也已確認有真葉較晚冒出來的植株，以及葉片基部微紅的植株。這些都是授粉成功的證據，而且就其對除草劑的承受性及外觀，堪稱也成功在某種程度上鎖定了四基因突變株候選者。

還有還有，子葉較大胚軸多毛，長得看起來像四基因突變的植株也出現了。

天助我也——！

本村憋不住，又開始傻笑。幸好，這時研究室的人都出去做自己的工作了，誰也沒看到本村扭曲的臉孔。

之後，只要繼續把剩下的種子播種，培育阿拉伯芥，從她鎖定的二十四株候選者取下葉子。把那些葉子拿去做ＰＣＲ，就能確定到底是不是四基因突變株。

通常會使用十二個小型離心管做ＰＣＲ。ＰＣＲ離心管比微量離心管還小，十二個小試管一字排開。她必須把用葉子碎片浸煮過濾後的原液一一放進那些試管。

既然有十二個——本村想。乾脆研究三十六株的葉子吧，做實驗的當然是用「真葉較晚冒出來，且葉片基部微紅」的植株。其中，還包括本村猜測是四基因突變，「子葉較大胚軸多毛」的植株。這三十六株之中，就機率而言，應該有三株必定是四基因突變株。

但先入為主是大忌，實驗的公正性與正確性最重要。不能因為對「子葉較大胚軸多毛」株的期待，讓自己打從一開始就蒙蔽雙眼。邏輯與思路純粹如下——本村在內心這麼告訴自己。「研究三十六株『真葉較晚冒出來，且葉片基部微紅』的植株，如果經PCR判定是四基因突變的植株全都是『子葉較大，胚軸多毛』，那就表示實驗成功，我的假說正確。」

只要按照這個實驗順序，便可證明授粉結果得到的是四基因突變株。複習完畢，確信進度順利的本村，獨自嘀咕了一句：「很好！」今後，該以什麼步驟進行什麼樣的實驗，心裡已經越來越清楚，有種視野異常開闊的感覺。彷彿置身清涼的空氣中，佇立山頂展望台，將美麗風光一覽無遺，甚至能看見遠方的大海閃爍粼粼金光。

本村興沖沖站起來，把喝完咖啡的馬克杯洗乾淨，走出研究室。哼著歌輕快走向栽培室，去做每天例行的阿拉伯芥拍攝工作。

托盤上的岩棉，到處插有做記號的牙籤。那些都是葉片基部泛紅或真葉比較晚冒出來的植株。當然，身為四基因突變株最有利候選者，子葉較大胚軸毛多的那株，也一如早上看到時那樣健康成長中。

這樣等於可以寫出博士論文了吧？不僅如此，如果在研討會上發表這個成果，應該會贏得不少驚嘆聲吧？

喔呵呵呵！說好聽點是謙虛，說難聽點是缺乏自信的本村，難得發出這種貪官似的奸笑聲。她一邊默唸「快快長大」一邊澆水，用肉眼仔細觀察各株後，再次哼歌回到研究室。

「春風得意」大概就是指這種時刻吧。神清氣爽，好像比起平時有更多氧氣吸入肺部。頭腦清醒，光是看到天花板角落的蜘蛛網在陽光下閃耀，都覺得感動。甚至覺得天下無敵，自己什麼都做得到。

她在研究室一邊檢視電子郵件，一邊深呼吸，否則恐怕無法壓抑想哼歌和傻笑的衝動。

這種狀態，昔日的當權者大概體會過吧。她當下浮想聯翩。

本村比較擅長理科，高中時雖然學過日本史，可惜上課都在對付睡魔。可是現在，她勉強翻找出日本史學過的模糊知識，比方說在京都寺院某處辦賞花會時的豐臣秀吉[2]，吟詠「吾恰似滿月」這種和歌時的藤原道長[3]，肯定也曾按捺不住這種想哼歌傻笑的衝動。只不過對他們而言的「權力的頂點」，對本村而言是「實驗的成功」，但樂陶陶這點是一樣的。

迅速回完信，本村打算準備為下一階段的實驗。看準時機將剩下的種子依次播種自然不用說，還要在之後的階段執行ＰＣＲ這項程序。

2　豐臣秀吉賞花：慶長三年（1598）三月，戰國時代的知名政治家豐臣秀吉有感於大限將至，不惜動員大量人力財力，在京都醍醐寺舉辦賞花盛宴，只為在人生最後的春天看到最絢爛的櫻花。

3　藤原道長（966-1028）：平安時代公卿，藤原兼家的第五子。官至從一位攝政太政大臣，是外戚掌權的代表性人物。他在權力巔峰期曾志得意滿地吟詠「此世為吾而存，恰似滿月無缺」。

阿拉伯芥長到某個程度後，就得從做記號的植株取下葉子做PCR，使用機械只讓特定的DNA片段增殖。藉此，可以判定那片葉子的基因是不是本村想要的四基因突變株abcd。

為了做PCR，事先必須煮葉子或搗爛葉子，同時最重要的是需要「引子」。所謂引子，就是指出「DNA中，應將這裡到這裡的範圍增殖」的記號。

該準備什麼樣的引子，必須事先確認。為此，對於實驗選擇的基因還得再仔細檢查一次。本村朝自己桌上堆積如山的學術期刊伸出手。

但就在那瞬間，一道電光從頭頂直達腳底。

慢著。基因！我選了什麼名字的基因來著？

視野模糊，額頭開始冒冷汗。

她終於發現一個可怕的問題。說不定，自己選錯了做實驗的基因！

之前，她壓根沒想過「可能選錯」。正因為此刻頭腦格外清醒，才會產生這個可怕的懷疑和預感。

如果選錯了基因，就算一再授粉，收集一千兩百顆種子，播下那些種子培育阿拉伯芥，也就是說現在做的實驗一切全都會泡湯，因為最基本的前提就錯了。

不，怎麼可能。本村急忙揮開懷疑與預感。選擇哪個基因是實驗的根本，她是經過慎重檢討，才選定A、B、C、D這四種基因讓突變株互相授粉，怎麼可能發生選錯基因這種最基本的錯誤。

然而事實上，A、B、C、D只不過是本村自己習慣這麼稱呼罷了。

在無數基因之中，各有各的簡稱例如「UBA1」、「STH3」等等。就像美國中央情報局CIA是「Central Intelligence Agency」的簡稱，基因的簡稱，也是從冗長的正式名稱擷取頭一個字母縮寫。但即便是簡稱還是很難記，發音也很麻煩。

於是本村為了便宜行事，把她鎖定「可能會影響葉子調控機制」的四個基因，分別稱為A、B、C、D。比方說，本村平時稱為D的基因，其實簡稱為「AHO」。

而這個基因D，也就是AHO，正是問題所在。

本村此刻萌生了可怕的懷疑與預感：「開始實驗時，我經過慎重檢討後，決定研究AHO這基因。但實際上，與葉子調控機制有關的基因，或許是和AHO截然不同的『AHHO』這個基因？」

不不不，就算我嚴格說來經常傻呼呼、發呆，也不可能選錯基因。

本村用顫抖的手翻開實驗筆記，尋找記載著為這個實驗挑選的四種基因的那一頁。按著日期往回找，果然本村當初就已選擇基因AHO做為實驗對象之一，簡稱為D，讓突變株互相授粉結成種子。

順帶，她也從旁邊堆積如山的學術期刊抽出她要找的那一本。手抖得越來越厲害，連翻頁都有困難。總算翻開論文後，她迅速瀏覽，當下仰天無語。

那篇論文中，記載著「可能影響葉片大小的，是AHHO基因」。

怎麼會這樣！實驗應該取的果然不是AHO而是AHHO……

這麼重要，又這麼單純的事，自己怎麼會搞錯呢？肯定是因為基因的簡稱相似，不知不覺在腦中搞混了，所以才會弄錯。

問題是AHO與AHHO是截然不同的基因。本村搞錯這兩者，就像俗話說「把味噌和狗屎混在一起」，是愚蠢且致命的錯誤。

我花了好幾個月，煮的竟然不是味噌湯而是大便湯嗎……

本村頹然垂下雙臂，趴倒在桌上。支撐身體的力氣消失了。「祇園精舍之鐘聲，有諸行無常之響[4]」這句話，在腦中反覆出現。平清盛[5]罹患熱病死去時也是這種心情嗎？榮華富貴太短暫。正因有過榮華富貴，眼看它崩塌瓦解更痛苦。她已經什麼都無法思考了。大腦一片空白。

完蛋了。我的實驗要失敗了，因為我犯下超級愚蠢的錯誤。

本村一直把臉埋在實驗筆記上。過度失望以及對自己的氣惱，令她欲哭無淚。十五分鐘前那個得意忘形、哼歌傻笑的自己，讓她回想起來丟臉又憤恨。什麼博士論文，什麼在研討會上贏得讚嘆，犯下這種愚蠢的大錯，我根本不配當研究者。爸爸，媽媽，對不起。枉費你們一路供我念到博士，你們的女兒卻得意洋洋煮了一鍋大便湯……

岩間走進研究室，搖晃她的肩膀說：「欸，妳怎麼在這裡睡覺。」

本村不為所動，最後岩間有點擔心了。

「怎麼了？是不是身體不舒服？」

岩間彎腰湊近看她，但本村緊閉雙眼，

「我沒事。」她小聲回答：「有點貧血，只要這樣趴一下就好。」

她死都不肯抬起頭。她不想被人看到窩囊的表情。實際上她根本沒貧血，身體居然會如此無力，什麼都無法思考！本村很驚訝。

她只覺茫然，甚至眼看著月亮日漸殘缺，懷疑今後是否只剩永恆的黑暗。

取錯基因做實驗的事，本村無法告訴任何人，就這麼整天悶悶不樂。

如果要回頭處理本來打算研究的AHHO基因，就得立刻行動。現在培育的AHO阿拉伯芥全都得報廢，必須重新栽培包括AHHO的四基因突變株，從突變株互相授粉開始做起。也就是說她得重新授粉，採收一千兩百顆種子，播下那些種子育苗。

考慮到提交博士論文前必須刊登在期刊上的交稿期限，時間已經所剩無幾。如果現在不做決定就來不及了。

4「祇園精舍之鐘聲……」：《平家物語》的開頭第一句。據説釋迦牟尼佛曾在祇園説法，此句因此成為表達無常感的名句。

5 平清盛（1118-1181）：平安時代末期的權臣。開創平氏政權的輝煌時代，甚至逼高倉天皇退位，擁立自己的外孫登基。在他因熱病死後，平氏一族被源氏打敗奪權，就此沒落。

但本村猶豫不決。誤選AHO基因做實驗，導致葉子調控機制疑似產生某種變化的四基因突變株候選者正在繼續成長。說不定「誤打誤撞」，也可能會是個大發現。到目前為止一直被認為和葉子調控機制沒什麼關聯的AHO基因，搞不好可以證明它其實對葉子大小有重大作用。

當然風險是高的。就算實驗繼續，最後毫無成果，只得到AHO基因果然和葉子調控機制無關這個結論的機率相當高。

意思是在現狀下繼續進行，實驗可能失敗告終。可是如果要用AHHO基因重新來過，也可能實驗做到一半就到了截稿期限。

前行是地獄，回頭也是地獄，本村陷入走投無路的狀態。

或許是因為這樣的精神壓力，回到公寓睡得很淺，稍有動靜就會劇烈嗆咳到驚醒。她咳得驚天動地眼淚都快掉出來，一邊仍遲疑究竟該如何是好。

無法立刻決定重新做實驗的理由，還有一個。

本村讓許多突變株授粉，得到一千兩百顆阿拉伯芥的種子。這些全都是有生命的。自己的愚蠢失誤，真要讓現在生長箱裡健康成長的阿拉伯芥，以及還在等待播種的剩餘種子通通報廢嗎？

明知也許會失敗，她還是希望至少養到最後，珍惜地用在實驗上。正因為每天觀察，細心照料，她對可能產生四基因突變株的這一千兩百株感到愛與責任。她實在無法通通報廢，然後立刻重新做實驗——那是殺生。即便就道德倫理的觀點也感到遲疑。或許這樣太感情用事，但是喜愛阿拉伯芥的本村就是無法客觀地將它們視為「只是實驗材料」。

演變成如此事態，照理說應該先向指導教授松田報告，找松田商量。本村好幾次想告訴松田「實驗選取的基因搞錯了」。

然而松田會怎麼看待本村的失誤呢？對她犯下這種低級錯誤大發雷霆是理所當然，但是萬一老師失望了，覺得她不配當研究者，那該怎麼辦？她很害怕。明知松田不會放棄研究生，不管什麼研究他都有興趣，熱心給予鼓勵，但本村還是沒有勇氣坦白。

對本村而言，松田研究室曾是非常舒適的環境，阿拉伯芥的研究也是本村的一切。她自認已賭上一切投入研究，結果竟犯下這麼幼稚的失誤，本村徹底喪失了本就脆弱的自信。萬一還被松田放棄，叫她「最好打消走學術研究這條路的念頭」怎麼辦？這麼一想就心情委靡，不敢直視松田的眼睛。

松田從研究室屏風後面一走出來，本村馬上假裝橡皮擦掉了，鑽到桌子底下。

「本村，關於夏季的校際研討會……」

如果有正事喊她，她會很不自在地走近松田，像要等待死刑的宣告般畏畏縮縮，低著頭聽老師交辦事情。

這種情形接連發生幾次後，就連松田似乎也察覺不對勁了。

「出了什麼事嗎？」

松田訝異地問，但本村宛如落水狗，只是像要抖落一身水似的拚命搖頭。

她始終無法決定該繼續實驗，還是重新來過，就這樣過了一星期。

期間，本村也繼續觀察生長箱的阿拉伯芥。那株子葉大胚軸多毛的四基因突變株有力候選者，完全不知本村的消沉，冒出了第一片真葉。真葉是否比別株大，在剛冒出頭的階段尚無法判斷。

明明在它冒出子葉時，一眼就看出「有點不一樣」。還是說，當時感覺「不一樣」只是我的錯覺，是期待蒙蔽了我的雙眼？取錯的基因D——AHO，和葉子調控機制果然毫無關係嗎？

本村嘆氣，還是繼續望著剛冒出真葉的植株。以前如希望的象徵般閃閃發亮的一株，如今卻可能變得毫無意義的一株。

但在本村眼中，怎麼看都覺得這一株很特別。現階段，雖然真葉的大小看起來和別株一樣，但就算一再否定，本村的直覺還是告訴她：「這株和別株有點不一樣。」不過，那也只不過是樂觀的猜測，或許只是因為希望「繼續這個實驗」，才覺得「它看起來不一樣」。

本村已無法相信自己和自己的眼力，也失去了判斷選哪條路最好的力氣和從容，她變得日漸憔悴。但習慣很可怕，手自己會動，照常拍攝阿拉伯芥的照片、做紀錄、澆水，一一完成這些例行工作。

不能丟下在眼前逐日成長的阿拉伯芥不管——唯有這個念頭，支撐著本村一如既往地行動著。要是決定重做實驗，這些阿拉伯芥就得報廢了。這麼一想，努力想冒出更多葉片的阿拉伯芥好可憐，她對自己犯下的愚蠢錯誤很愧疚，明知不是哭泣的時候還是忍不住熱淚盈眶。

當然對阿拉伯芥而言，本村的感情與糾葛都不關己事。雖然它們不知幾時會被摘取，卻仍在人工太陽下，默默行光合作用增殖細胞。

那讓人感到它們的強韌，卻也有點恐怖——當本村如此嘆氣時。

「妳果然在這裡。」

川井說著走進栽培室。本村急忙抹眼睛，說聲「對」朝門口轉身。

川井站在自己的生長箱前，從裡面取出青苔和蕨類的盆子。

「我下個月就要去婆羅洲，所以我把生長箱騰出來。到我回來還有一個半月左右的時間，如果現在清空，這個生長箱妳不就可以使用嗎？妳就趁這段時間養阿拉伯芥吧。」

「可是……」

看著川井從生長箱取出盆栽放在長桌上，本村猶豫不決。

「放心。」川井打包票：「這些苔類和蕨類，都是我出於興趣種著玩的。加藤答應把苔類放在他的生長箱，蕨類放在溫室照顧。實驗用的苔類，我留在我的生長箱下層，但那個我也拜託加藤照顧了，不會對妳的阿拉伯芥造成影響。」

「是，謝謝助教。」

「那妳就立刻給阿拉伯芥播種，放進空出來的位子吧。我來幫忙。」

川井大概是擔心本村有點落後的實驗進度，拿來托盤，放上新的岩棉。

弄錯基因，實驗本身或許得重來的事，本村難以啟齒。她把放在栽培室冰箱的種子取出，那是讓突變株互相授粉收得的一千兩百顆種子中，尚未播下的種子。

在川井的協助下，兩個托盤的岩棉上都播了種。

過程中川井不時主動問她「那株疑似四基因突變的植株長得還順利嗎？」或「妳準備引子了嗎？」但本村只是簡短回答「是」或「還沒有」，之後始終沉默，用沾濕的牙籤黏起種子，放到岩棉上。

雖然助教好心幫忙，實驗本身終究可能白忙一場。想到自己糟蹋了川井的好意與時間，她就難過得快發瘋，可她也沒勇氣坦承自己已陷入絕境、需要幫助，懦弱膽小的自己讓本村覺得難堪。

雖然察覺川井憂心的注視，本村還是抿緊雙唇，假裝專心播種。

然而，獨自懷抱秘密終究有極限。畢竟研究室眾人一周有五、六天都會碰面，幾乎整天待在一起，本村的消沉，他們當然會立刻察覺。

和川井一起播種是周五，當天晚上，本村正想回家，但她一走出研究室就被叫住。研究室前的走廊上，並排站著同樣準備離開的川井、岩間、加藤，「咱們去喝一杯。」不容分說就拉起她的手。

松田早就離開了。奉行研究第一的松田過著規律的生活，早上多半在七點半上班，晚上最晚也會在八點如一陣輕煙消失。他家在哪裡，過著什麼樣的私生活，依舊籠罩在迷霧中。大家知道的，只有他的衣櫃色調像斑馬。

松田回家後，研究室眾人偶爾會趁著「科學之鬼不在」喝點小酒。從T大附近的商家買來啤酒和下酒菜，在末班電車前的幾小時，在研究室開個小派對。多半只是天南地北閒聊，或講些垃圾笑話，但最後總會針對彼此的研究認真討論。説來説去，大家其實都是「科學之鬼」。

不過，這晚不同於以往，川井他們把本村拽去了圓服亭。

就連整天只注意仙人掌的加藤，似乎都察覺到本村的異樣。在研究室小聚想必無法讓本村轉換心情。川井與岩間、加藤商量後，決定去校外的圓服亭喝酒。

本村雖然沒有飲酒作樂的心情，但多少感覺得到川井他們是在擔心她，更何況圓服亭的藤丸已經嚷著「歡迎光臨！」滿面笑容地熱情相迎，事到如今她也開不了口堅持要走，只好在大家催促下就座。

時間差不多快九點，客人幾乎都在吃飯後甜點或準備離開。圓服亭老闆圓谷怒濤洶湧的廚房工作也告一段落，不是站在收銀台前算帳、收錢，就是和老客人聊天。

收拾了空桌上用過的餐具後，藤丸來到正在看菜單的本村等人身邊。

「決定好要吃什麼了嗎？」

岩間當代表，含糊點頭。

「嗯……不好意思，這麼晚才來。你們是十點打烊吧？」

這時候再點炸物的確不好意思，有什麼菜色是料理起來不麻煩的呢？松田研究室眾人難以決定。

藤丸似乎察覺大家的想法，說：

「你們不用在意那個啦。」

同一時間——

「想吃什麼儘管點。」圓谷也從收銀台那邊揚聲說：「我今晚要早點回去，菜色或許味道會有點失水準。到時候就給你們打折，我再從藤丸的薪水扣回來，所以你們不用客氣。」

「老闆，這樣太過分了吧！」藤丸向圓谷抗議，然後轉頭對本村等人說：「老闆周末要和女友去伊東玩，所以急著下班。」

「老闆竟然有交往的對象……！」

加藤似乎大受衝擊。他好像以為，圓谷也和專心朝仙人掌之道邁進的自己一樣，只知做菜，自以為是地抱著同儕意識。

「對呀。」

基本上對戀愛態度積極的藤丸，一臉理所當然地爽快點頭。「最近老闆有時也會把廚房完全交給我負責。明天一整天老闆都不在，由我掌管店裡，今晚老闆下班後也是由我掌廚。至於你們幾位，待到幾點都沒關係，所以想吃什麼就儘管慢慢享用。」

得到藤丸這番保證，川井與岩間點了多蜜醬漢堡排套餐，加藤點了炸豬排定食。本村沒胃口，可是藤丸還拿著小本子笑瞇瞇地等著，她只好點了拿坡里義大利麵。加藤精明地不忘替每人叫一杯啤酒。

接到點餐，圓谷彷彿要趁下班回家前再加把勁，鬥志十足地進廚房。藤丸送來啤酒後，就替其他客人結帳，收拾餐具，換上洗乾淨的桌巾……為了打烊及翌日的營業十分忙碌。

松田研究室成員齊聲喊「乾杯」，雖不知是為什麼舉杯慶賀，總之還是互相輕輕撞擊玻璃杯。本村這陣子一直只有最低限度的胃口，因此啤酒落到胃裡，只感到咕嚕咕嚕冒泡。也許是突如其來的酒精讓身體嚇到了，結果她只喝了一口，立刻把杯子放回桌上。

川井等人想問又不敢問地觀察著本村，本村如坐針氈地低下頭。一陣尷尬的沉默降臨桌前。又有吃飽的客人離去，藤丸在門口精神抖擻地大聲說「謝謝光臨」送客，彷彿山谷回音，圓谷的「謝謝光臨」也從廚房那頭傳來。

店內的客人只剩下本村幾人。

「那個——」坐在本村隔壁的岩間終於開了第一槍：「妳好像沒什麼精神？」

隨即，岩間似乎被對面的川井輕輕踩了一腳，兩者在桌下像跳踢踏舞般複雜地互相踩腳。

或許是覺得這樣下去沒完沒了，加藤直接挑明：

「妳那株子葉較大胚軸多毛的阿拉伯芥，怎麼樣了？」

川井與岩間似乎認為他這種問法過於單刀直入。一旁的川井伸肘捅他手臂，斜對面的岩間也踹他小腿，痛得加藤直嚷嚷「哎喲會痛啦」。

我實在太不成熟了，害得研究室夥伴們這麼擔心。本村暗自反省。自己過度沉溺於苦惱，無暇去設想周遭的人們。

如果不想把失誤和煩惱告訴任何人，那就只能盡量表現得一如往常。如果實在沒力氣表現得一如往常，那就只能鼓起勇氣把心事和盤托出，和別人分享。

這樣露出垂頭喪氣的樣子，卻又默不吭聲，讓周遭的人這麼擔心，算不上是個成年人。本村如此鼓舞自己。

不，就連嬰兒遇上痛苦或困擾，都會用放聲大哭來表達：「快來幫幫我，救我！」如果有人來替嬰兒換尿布或餵奶，嬰兒就會立刻破涕為笑，彷彿要說：「啊——總算舒服了。謝謝！」一看到那笑容，周遭替嬰兒解除不快的人也會笑著感覺「太好了，太好了」。

向人求助，絕不丟臉，也並非表明自己無能。這是正當的交流。反倒是退縮地以為「這樣說出真心話或示弱，不知對方會怎麼瞧不起自己」，或者拒絕別人的關心，自我封閉，恐怕才是更沒有勇氣、更漠視周遭心意的行為。

當然，有時痛苦與絕望太深，也會讓人有口難言，深陷泥淖。但本村認為自己的情況不同。打從發現自己弄錯實驗的基因就很苦惱，但是如果認真分析，這苦惱還含有濃厚的「自保」成分。

我只是不想被松田老師和研究室夥伴視為「不配當研究者」，不想面對就算重做實驗恐怕也來不及的現實，所以苦惱「有什麼解決方法」。雖然難過，但最主要的，還是自尊不容許承認失敗。

真是愚蠢的自尊，本村自嘲。也因此有點豁出去，終於有了「還是鼓起勇氣找助教他們商量吧」的想法。

弄錯基因還硬著頭皮繼續做實驗，已經沒時間再優柔寡斷，讓人家擔心了。她必須盡快徵詢周遭人的意見，拿定主意看究竟怎麼做好。如果默默苦惱可以解決問題，那她有決心默默苦惱百萬年，問題是現在那樣只會停滯不前。而且基本上如果她還有忍耐幾萬年的膽子，換成吐露真心話的勇氣向周遭求助，想必更能及早解決問題。

本村下定決心，抬起頭。

「其實……」

她剛開口——

「各位久等了！」

藤丸來了，從手掌到手腕放滿了裝著熱騰騰漢堡排的鐵板與裝飯的盤子。

來得真不是時候……除了藤丸以外的人都這樣想。

川井，岩間，加藤有點自暴自棄，點了特大桶啤酒。似乎做出的結論是，如果不喝點酒，無法承受這種緊張與鬆弛交替的攻擊。藤丸立刻送來特大桶啤酒。

看到藤丸進廚房後，川井才舉起啤酒桶，給岩間、加藤及自己的空杯子倒滿。本村也拿起泡沫早已消失的溫啤酒，再次輕啜一口。

潤喉後，就在她說出「那個……」想繼續往下時，果然，藤丸又喊著「上菜了！」雙手端著炸豬排定食和拿坡里義大利麵送來。

松田研究室眾人已經放棄，各自默默吃著自己點的東西。唯有本村，盤子裡的食物始終不見減少。向來覺得美味如天堂佳餚的拿坡里義大利麵，今晚變成普通的義大利麵。大概是因為連著幾次錯失坦白的時機，她開始猶豫「就算找助教他們商量，他們也無能為力吧，說不定還會給他們添麻煩」，內心的糾結讓味蕾都遲鈍了。

脫下烹飪用的白袍，圓谷從廚房出來。

「我先失陪了，之後有什麼需要儘管請吩咐藤丸。」圓谷殷勤地說：「那我走了，各位慢用。」

眾人點頭示意道別，目送圓谷腳步輕快地消失在夜路。本村恍惚地想，這好像是第一次看到老闆穿便服。牛仔褲配大紅色毛衣，卡其色夾克，不能否認的確有點昭和時代的復古感，卻很適合圓谷。

本村猜想，老闆現在應該是要去見女友，「愛情……嗎？」她的目光恍惚。她一直認為自己對戀愛毫無興趣，只要做研究就夠了，但實驗如果就此失敗，她不就等於一無所有了嗎？

她有點悚然，但「戀愛根本不重要」的想法始終屹立不搖。面對阿拉伯芥久了，或許與植物同化，逐漸失去了感情這個概念。

她放棄吃完拿坡里義大利麵的念頭，把叉子放回餐盤。

不，不是的。還是有感情。只是，對我來說一生一次的戀愛對象，不是人類，是「植物研究」罷了。就算以失敗告終，盡全力愛過的記憶與心情想必不會消失。自己是賭上所有熱情與愛情愛上植物研究，所以此刻即將結束，才會如此痛苦煎熬。

川井、岩間與加藤已經吃完漢堡排套餐和炸豬排定食。看著毫無食欲的本村，他們邊喝啤酒邊使眼色。

「實驗不順利嗎？」

岩間終於問出直搗核心的問題。不，那與其說是詢問，根本就是斷定。只是語尾溫柔地帶著擔心和體貼，讓本村感覺到救贖。她點點頭，終於有勇氣問出一句「應該如何是好」。

「我已經不知該怎麼辦……」

對於本村啞聲發出的求救信號，川井和岩間、加藤都抱著「終於等到了，我會好好幫妳出主意，妳講具體一點」的想法，向前傾身。

不料這時，收起門口招牌的藤丸又來了。

「各位，要不要吃甜點？今天是我做的起司蛋糕。正好還剩四塊。」

藤丸說到這裡，似乎發現本村的拿坡里義大利麵幾乎原封不動。「本村小姐妳怎麼了？

那不是我做的喔，是老闆做的，所以味道應該沒問題。妳是不是肚子痛？」

川井重重告訴猶在關心本村的藤丸：

「麻煩來四份起司蛋糕。藤丸，如果打烊的工作做完了，我希望你也過來坐下，話題打從剛才就一直被你打斷。」

在廚房乒乒乓乓不知幹什麼的藤丸，分兩次把四份起司蛋糕和五杯咖啡用托盤送來，最後還端來一盤特大份炒飯。咖啡似乎是藤丸免費招待，其中一杯咖啡和炒飯，大概是藤丸自己的晚餐。

藤丸在眾人旁邊的桌子坐下。不過，桌子之間的間隔很窄，實際上可以說就坐在加藤的隔壁，等於是本村斜對面的位置。

看著藤丸開始狼吞虎嚥炒飯，本村忽然有點羨慕。本村的手邊還放著那盤拿坡里義大利麵。任其涼透剩著也很抱歉，正在等著收走。

川井、岩間與加藤看到藤丸總算停止忙碌，似乎鬆了一口氣，啤酒也喝完了，三人面前只放著起司蛋糕與咖啡。

川井邊吃蛋糕邊開口催促：「好了，妳在煩惱什麼，這次總可以說了吧？」

本村說了，實驗選擇的基因弄錯了，她現在很迷惘，不知該重做實驗還是該繼續進行下去。

一旦開口，彷彿整團苦惱融化，話語源源不斷冒出。本村幾乎沒停，一口氣說出目前的困境。大概是因為已經在腦海一次又一次釐清狀況，天天都在煩惱該怎麼辦。

「也就是說……」

川井與其他人面面相覷，似乎不知該做何反應般沉默片刻。

「妳在最初步卻非常重要的地方犯了錯。」

加藤一臉同情。

「基因的簡稱有些的確很相似，這是任何人都可能發生的失誤。」

岩間抱著雙臂說。

桌前流過凝重的空氣。不過，還有一人完全不理解事情的嚴重，不消說自然是藤丸。迅速掃光炒飯的藤丸，聽著本村的說明，用湯匙在空中寫出AHO和AHHO這些字母，但或許是這些字母過了一會才滲透大腦，他噗哧笑了出來。

「本該研究『笨、蛋』，卻研究成『笨蛋』[6]嗎？那的確會受打擊耶。」

本村心想：「那只是簡稱，不是『笨蛋』的意思！」但自己也隱約覺得「什麼不好選，為什麼偏偏選到簡稱是『笨蛋』和『笨、蛋』」，於是悲哀又羞恥地低下頭。

看到本村再次意志消沉，再加上又被川井三人瞪，藤丸慌忙道歉：「對不起，對不起，

6 日文的「笨蛋」發音是「aho」，而「ahho」的發音類似「笨、蛋」。

我閉嘴。」

「就算起初是弄錯了，」川井邊思考邊說：「如果能證明 AHO 對葉子調控機制有影響，那也是個大發現。只是，那是過去很少被研究的基因，所以它到底有什麼作用，目前幾乎完全沒概念。就算繼續做實驗，最後極可能白忙一場……」

「就是啊。」本村點點頭：「如果換做是你們，會怎麼辦？」

「這很難抉擇。」川井嘆氣：「如果沒有牽涉到博士論文，我想我大概會繼續做下去。可是，如果把及時完成博士論文放在第一順位考量，那我覺得還是重新來過比較好。」

「縱使重新來過，也不見得實驗就會成功哦。」岩間反駁。

「當然，那並非絕對。」或許是顧慮到本村的困境，川井就像是自己弄錯基因一樣苦惱。「與其繼續使用來歷不明感更強的 AHO 的突變株，還是用可能影響葉子調控機制的 AHHO 重新做實驗，踏實栽培出四基因突變株比較好。那樣實驗的成功率應該會比較高，況且如果能證明 AHHO 和葉片大小有關，那也是一個發現。」

「如果要重新做實驗，就時間而言現在的確是最後機會了。」

岩間似乎也被說服了，她扭頭問本村：

「弄錯基因的事，妳向松田老師報告了嗎？」

「還沒有。我難以啟齒……」

本村保持低頭的姿勢縮起身子。

「妳在我們面前都苦惱得說不出口，也難怪不敢告訴老師。」岩間嘆氣說：「妳的心情我懂，但這件事不可能一直隱瞞到底，還是得早點和老師商量。」

「不告訴松田老師的確不妥。」加藤這時也插嘴：「而且，如果是我的話，會繼續做實驗。因為現階段已經長出疑似四基因突變的植株了，放棄太可惜了。」

「的確。」川井說：「繼續活用AHO的植株也是個辦法。如果能夠判定真的有四基因突變，只要讓那一株再和AHHO的突變株授粉就好。這樣得到的後代中，會有『AHHO的基因正常，AHHO的基因壞掉』這種四基因突變的植株。若用這個方法，可以比妳重新授粉，要更順利地栽培出有AHHO的四基因突變株喔。」

加藤與川井的意見很有道理，眾人聽了都點頭。不知怎地連藤丸也跟著點頭。

「就算是『笨蛋』也得重視呢。」他說：「我從剛才就一直有個疑問。如果要重新來過，好不容易長出來的波霸該怎麼辦。」

本村對於「那個奇怪的綽號在藤丸先生心中已經定下了」略有不滿，但她正意志消沉，加上個性文靜，因此沒有提出抗議。倒是川井三人又瞪藤丸，他只好說「對不起，這次我真的閉嘴」默默喝咖啡。

「波霸——不是，」加藤乾咳一聲重拾話題：「那個子葉較大胚軸多毛的植株，後來怎麼樣了？」

「長出真葉了，但還不確定。」本村像鼠婦一樣弓背縮成一團，小聲回答。「目前真葉的大小看起來和別株沒差別。」

「難道不是四基因突變嗎？」

「就算是四基因突變株，也可能因為選用ＡＨＯ做實驗，導致它無法對葉子調控機制產生有影響的變化。」

看著岩間與加藤交談，川井似乎在默默思考什麼。

「還是從零開始重新做實驗比較保險吧。」岩間鼓勵她說：「那樣，也能確實在期限內交出博士論文。以妳的授粉技術，我想這次一定能做出妳想要的四基因突變。」

生長箱裡看似閃閃發光的一株。想起「或許是四基因突變株」時的喜悅，本村一時無法回答。然而，就在她心裡已經傾向「從零開始重做實驗」時，川井開口問：

「藤丸，若是你會怎麼做？」

人家藤丸先生又不了解研究和實驗！本村很驚訝。為何助教會突然向藤丸先生徵求意見呢？岩間和加藤似乎也與本村有同樣的想法，慌忙把視線轉向川井與藤丸。

只有藤丸看起來毫不驚訝。似乎因為終於被允許發言很高興，他若無其事回答：

「當然是繼續。」

照理說藤丸是個門外漢，真不知他哪來這種自信，本村比剛才更驚訝了，忍不住忘了用敬語脫口就問：

「你憑什麼講得這麼篤定？」

「冒出波霸時，本村小姐看起來不是超開心嗎？」藤丸抓抓臉頰：「我認為應該珍惜那種心情。」

「可是，既然搞錯了基因，那不見得是我要的四基因突變株……」

「我啊，從小就喜歡做菜。」藤丸忽然神色一正說：「起初是跟我媽學，或是照食譜做，後來漸漸開始自由發揮。比方說憑直覺放調味料，或是把別人說『這個不適合』的食材放進去試試。如此一來，做菜變得更好玩了。雖然有時也會做出超難吃的東西，但也常有好吃得出乎意料的時候，會有種愉快的刺激感。」

藤丸拚命根據自己的經驗與親身感受描述。不只是本村，川井三人也聽得入神。

「比起按照食譜的做法做出預期的味道，『竟然變成這種料理！』的意外時刻，哪怕做出來的味道不好吃，都會很開心。所以我認為本村小姐不如繼續完成現在的實驗。如果能感到喜悅，就算結果失敗了也不會後悔。我會一邊想著『下次再做出更好吃的料理吧』，一邊把超難吃的失敗料理吃掉。」

不過，我做的菜和本村小姐做的實驗，難易度想必大不相同就是了——藤丸羞澀地補充了這麼一句。

「不。」本村搖頭說。不，根本沒什麼不同。料理和實驗都一樣。之前我只顧著在意「能否按照計畫進行實驗，取得預想中的成功，能否如期交出博士論文」，但我錯了。

實驗沒有劇本，研究也沒有期限。

包括自己的大意失誤在內，都得排除先入為主的偏見，仔細觀察眼前發生的事態，誠實公正地記錄事實。就算失敗也要下功夫繼續追求世界的真理，不斷詢問「為什麼」，追究謎團直到生命結束的一天。這才是實驗，才是研究。

本村忽然感到久違的強烈飢餓，開始狼吞虎嚥幾乎沒碰的拿坡里義大利麵。藤丸慌忙說：「我再去重做一份。」但本村再次搖頭說不。

冷掉的拿坡里義大利麵已結塊，但本村用叉子整坨叉起來大口咬下，轉眼就吃光了。好吃得彷彿天堂佳餚。她把已經不冰的啤酒一口喝光，這才喘過氣。

看著她這樣，「藤丸，謝謝你。」川井說：「讓我發現自己好像變成一個只懂專業知識的糊塗蟲。現在重要的，並不是『怎樣才能提高實驗的成功率』或『能否如期提出博士論文』。」

岩間或許也對藤丸的發言深有感觸，低頭看著吃完的蛋糕盤。

「不不不，我認為那也很重要喔。」加藤插科打諢地反嗆：「只是，發現失敗時，倒不如秉持享受失敗的心態，來思考解決方法，或許更能做出嶄新的研究。」

補充了能量，終於恢復力氣的本村也點頭贊同。

「謝謝藤丸先生，還有助教你們提供各種角度的檢討與建議，真的很謝謝大家。」

「太好了，看來妳已經有了結論。」川井笑著說：「那就趕緊向松田老師報告。雖然明天是星期六，但老師說他會照常來研究室。」

已過了十一點，研究室眾人離開圓服亭。至於本村來不及吃完的那份起司蛋糕，藤丸連同保冷劑放進保鮮盒交給她。

在店門口目送眾人的藤丸，對本村說：

「要加油喔。」

本村深深一鞠躬，抱著開朗的心情，和川井等人從小巷走向深夜的本鄉街。

隔天早上，本村從冰箱慎重取出裝起司蛋糕的保鮮盒。她煮了咖啡，把蛋糕移到小盤子上，坐在榻榻米的矮桌前。馬拉巴栗和窗邊排放的仙人掌盆栽，看似自在地伸展葉片迎接陽光。

「我要開動了。」

室內聽得懂人話的只有本村，但她還是有禮貌地說聲開動才吃蛋糕。柔滑的口感與內斂的甜度，是非常溫潤柔和的起司蛋糕。

本村覺得這就是藤丸先生的味道。地瓜燒和起司蛋糕各自凸顯出食材的風味，也都有藤丸的味道。可以感覺到藤丸是想像著吃的人，挖空心思做出來的。

或許是察覺春天的腳步已正式接近，盆栽的綠色變深，看起來生氣蓬勃。吃完蛋糕，本村把用過的餐具與保鮮盒洗乾淨，澆水時順便仔細觀察窗邊的植物。

多肉植物看不出明顯變化，但之前冷得葉片都變成褐色的香草類植物，不知幾時已伸出柔軟的嫩芽。仙人掌也冒出疙瘩似的新枝，新長出的刺是清新的純白色。

唯一擔心的是聖誕紅。到現在都保持「光棍」狀態，果然枯死了嗎？本村瞥向放在榻榻米上的盆栽，隨即失聲驚呼。

看起來只是褐色棍子的聖誕紅枝幹上，零星貼著像將綠色海綿碎片的東西。看似紙屑的東西其實都是新芽。在本村不留神之際，聖誕紅已靜靜起死回生，努力要讓葉子再次茂密。

幸好沒放棄，一直有澆水。即便在自己得意洋洋或意志消沉時，聖誕紅依舊淡定，拚命活著。本村很開心，彷彿被不會說話的聖誕紅賦予勇氣，用指尖輕觸綠色新芽。

她覺得不可思議。植物沒有語言，甚至沒有氣溫或季節的概念，卻知道春天來了。不用溫度計或日記，他們就能判斷「這不是小春日和[7]，是真正的春天。像往年一樣活潑展開生命活動的時期來臨了」並且就此記住。

反觀人類，或許太拘泥於大腦和語言。苦惱和喜悅都出自大腦，因此被大腦左右或也可說正是身為人類才能享受的滋味，但換個角度也堪稱大腦的囚徒。比起盆栽植物，人類只能在狹隘的範圍內認識世界，很不自由。

然而，也不必因此就一味羨慕植物。做好出門準備的本村，在房間中央伸個大懶腰。她決定要效法植物，好好接受感覺到的東西，做出最好的判斷與行動。既然上天賜予我們大腦，就要思考到極限，努力去想像。對於研究固然要這麼做，對周遭的人亦然。

切不可忘記，還有一群人關心自己，願意設身處地替自己想辦法。不要再自以為世界雖大，自己卻孑然一身走投無路了。

本村說聲「我出門了」，走出公寓。當然無人應答，但馬拉巴栗好像搖晃了一下枝葉。

周六的理學院B棟，果然比平日進出的人少。

本村才剛到研究室，松田就說著早安進來了。正把帶來的筆電開機的本村，像要堵在從門口去屏風的動線上，急忙站到松田面前。

「老師，現在方便講幾句話嗎？」

「可以啊，妳說。」

松田一手還拎著公事包，悠然看著本村。

之前就已坐在自己桌前的川井，提心吊膽地想：「好歹等老師喘口氣，找個地方坐下來談不是更好嗎？」但本村當然不可能知道川井這想法。她只是在「必須趕緊向老師坦白真相，報告一切」這個念頭驅策下，把緊張而冒出的手汗拚命往牛仔褲擦。

「早。」這時加藤推開研究室的門。

「啊——對了。」川井說著站起來，「我想起來了，我一直想看託你放在溫室照顧的蕨類。加藤，你跟我來一下。」

加藤一步都沒走進室內，就被川井連拖帶拉地消失在門外。

7　小春日和：晚秋至初冬時出現的溫暖晴天。

研究室只剩下本村與松田。本村暗自感謝川井的貼心，「其實，」她下定決心開口：「我選錯了基因做實驗。」

松田默默看著本村。本村焦急又難過地想，老師肯定目瞪口呆，一邊拚命繼續往下說。

「我本來打算用AHHO的突變株栽培四基因突變株，可我誤選了AHO。因為名稱相似，所以一不小心就……」

這是她第二次開口說明，但她無從辯解，這的確是自己的疏失，本村再次感到窩囊。

本村自怨自艾之際，松田問：

「妳什麼時候察覺的？」

「一個多星期前。」

松田長吐一口氣。老師果然目瞪口呆吧。不僅犯下這種疏失，而且一直沒報告指導教授，太扯了。無論從什麼角度看來都既不認真也沒誠意——被這麼看待是理所當然。本村越發沮喪。

「對不起。」她說。她不配當研究者——她已有心理準備會被松田如此斷定。

沒想到松田說的是：「妳沒必要道歉。」聲音很沉穩。

「任何人都會犯錯。我比較驚訝的是……」

松田說到一半，似乎察覺公事包很重。這才後知後覺地把公事包放到一旁大桌上。

「我比較驚訝是，妳似乎默默煩惱了一個多星期。」

這句意外的發言，令本村戰戰兢兢抬起頭。松田一如往常皺著眉頭，用若有所思的目光看著本村。

「難不成，是我散發的氣息讓妳不敢來商量？」松田說。

本村不敢說「老師的氣場的確談不上平易近人」，只是在口中含糊回答：「呃，不，那個……」又說：「昨天，我已經告訴研究室的大家了。」

不僅沒有起到彌補的作用，反而像是徹底否定松田散發的氣質。怎麼辦？本村心慌意亂。

「那就好。」松田不以為意地點點頭：「對妳真不好意思。我發現自己好像給人很陰暗又乏味的印象。今後我會穿帶點顏色的襯衫，努力改善自己的氣質。」

見松田還想鞠躬道歉，「不，不是的，老師。」本村慌忙阻止：「不只是對老師，對任何人，我都提不起勇氣承認自己的失敗……」

本村認為，基本上，松田老師的自我認知就有微妙的誤判。會覺得松田「乏味」的人，至少在這理學院B棟恐怕一個也沒有。總是瀟脫地專注研究，只穿白色和黑色的衣服，像機器一樣過著規律生活的松田，其實私底下人氣很高。據說大學部的女學生中，甚至有人偷偷寫「松田老師觀察日記」。這麼形容松田好像他是貓熊似的，但本村等人與松田近距離接觸，熟知他的個性，都很敬愛這個意外地有點脫線，卻很熱心指導他們的松田。

「的確。」松田說：「妳難以啟齒的心情我能體會，不過不只是研究上，有任何困難都該立刻說出來商量。我們研究者雖是競爭對手，更是在同一條路上互相扶持的夥伴，用不著一個人獨自煩惱。」

「是。」

本村終於敢正視松田。松田的眼中，絲毫沒有責怪本村之意。可以感到他純粹只是關心，讓本村感動得心頭一緊。

「然後呢？」松田略為歪頭。「出了錯，誤選AHO做實驗這我知道了。那妳接下來打算怎麼辦呢？」

「那株疑似四基因突變株的真葉，目前看起來和別株的大小一樣。可是，我實在無法放棄它長出子葉時那種『就是它了！』的直覺。」

「嗯。」

「四基因突變株出現了，而且AHO也影響到葉子的大小。我想根據這個假設，繼續慎重地做觀察和實驗。」

「可以。我也認為那樣最好。」

松田爽快同意，害得本來想繼續說服老師的本村，張著嘴巴就此愣住。

「妳怎麼了？」

「不是，那個……我以為老師會叫我『用目前長出的四基因突變株重新和AHHO突變株授粉，回到原先預定的實驗方向』，助教他們也曾建議我說那樣或許比較好。」

「按照預定計畫做實驗，得到預想中的結果，那樣做有什麼意思？」松田說著笑了。

「就連烹飪實習都比那個刺激一點吧。妳沒有把白醬煮成咖哩的顏色，或者煮馬鈴薯煮成液態的經驗嗎？」

「我還沒遇過那麼誇張的狀況。」

「是嗎？也對，是我嚴重欠缺做菜的資質。」松田伸指把眼鏡推高。「妳開電腦了？拿過來一下。」

本村從自己桌上把筆電拖過來。放在大桌上，和松田並肩坐下。

松田點擊網頁，一邊輸入一邊說：

「當然，川井君他們的意見也不無道理。如果確定目前長出來的植株是四基因突變株，的確是該讓它和 AHHO 的突變株授粉，按照最初的預定計畫，研究基因 AHHO 的功用。」

「是，我會的。」

實驗的方向與步驟，本村確認到松田與自己的想法沒有衝突，於是釋懷多了，但，心裡還是有點疙瘩。

「可是，我還是有點猶豫。」本村坦率地徵求松田的建議：「不用立刻將實驗切換到研究 AHHO 的方向沒關係嗎？如果繼續研究 AHO，得不到理想的結果，兩邊的實驗都卡在半途，趕不上博士論文的繳交期限怎麼辦？我還是很不安。」

「剛才我說過了，」彷彿要安撫本村的膽怯，松田緩緩搖頭：「只為了得到預期結果的實驗很沒意思。這年頭就連國中的理化課，都不會照本宣科，很多老師不是都會想出可以讓學生思考的好玩實驗嗎？實驗最重要的是獨創性，以及不畏失敗。失敗的前方說不定就有意想不到的結果在等著。」

本村深自反省。自己一直謹記要按部就班埋頭苦幹，也太擅長這樣，因此變得保守。過於慎重、害怕扣分，什麼都想自己掌握，在可以掌控的範圍內沒有過失地完成，結果反而把自己的格局變小了。

「有毅力是妳的優點。」彷彿察覺本村的想法，松田說：「鍥而不捨，秉持公正去觀察、分析實驗得來的數據，是科學家的根本，也是最重要的態度。但以妳的情況，做實驗的時候，倒是應該更活潑大膽，發揮創意才對。」

「活潑大膽……嗎？」

本村自覺個性嚴格說來算是很嚴謹認真，不免有點退縮，懷疑自己是否做得到。

「對。用活潑大膽的發想做實驗，就算中途失敗，也要抱著享受失敗的心態繼續前進。」

似乎看出本村還是有點忐忑，松田像要說「真拿妳沒轍」似的苦笑，指著筆電螢幕叫她看。

「我給妳看看為何建議『繼續這樣做ＡＨＯ實驗』的根據吧。」

本村湊近電腦螢幕。松田在看的，是「ATTED—II」這個網站，是日本人開發的阿拉伯芥基因種原庫之一。每個基因各有什麼樣的功能，基因彼此會如何互相影響、發揮作用……只要用基因的名稱搜尋，便會顯示數值及圖表。

松田剛才一邊與本村說話，一邊似乎在「ATTED－II」調查了AHO。螢幕上顯示出，阿拉伯芥某些基因的譜系或像分裂的阿米巴原蟲那樣連結的圖。

當然，阿拉伯芥的基因功能並未全部解明。有些基因完全不清楚作用，或者只破解了部分功用，也有許多基因和其他基因的關係尚無法全盤窺見。

AHO也是這樣的基因，過去幾乎沒有以AHO為主的研究。但在研究其他基因的實驗中，AHO會小小露個臉。其他的基因發揮功能時，不知為什麼，AHO好像也會跟著作用。「ATTED－II」儲存了各種實驗資料，因此哪個基因作用時會讓AHO跟著作用，都被這個網站圖示化呈現出來。

「以這個圖看來，」松田說：「明確發現與葉子大小有關的基因時，也可以看出AHO跟著作用。」

「的確……」

本村不由自主把臉靠近螢幕。就譜系看來，關係遙遠得就像旁支遠親或玄孫，但是如果一路追溯肯定有關連。

「那麼，AHO並非完全不相干的基因，它或許也對葉子大小的調控有某種影響囉？」

「這個嘛，不好說。」

見本村興奮得猛喘粗氣，松田四兩撥千金地笑了。「這個就要靠妳透過實驗證實。正因為還有太多不了解的東西，研究起來才有意思。不是嗎？」

的確如松田所言。本村感到內心湧起勇氣。既然已經出現疑似四基因突變的植株，那就繼續研究 AHO 吧，就算最後失敗了，或許也能稍微了解 AHO。

雖然因為自己的疏失，栽培出和當初計畫不同的疑似四基因突變的植株。但她不願將當初看到那子葉時的喜悅，以及「就是它」的直覺硬生生埋葬。博士論文的繳交期限和研究成果，現在都不重要了。她要徹底研究那個偶然誕生出來的大葉子。

如果是抱著覺悟的決定，就算實驗完全失敗想必也無悔無憾。

「所以人不能太小看自己的直覺。」

松田從椅子起身，拿起公事包。「我所謂的『直覺』，不是『突然得到的神諭』之類的東西，是每天老實持之以恆觀察才能得到的直覺，我認為妳應該對自己更有自信。」

對著遁入屏風後面的松田，本村站起來深深一鞠躬說：

「謝謝老師。」

走到自己座位的松田，似乎照例開始東翻西找。屏風後面，響起成堆期刊崩塌的巨響。

在那聲響中，夾雜松田的嘀咕：

「我倒覺得那是『中獎了』。」

聽起來像是自言自語，所以本村沒回話。但她的內心湧現喜悅，難以按捺表情的扭曲。

松田身為科學家的直覺，也在宣告「選擇 AHO 是中獎了」。他的意思是，基因 AHO

極有可能對葉子大小具有某種影響。

研究過去誰也沒注意過的基因。通往未知領域的大門，以出乎意料的形式出現在本村面前。本村萌生戰慄的喜悅與興奮。放在大桌上的筆電，彷彿也跟本村同步蘊藏熱氣。

終於確定好方向，一掃鬱悶的本村，一如往常在栽培室觀察阿拉伯芥，在實驗室著手下一階段的準備，精力旺盛地迎接這個星期六。

午餐是在研究室的大桌上吃自己帶的便當。這時川井與加藤也從溫室回來了，得知本村已向松田報告事態並確立今後的研究方針，都很替她高興。岩間這個周末似乎打算休息，並未現身研究室。

至於松田，他很少加入大家的對話，一邊閱讀在大桌上攤開的學術期刊，一邊吃烏龍泡麵。得知松田給了本村精確的建議，川井與加藤都用「不愧是老師」的目光對他行注目禮，所以他或許有點不好意思。儘管他邊吃飯還邊看書有違禮數，姿勢卻異樣端正，拿筷子上上下下的動作也很標準，那模樣反而好笑。藤丸以前之所以畏怯地說「松田老師很像殺手」，或許就是從這種地方得來的印象。本村獨自笑了一下。

心結解開，激昂的情緒消退後，到了下午三點左右，猛烈的睡意朝本村襲來。最近一直淺眠，就算有鬥志，體力似已不堪負荷。今天還是早點回去吧。把堆積已久的髒衣物解決一下，順便也得做點便當菜備著，下周再開始努力奮鬥。

這麼決定後，本村帶著睡意，腳步踉蹌地離開理學院B棟。不過，有件事不能忘。她還得順路去圓服亭一趟，把之前裝蛋糕的保鮮盒還給藤丸。

圓服亭正值午餐與晚餐之間的休息時間。門把上掛著「準備中」的牌子，因此本村湊近面巷子的窗戶朝店內看。隔著窗邊放置的仙人掌，可以看見躺臥的藤丸。起初她嚇了一跳，以為藤丸昏倒了，但再仔細一看，他躺在並排的椅子上，似乎睡著了。今天老闆據說不在，他一個人應付午餐時段肯定累壞了。

不然就把保鮮盒掛在門把上吧？早知如此，應該把保鮮盒裝在好看一點的袋子裡，可惜現在用的是超市塑膠袋。至少該留張紙條吧，本村開始翻包包。這時藤丸可能是察覺到動靜，在店內翻身坐起。他伸個大懶腰後四下張望，隨即發現在窗外偷偷摸摸的本村，展顏一笑。

「本村小姐！」他立刻跑過來，替本村打開店門。「妳現在要去學校嗎？還是已經要回家了？」

「我正要回去。昨天打擾到那麼晚，謝謝你的招待。還有這個……」

說著，她遞上裝在皺巴巴塑膠袋裡的保鮮盒。她猜想這種時候，大概要用漂亮的紙袋才能顯現女孩子的魅力，但她對於「漂亮的紙袋」並沒有具體概念，也覺得倒不用發揮女孩子的魅力，因此順利歸還保鮮盒她就已經很滿足了。

藤丸也是不拘小節的個性。

「讓妳特地送來真不好意思，其實妳可以留著用。」他說著接過保鮮盒。「保鮮盒這種東西，往往回過神才發現越來越多。該不會是趁著半夜繁殖吧。」

本村暗想，無機物不會繁殖，但她當然沒有出言糾正，她只說：

「蛋糕很好吃。」

「啊，真的？那就好。」

兩人嘿嘿嘿、呵呵呵地相視而笑。

「本村小姐，妳今天看起來容光煥發。」

「會嗎？我現在睏得要命。」

本村用手掌搓揉臉頰，給自己一點刺激。這是因為沒化妝才敢這樣做。

「不過，我已經向老師坦承錯誤了，也確立了實驗方向，心情的確輕鬆多了。這都是因為有藤丸先生給的建議。」

「哪裡，我什麼也沒做。昨天還一直打斷你們講話。」

藤丸頻頻搓揉手裡裝保鮮盒的塑膠袋。

「沒那回事。松田老師講了跟你一樣的話。他說，就算得到預期中的結果，其實也沒意思。」本村用敬佩的眼神仰望藤丸。「這讓我深深感到，只要我們真心追求某個事物，就算領域不同，看到的景色也會有相通之處。」

「哪裡哪裡。」

沙沙沙的聲音越來越大聲，本村不由低頭望去。被藤丸這麼不停搓揉，塑膠袋內的保鮮盒都快變成糖果了。

「不過，料理和實驗果真的挺像，對吧？」

難為情，再加上似乎幫了本村一把的自豪，讓藤丸脹紅了臉。不過，本村當然不懂細膩的純情男人心。她只是搞錯重點地想，藤丸先生看起來好像有點恍神，大概是沒睡飽吧。這才想到，她是在藤丸睡覺時跑來打擾的，於是慌忙鞠躬道別：「那我該告辭了。」

「好，晚安。」

在本村的眼中，藤丸似乎有點落寞，但她立刻推翻想法，或許只是錯覺。她再次行禮，朝巷道邁步。白天逐漸變長了，周遭還留有午後陽光。但藤丸卻說「晚安」，本村覺得這樣的他真不錯。

進入三月，川井啟程前往婆羅洲。

松田直到川井出發前，還在絮絮叨叨不斷提醒「千萬別喝生水」、「一定要小心大象」。川井連聲稱是，嚴正聽訓，倒是還交代本村「實驗如果有困難，隨時寫郵件給我。等我回國後立刻來幫忙，妳可別硬撐。」或「不夠的試劑，我已經就我所發現的請中岡小姐訂購了，不過為了保險起見還是再多訂一點好了。」等等，非常細心地關心她。

助教也太像老媽子了吧，本村差點噗哧笑出來。岩間很受不了地說：

「不會有問題的，拜託你趕緊去你的婆羅洲吧。」

加藤好像有點吃味、鬧彆扭，說：

「你不在的期間，對我的仙人掌都沒有什麼建議嗎？」

「就算放著不管，你的仙人掌也會越來越多。」

對婆羅洲的期待，以及對研究室眾人的擔心，似乎讓川井有些靜不下來。

「溫室現在又擠滿了盆栽，在我回來之前希望你先整理好。別讓諸岡老師氣得七竅生煙到可以蒸地瓜，拜託你囉。」

「你這樣根本不是建議嘛！」

加藤更氣了。

雖然經過一番波折，還是平安抵達婆羅洲的川井，偶爾會寄電子郵件向松田報告。他的研究活動是在叢林進行，很難連上網路。報告內容主要以文字說明，就算有附帶照片，畫素解析度也很低，但松田還是喜孜孜地望著郵件。

「他似乎和當地人合作無間，很享受婆羅洲生活。」松田說：「還觀察到許多罕見植物，真期待他回國帶回來的實物與照片。」

多虧川井出國期間把生長箱騰出來給本村用，她的實驗進展順利。

藤丸命名的那株波霸，隨著逐漸冒出更多真葉，葉片明顯比別株更大。在栽培室發現這點時，本村忍不住高聲叫好，還做出握拳往腰側用力一收的動作。就像「搖滾巨星朝鼓手比出準備結束的信號，示意表演達到最高潮」。她從未做過這種動作，所以自己也嚇到了，回過神後一個人害羞忸怩——唯有阿拉伯芥看見這一切。

本村繼續觀察生長箱內部，將包括波霸在內的四基因突變株候選者做ＰＣＲ的準備就緒。她先從候選植株取下葉片，稍微浸煮，把過濾後的原液放入小型微量離心管。原液少量即可。這樣，就已收集到候選株的ＤＮＡ。

把葉子碎片和水放入微量離心管，用研棒搗爛，也是ＤＮＡ採樣的方法之一。棒子是塑膠製，約有雨傘巧克力糖的握柄大。搗爛葉子時，本村深感實驗與料理的共通性。

附帶一提，本村有時也會用牙籤尾端取代棒子戳爛葉片。牙籤可以插在岩棉上做記號，也可以當成實驗工具，用處多多。消耗大量牙籤或許也是廚房和生物科學系研究室的共同點。松田研究室的秘書中岡說過，以前學校的會計室曾來電詢問，對研究室買太多牙籤感到不解。中岡當時拚命解釋，絕對沒有老是在舉辦章魚燒派對，真的是用來做實驗。中岡笑著說：「費了好大的勁才說服對方。」

放入小型微量離心管的葉子原液，會先放入零下二十度的實驗用冷凍櫃保存。因為從播種完畢，觀察依序成長的阿拉伯芥，到開始挑選三十六株「真葉較晚冒出來，且葉片基部泛紅」的植株，還需要一段時間。按照當初的實驗設計，一旦採完三十六株的葉子，原液全部備妥後就做ＰＣＲ分析。事先準備好的葉子原液，就先放在冷凍櫃中備著。

ＰＣＲ儀外型很像灰色桌上型印表機。本村曾在實驗器材的商品型錄中，看過外型可愛的紅色ＰＣＲ儀，但理學院Ｂ棟使用的，是徹底體現「質樸剛健」的款示。每個研究室都靠著談不上充裕的預算精打細算做實驗，除非現有的PCR儀真的壞得很徹底，否則要買新的恐怕是遙不可及的白日夢。

PCR儀上方有灰色蓋子。打開蓋子，是一排可放十二支PCR離心管的小洞。葉子原液做PCR分析時，得從小型微量離心管移到PCR離心管中，再放進PCR的孔中讓機器運作。

不過，並非只要把原液放進PCR分析就好。在那之前，必須先把混了少許酵素和少許「引子」的物質放進葉子原液。一開始就全部混合保存起來也行，只是酵素冷凍後會失去活性。因此，分成「葉子原液做好之後就先冷凍保存」和「即將要做PCR前才製作酵素與引子的混合溶液」這兩個步驟進行。

引子只要在晚間七點前向業者訂購，翌日上午就會送抵研究室。有粉狀也有透明液體狀的，總之都是裝在小型塑膠試管內。兩支一組兩千日圓左右。因為使用量很少，足以供應幾十支微量離心管的實驗上。這麼想的話實在很划算。酵素比引子貴，所以必須使用可調式微量吸管，以避免失誤浪費，並有效率地與引子混合。

引子等於是指引「應該把DNA的這裡到這裡增幅」的記號。針對想研究的基因，實驗者會選擇適當的引子向業者下訂單。

比方說本村想研究的基因D，簡寫為AHO。它的突變株d的特徵是照射到放射線後，偶然讓基因D的DNA序列某一部分整個缺失。這種偶然造成的突變株有很多，本村從中選出了她認為應該最適合這次實驗的突變株d。

引子就是用在分析DNA序列缺失，標記出「必須讓這段序列增幅」的記號。帶有葉子DNA的原液混合引子與酵素，做PCR分析後，只有含有基因D序列之處的DNA會大量增加。

如果基因沒發生突變，基因型是「DD」時，序列不會出現缺失，因此增幅的DNA片段會跑得比較長。相較之下，基因型是「dd」的突變株時，序列增幅的DNA片段就會比較短。

至於如何確認是長還是短，要用PCR溶液「電泳」的方法根據長度區分增幅出的序列長度，將DNA染色視覺化。

電泳使用的機器，乍看之下像塑膠便當盒。那叫做電泳槽，裡面放入透明的緩衝液。在這裡要浸泡用洋菜精製而成的凝膠，凝膠形似蒟蒻。凝膠中，含有可以將PCR增幅出的DNA染色的染劑。

將DNA染色，是為了讓它在紫外線等特定光線下發光。電泳槽旁，有外觀和大小類似雙門冰箱的箱子，就是照射紫外線的機器。如果想知道DNA在電泳槽內的動態，就要取出凝膠，放入冰箱狀的機器，打開門上的小窗，便可窺看內部狀況。可以確認注入凝膠的DNA在發光。貌似冰箱的機器，如有必要也可拍照。

把凝膠裝入電泳槽後，開始通電。過了一會取出凝膠，照射紫外線，就會有發亮的橫線浮現。若是基因型「Dd」，橫線會出現兩條。這表示沒缺失的序列（Dd的D）和有缺失的序列（Dd的d）這兩者它都有。若是基因型「DD」，浮現的橫線只會有一條，這表示它只有「沒缺失」的序列。基因型「dd」也只會有一條橫線，但和「DD」浮現的位置不同，這表示它只有「有缺失」的序列。

橫線會隨著時間漸漸移動。DNA序列越長，移動的速度越慢。因此，經過一段時間後，再來比較發光的橫線位置，便可更明確地判斷這是「DD」還是「dd」。

當然，不只是基因D，基因A、B、C也是，如果沒確認到基因型變成「aa」、「bb」、「cc」，就無法確定那是四基因突變株。

所以，根據想研究的基因要使用不同的引子。對於「真葉較晚冒出來，且葉片基部泛紅」的植株，本村根據外表判斷它是基因型「aacc」的雙重同型。其中尤其是那株波霸特別可疑，她推測應是四基因突變株。於是，她決定選出包括波霸在內的三十六株，分別從每一株取下葉子做PCR。

如此一來，比方說光是波霸這一株，就要做出「基因A用的引子與酵素混合液」，以及同樣的「基因B用的」、「基因C用的」、「基因D用的」共四種溶液，滴入葉子的原液做PCR後，再做電泳。三十六株都要這樣做，總共得製作一百四十四組「原液及引子及酵素」溶液的實驗。

若是以前的本村，早就翻白眼，快暈倒了，但是從弄錯基因這個困境絕地大復活後，現在的本村已脫胎換骨。就像與百人逐一過招對決的勇猛空手道高手一樣鬥志十足。帶著「儘管放馬過來吧！」的氣勢，雙眼炯炯有神地挑選候選株，取葉子，煮葉子，將過濾後的原液依序收進冷凍櫃。

為了避免弄錯葉子，本村比以前更謹慎，留心將小型微量離心管一一貼上標籤。雖說「無法預測結果的實驗才有趣」，但這次如果再出錯，還不如把自己塞進實驗用的冷凍櫃，以零下二十度低溫凍成冰塊算了。

她說起自己的覺悟，沒想到卻被岩間潑冷水。

「省省吧，雖然妳的身材嬌小，但是塞進冷凍櫃也會整個塞滿。我還想用冷凍櫃保存我的實驗材料呢。」

「到時候請把結凍的我取出，摔在地上砸個粉碎。」

「我才不要！粉碎的肉塊解凍之後多噁心，那要怎麼收拾。」

「請加藤學弟打掃乾淨。」

「我也不要！」加藤也慘叫：「幹嘛非要講那麼恐怖的話題！」

岩間與加藤並排站在實驗桌前，正拿研棒埋頭努力搗爛阿拉伯芥葉片。他們是在幫本村做實驗。將引子與酵素混合，把溶液滴入葉子原液的作業，如果失誤，會直接影響到實驗的正確性，因此他們打算要做ＰＣＲ時再交由本村親手進行。在那之前較單純的作業階段，岩間和加藤有空時就幫著分擔。川井去婆羅洲之前似乎交代過兩人「本村的實驗就交給你們了」。

「簡直像戰國武將出征前那句『嫡子就交給你們了』的遺言。」

這是岩間的感想。

至於本村，因為聽過了松田與奧野那段往事，對「遺言」這種玩笑實在笑不出來，但她很感激川井的貼心，也很感激他們果真按照川井的吩咐來幫忙。她決定不跟大家客氣。

如果能證明真的出現四基因突變株，就得繁殖那一株，進行接下來的實驗。看看基因A、B、C、D分別帶給葉子調控機制什麼樣的具體影響，以及，含有本來打算研究的AHHO在內的四基因突變株勢必也得培育。

為此，首先得從含有AHO的四基因突變株收種子。播種後繁殖四基因突變株，再讓它們授粉或用於實驗。

可是現在雖然在培育候選株，是否真有四基因突變株出現，候選者之中哪一個是四基因突變株，這些都還是未知數。為了保險起見，她決定先保存好預定做PCR的三十六株突變株的種子。

最早播種的阿拉伯芥已順利成長，目前正開始結種。起初發現的那株波霸，也順利長出種子。雖然沒有大到衝破生長箱，卻也長出不少大葉子，非常有活力。

本村從波霸一號和「真葉較晚冒出來，且葉片基部泛紅」的植株收種子。從這些植株也已取下葉子，將原液放入實驗用冷凍櫃。

請保佑這裡面有四基因突變株。她一邊這麼祈禱，一邊把收到的種子放入微量離心管，再三確認後才貼上標籤。阿拉伯芥一個果莢約有三十粒種子。就算收了大量種子也用不完，本村卻忍不住眼花撩亂，覺得每個果莢看起來都鼓鼓的挺好的，結果一株就收了幾百顆種子。由此也可看出她多麼的期待。

放在川井的生長箱那裡的阿拉伯芥也順利茁壯。其中，發現了波霸二號。「真葉較晚冒出來，且葉片基部泛紅」的植株大致如她設想的比例出現。她從這些有力的四基因突變候選植株割下葉子，製作原液。

播種約十天後才能取葉子。不過，要把植株培育到有種子可收，需要兩個月。目前自己的生長箱裡養了四百八十株，已到可以從候選株收種子的階段。川井的那個生長箱裡養了兩百四十株，預計要等川井從婆羅洲回來時才能收。

準備好的一千兩百粒種子中，還沒播種的有四百八十粒。本村的生長箱中的已經完成第一波的收種子，因此有了空位。必須再播下剩下的四百八十株種子，繼續觀察栽培。不管怎麼想恐怕都得五月才有種子可收吧。

今後還很漫長。本村在栽培室捲起開襟衫的袖子，著手最後一批播種。用濕牙籤沾種子，逐一放在並排的岩棉上。

栽培室的門被輕輕敲響。本村一邊回應「請進」，視線仍不肯離開岩棉。畢竟，阿拉伯芥的種子渺小如沙礫。如果視線不小心移開，就會搞不清楚播到了哪塊岩棉上。

不料，門遲遲沒開。若是經常出入栽培室的研究生，應該不會敲門，早就直接推門進來了。是自己聽錯了嗎？本村停下播種的手，把牙籤像墓碑一樣插到岩棉上標示「播到這裡」。

「請進！」

她比之前喊得更大聲，門總算開了，藤丸探頭進來。

「抱歉打擾妳工作。」藤丸帶著顧忌說：「我送午餐來，正要回去，但岩間小姐叫我來通知妳一聲。他們已經開始吃了。」

差點忘了。今天是跟圓服亭叫外賣的日子。本村看手錶，這才發現已是午休時間。

「謝謝，我馬上去。」

把一個托盤的岩棉都種完再去吧，這樣比較不會亂掉。本村抓著插上去的牙籤，以機器般的精確度又開始往岩棉上播種。

「妳又在播種啊？」

藤丸的語氣半帶佩服半驚愕。一走進栽培室，他就湊近看本村的手。也許是怕呼氣會吹走種子，似乎連呼吸都暫時中止。

「才播到全部的一半而已。」

「哇噻！」

藤丸展現了閉氣還能驚訝的靈活特技。

「呃，你正常呼吸沒關係。」本村一邊用牙籤工作一邊建議。「對了，我還有事拜託藤丸先生。」

「什麼事，妳說。」

「我們夏天有校際研討會，我是承辦員之一。」

「所謂的研討會——」

藤丸疑惑地用手在空中劃出弧形。本村斜眼瞄了藤丸的動作，不禁納悶「那是什麼形狀」。

「就是那種會喚醒參加者受催眠的潛力，順便賣什麼開運壺之類的活動嗎？」

本村這才猜到，藤丸似乎是在空中描繪一個壺。

舉辦研討會時，視規模大小，會有學者和研究生從全國各地，有時甚至是從世界各地趕來，因此必須找好可容納多人的大型會場，以及飯店等住宿安排。這種時候，被誤會成那種可疑的心靈成長協會或宗教團體的活動，研究者們已習以為常。所以本村只是冷靜地一口否認。

「不是。是各自發表研究，向與會者說明的活動。類似我們松田研究室每周也會開一次的例行討論會。」

「噢，就是上次我被地瓜老師一腳踹開的時候——」藤丸點點頭：「當時你們正在講英語。」

「是的。那種討論會的規模擴大後就是校際研討會。目前已成為暑假例行活動，會有一些大學和研究所的學者及研究生聚集發表報告。今年決定在我們T大理學院B棟舉辦。」

「在B棟的哪裡辦？研究室和栽培室應該擠不下那麼多人吧？」

藤丸面露詫異。

「對。所以，我們打算使用四樓的講堂。」

「噢？還有講堂啊？」

對了，還沒去過四樓呢。藤丸如此喃喃自語。

「研討會要舉行兩天，這兩天中午的便當，還有第二天傍晚在B棟舉辦的慶功宴，能不能委託你們店裡準備？」

「謝謝你們的捧場，但這不是我一個人能決定的。」藤丸露出高興又為難的神情。「可以等我和老闆商量後再回覆妳嗎？」

「那當然。」

本村告訴他七月下旬的舉辦日期與餐飲預算，以及目前預計約有五十人參加。藤丸在口中喃喃覆誦，把必要事項記在腦中。

「這兩天從上午到傍晚都排滿了議程，出席者會輪流上台報告，而且午餐休息時間不可能太久，所以出去吃，時間會很趕。」

「那麼，最好是那種可以迅速解決，又好吃得滿足心靈，以及熱量適宜的便當比較好吧？」

嘴上說還要和圓服亭老闆商量，但藤丸似乎早已開始摩拳擦掌，打算大顯身手。「整天鑽研學問，肯定會很餓。不過，我從來沒有鑽研學問到很餓的地步，所以這只是我的推測啦。」

「的確會餓，超餓。」本村深有所感說：「兩天的研究會結束時，報告者和聽報告的人都餓得站不穩了。只有吃飯是唯一的期待，所以我很希望能向圓服亭訂餐。」

「我知道了。」藤丸自豪地點頭。「既然是這樣，那我會好好跟老闆說，一定讓老闆點頭。總之妳快去吃午餐吧，否則蛋包飯要冷掉了。」

本村把播種完畢的托盤放進生長箱，和藤丸一起走出栽培室。

「等我和老闆談妥了，就打電話跟妳說。」

藤丸說著，興奮走下B棟的樓梯。如果訂得到美味便當，身為校際研討會的承辦員的本村無異於相當盡責。以圓服亭的菜色，參加者肯定會很滿意。

拜託你一定要讓老闆答應。本村對著藤丸的背影送去沉默的鼓勵後，回到還有蛋包飯等著的松田研究室。

櫻花的花瓣飛舞。

平時莊嚴氣派的T大理學院B棟建築，到了四月好像也生氣蓬勃起來。大概是因為T大研究所今年有新的研究生加入，各研究室每晚都在舉辦小小的迎新派對。

未能擄獲新生的松田研究室，繼續一如既往的日常。若說有什麼小變化，那就是松田偶爾會穿著其他顏色的襯衫了。他似乎想改善自己讓人感覺陰鬱的氣質，但就算有顏色也是上次那件夏威夷花襯衫，看起來還是不像善良老百姓。結果，並未有什麼好轉。

研究室當然也有喜事：川井從婆羅洲平安歸來。一直不放心的松田，唯有在川井回來那天，渾身散發的陰氣才變得比較開朗。雖然還是照樣白襯衫搭配黑長褲。

研究室的老大哥川井回來，對本村等人當然也是開心的喜事。他們就像繞著花朵飛舞的蜜蜂，圍著川井要他講婆羅洲見聞。川井給他們看了許多在叢林拍攝的稀有植物的照片。日本見不到的巨樹。同時有各種迷你得可以放在掌上的腐生植物。蒼鬱的森林中，洋溢各式各樣的生命。

「當地帶路的青年很厲害。」川井說：「他叫做喬納桑。」

「天地一沙鷗的那個[8]？」加藤問。

「不，『桑』是敬稱。喬納桑不用地圖也沒有指南針，照樣可以帶著我們在叢林行走自如。他也很了解植物，還告訴我們哪些菇類能吃。他說有種與美口菌同類的菇，在幼菌的階段可以生吃。」

「你吃了嗎？」

8《天地一沙鷗》（*Jonathan Livingston Seagull*）：美國作家李察・巴哈創作的寓言小說。主角是一隻名叫喬納桑的海鷗。

岩間似乎很驚訝。即便是了解菇類的人，也很難分辨可食菇與毒菇。有些菇的毒性極強，在叢林中如果吃到，八成無藥可救。

川井坦然點頭，說「因為他叫我吃吃看。」

「吃起來的味道和口感就像卡門貝爾乳酪外面那層皮。」

喬納桑並未在大學有系統地學過植物學，但他從小就生活在叢林，很熟悉環境，所以對於和生活有關的植物，知識和觀察力都不是普通厲害。

「看到我們觀察或採集的樣子，直覺敏銳的他，立刻猜到我們想調查什麼植物。他會指著某種腐生植物說『這形狀應該挺少見的吧』，我一看果然像是新物種。」

「啊！」

本村等人很驚訝。腐生植物除了開花期平時並不起眼，所以往往會被忽略。因此，它在植物的世界裡的確談不上一切都已調查清楚，但也不至於隨手一指就是新物種。

「我深深感嘆，這世上的確有天賦異稟的人。那株腐生植物我取得許可後，帶了標本回來。今後還要詳細調查，不過如果真是新物種，我會問問喬納桑想取什麼名字。」

為昆蟲及植物的新物種命名時，命名權歸於證明那是新物種並提出報告的人。在昆蟲界，新物種往往冠上命名者的姓名，但在植物界不然。只有新物種的發現者與命名者不同時，才會用發現者的名字給新物種命名。本村看過，專攻植物的研究生與專攻昆蟲的研究生，偶爾會用「那是因為我們比較低調！」「哪裡低調？」這樣互相揶揄，但那其實純粹只是習慣的不同。

這次的發現者和命名者不同，因此喬納桑發現的腐生植物，或許會用喬納桑的名字冠名，從此被寫在地球生物的歷史中。

像藤丸先生那樣的人，原來世界各地都有啊，本村想。這些人雖非以專家的身分長年鑽研，卻對植物和植物學深感興趣，抱著好奇心接觸植物。正因為植物與昆蟲近在身邊，愛它們的人也很多。這些愛好者透過每日觀察，有時也會有意想不到的發現。

研究，不只是為研究者存在。它會將最新知識淺顯易懂地傳達給愛植物的人，回歸本然。研究者與愛好者互相攜手，吸引更多愛植物的人，傳達維護植物多樣性有多麼重要。那也是研究者的重要責任。

如果是喬納桑的推薦，藤丸先生肯定也會開心地吃下菇類吧，本村想。而且大概還會開發出新食譜。

心胸開闊的人透過植物逐一浮現。婆羅洲雖然與日本相隔遙遠，但他們分別用自己的方法與植物親近，愛著植物。不，就算在植物稀少的嚴苛環境，人也會在水邊綠地休憩，或是珍惜著短暫春天一齊冒芽的綠意。

本村忍不住想像，這些人心中發出的微光，串連整個地球，甚至覆蓋地球。

川井從婆羅洲經許可帶回的東西之中，除了腐生植物的標本，還有一株獨葉苣苔。這是B大的布朗先生培育的獨葉苣苔。如果有泥土就無法通過機場檢疫，因此基部被切到必要的最小限度，葉子也切除了破損前端，還好總算健康抵達。

現在，由「綠手指」加藤養在溫室。加藤看出本村很擔心得來不易的獨葉苣苔萬一枯死了怎麼辦，自告奮勇說：「我可以負責照顧，直到它在盆中扎根。」

一株只有一片葉子的獨葉苣苔，比本村的臉還大。如果確認阿拉伯芥的四基因突變株順利出現，本村期待有朝一日也能研究獨葉苣苔的基因。哪個基因的變化會讓葉子大小失去控制？藉由阿拉伯芥和獨葉苣苔的比較或許會更清楚。

本村在加藤的協助下，也開始栽種哈瓦那辣椒。這個倒是和研究無關，純粹是個人興趣。把栽培箱搬進溫室，播下松田給的種子。順利的話，夏天就可以收成辣椒。

就這樣，松田研究室還是老面孔，卻平穩地迎來新的學年。

本村等人也混進B棟各研究室舉辦的迎新會，和新生拉近關係。隔壁的諸岡研究室，有三個碩一新生。「果然和阿拉伯芥不同，因為薯類可以吃啊。」松田說著似乎很羨慕。諸岡研究室的迎新會，喝的是地瓜燒酒，大家吃著諸岡親手做的地瓜乾，猜薯類的品種，是道地的薯類大餐。沒有敏銳舌頭的本村，加上喝醉了，一題都沒有答對。

看了川井從婆羅洲拍回來的薯類照片，諸岡心情極佳。之前本村轉述了諸岡的委託後，川井為婆羅洲市場賣的各種薯類，以及去叢林途中經過的村落薯田拍了很多照片。諸岡看著電腦螢幕上逐一顯示的照片，不知是太高興還是地瓜燒酒的關係，臉頰都紅了。

推開熱鬧的研究室窗戶，春天的晚風吹來。即便在黑暗中，櫻花默默飄零。這才想到，關於櫻花，好像從來不會用「花朵枯萎」這種說法，本村想。還堅挺地飽含水分就四散飄零的花瓣，宛如無數流螢在黑暗中劃出軌跡。

一連串迎新活動告一段落，本村終於開始做PCR和電泳。挑好三十六株候選者，每一株的葉子原液也製作完成。

本村慎重選定做PCR時需要的引子。如果用錯引子，DNA不該增幅的地方卻拚命增幅的話，那就悲劇了。

自從弄錯基因的打擊後，本村就對自己的專注力十分懷疑，養成了動輒一再確認的毛病。把阿拉伯芥的種子裝進微量離心管保存時，也是一再確認後才貼上標籤。光靠標籤本身的黏著力還不夠，還貼上透明膠帶補強。那些種子就像是不敵本村視線的壓力才「投降」發芽，與生俱來的強悍可以說越發經過磨練。

本村在研究室瞪著電腦螢幕努力選擇引子之際，一旁的松田被地上堆積如山的資料狠狠絆倒，導致文件夾和學術期刊通通崩塌。

「老師！請你好好整理一下。」岩間指責松田：「紙類都已經從屏風那頭侵犯到我們這邊了。」

松田雖然老實道歉，卻一副心不在焉，隨便將資料堆回去。邊角沒有對齊，因此就像搖搖欲墜的疊疊樂。肯定又是滿腦子想著新研究。

本村和岩間聯手幫忙堆好資料，突然想通萬事不一定都要埋頭苦幹。像松田老師雖然是個只要有水桶就鬧淹水，只要有資料就堆積成山的生活廢柴，但他的實驗總是正確，研究充滿了創意與亮點。

已經十二萬分確認了，本村這麼告訴自己，這才用力按下訂購引子的按鍵。今後實驗將進入最後階段，想到即將揭曉授粉的阿拉伯芥是否變成四基因突變株，就忍不住渾身顫抖。

翌日，引子立刻送達研究室。本村先用引子混合葉子原液製作出溶液。

將葉子原液做PCR分析，是為了增幅阿拉伯芥的DNA，但她不可能無中生有。如果發生那種事，科學就得換上魔法學的招牌了。要讓DNA增幅，當然需要有DNA做原料，那就是摻有葉子原液的溶液。

溶液裡包括了做為DNA材料的化合物及引子、酵素，還有幫助反應的緩衝液。利用可調式微量吸管將每種所需的份量滴入微量離心管混合。光是搖動無法充分混合，必須使用「試管震盪器」這個儀器。

震盪器是放在實驗桌角落的小機器。約莫電動削鉛筆機那麼大，塑膠台座的上方，連接著橡膠製如黑色螺旋槳的東西。但這個螺旋槳不會轉動。插入微量離心管後，只會劇烈震盪。藉由震盪混合均勻微量離心管內的液體。震盪器就只是為這目的而存在。

本村每次使用震盪器都不禁感嘆，發明這種小眾的實驗器材的人真有頭腦。偶爾她會把手指取代微量離心管插進去，感受震盪器的震動放鬆心情。只要按下去，就會規律震動。正因為單純明快，震盪器有種堅毅的氣質。

不過，震盪器震動劇烈，會導致部分溶液噴濺水滴，附著在微量離心管的內壁。這是用酵素和引子等昂貴物質混合成的溶液，連一滴也不想浪費。就算只是附著在內壁的水滴，最好也能全部落到微量離心管底部。

該說驚訝嗎？或者考慮到業者開發實驗儀器的熱情，該說是理所當然？竟然也有抖落水滴專用的儀器。那就是桌上小型離心機「小蛋蛋」。

這種機器的形狀像液體電蚊香。加藤每次都說「很像《星際大戰》的機器人 R2-D2」。打開巨蛋屋頂造型的蓋子後，是有許多孔洞的台座。把微量離心管插入那些孔洞，蓋上蓋子按下開關，台座就嗡嗡嗡地高速旋轉，把內壁附著的水滴震落。

實驗器材真的很小眾。望著不停旋轉的離心機，本村想。不過，的確也很方便。當初本村還曾誤解，以為研究生們是因為喜愛離心機，才取了「小蛋蛋[9]」這種外號。直到某次仔細一看，機身分明寫著「CHIBITAN」，才知道原來那是商品名。本村覺得這個名稱很可愛，從此越發喜愛這機器。

木村藉由試管震盪器和離心機，順利製成溶液。用微量吸管分裝到十二連的 PCR 離心管中。想檢測的基因是 A、B、C、D 這四者，因此引子要分開使用。當然，溶液也做

9 小蛋蛋：日文「chibi」為「小不點」之意，多用於取外號上，因此本村有此誤解。

了四種，為了避免搞混，每個PCR離心管都要事先貼上標籤。

接著，把分裝到PCR離心管的溶液，與葉子原液混合。本村取出保存在冷凍櫃裝有葉子原液的小型微量離心管。液體不多，因此即便冷凍也能立刻溶解。不過，微量離心管內壁還殘留極少數水滴，因此要出動離心機。

利用可調式微量吸管，把小型微量離心管底部集結的葉子原液放入PCR離心管的溶液中。這下子PCR已準備妥當。三十六株每株各有四種，總計一百四十四支葉子原液溶液已齊全。不過，B棟的PCR儀只有九十六個孔可以插入試管。因此要分成兩次進行PCR分析。

先把第一批的十二連試管共八組放入宛如舊式桌上型印表機的機器，PCR儀發出「噗喔喔喔喔」的巨響開始啟動。忍不住讓人想喊「加油」的噪音，令本村每次使用PCR儀總是提心吊膽，深怕「會不會噗咻一聲就此故障報廢」。

DNA的增幅需要兩三個小時才能完成。期間會一直發出這種噪音，但並非呆坐著等它完成就好。

下一階段是電泳。還得先做出需要用到的凝膠。本村把做凝膠用的「洋菜糖」和緩衝液放入三角燒瓶，用微波爐加熱。洋菜糖簡而言之就是寒天粉，但經過高度精製。因此，甚至有人說「若就同等重量考量，價格比鑽石還貴」。本村每次處理洋菜糖，都會不安地擔心「萬一忽然打噴嚏，把粉吹散了怎麼辦」。

幸好她沒打噴嚏，微波爐加熱過的洋菜糖變成黏稠液體。實驗室有冷凍櫃、冰箱和微波爐，但烹煮食物固然不可能，基本上就連帶外食進入都被嚴格禁止。萬一異物污染搞砸實驗就糟了，更重要的是，如果不慎誤食實驗室內對人體有害的物質，後果會很嚴重。

若是藤丸先生，大概會用實驗室的設備做出好吃的果凍吧。我不太會做菜，或許就是因為成天只是切阿拉伯芥搗爛葉子，處理食材的經驗不足所致。

她一邊這麼想，一邊從微波爐取出三角燒瓶。本村不是怕燙的「貓舌」而是「貓手」，因此隔著布抓住燒瓶頸部。

趁熱將洋菜糖倒入專用容器，滴入少許DNA染色液，用微量吸管的前端迅速混合。等它冷卻凝固，就完成了凝膠，但在那之前還有事要做。

容器要嵌入梳子般的柵欄。梳齒會在凝膠邊緣刺出許多小洞，要把做PCR的葉子原液注入那些小洞中。

等凝膠凝固後就拔去柵欄。重點是在拔柵欄前必須先注入緩衝液。這樣子就可以避免緩衝液造成干擾，「凝膠嚇得縮起來，堵住特地鑽出來的洞」這種事態。

到了下午，PCR儀「噗喔喔……喔……」停止運轉，將PCR離心管取出。外觀沒有明顯變化，但裡面的阿拉伯芥DNA應該已經增幅。

把事先做好的凝膠連同容器，放入注滿緩衝液的電泳槽。接著，必須在液體沉浸的凝膠孔洞中，注入DNA已增幅的溶液。不過，那就好比要在游泳池畔把高湯倒進成排的小洞，並不容易。

這時的解決之道，就是加重高湯——不，是溶液的比重，會比較容易注入充滿緩衝液的凝膠孔。

本村從ＰＣＲ離心管用微量吸管吸取溶液，在石蠟膜上並排滴下直徑兩公釐的小水滴。石蠟膜以石蠟製成，像是半透明單薄繃帶，可以像麻糬一樣延展。因此可纏繞在容器蓋子周圍加強密閉性，或是給樹木接枝時纏在枝幹上固定，用途很多。它防水，所以本村做實驗時會拿來取代用過即丟的鋪墊紙。

用微量吸管在石蠟膜上並排著的小水滴上，滴下藍色色素以及加重比重用的上樣緩衝液。那是還不到小指頭指尖大的小水滴，這是一項精細作業。從微量吸管慢慢滴出及滴入水滴，讓增幅ＤＮＡ溶液和上樣緩衝液充分混合。混合之後，再用微量吸管注入電泳槽中的凝膠孔洞。雖說是極少量的水滴，如果注入時太心急，仍會從孔中溢出，因此需要專注力和不動如山的穩定度。

實驗無論在哪個階段都有點修行的味道。之前有一次，岩間在實驗室將凝膠注入溶液時，火災警報器忽然響了。正好在實驗桌切阿拉伯芥葉片的本村，被震天響的噪音嚇得衝去走廊看發生了什麼事，加藤與川井也紛紛嚷著「怎麼了怎麼了」跑出研究室。

結果是警報器誤響，本村鬆一口氣回實驗室，發現岩間一臉嚴肅還在朝凝膠注入溶液。

「啊？警報器響了嗎？」岩間說。

真是可怕的專注力。本村當時很擔心，萬一真的失火了，她該不會連同凝膠一起葬身火海吧。

B棟似乎有很多研究生和岩間一樣，即便警報大作也文風不動，繼續實驗或觀察。大概是校方憂心之下發布通知，後來，松田鄭重告誡研究室眾人：

「火災警報器如果響了，首先要查明起火源頭，通知消防隊。並且大聲向周遭求助，盡可能及早滅火。」

他又說：「如果火勢已大到無法撲滅，那也沒辦法。請立刻放棄搬運自己的盆栽，一邊通知大家避難一邊迅速撤離屋外。」

老師的說法聽起來教人懷疑，如果真到了緊要關頭，搞不好他還是把植物看得比人命更重。

「松田老師自己當時還不是一步也沒離開桌子，繼續嗯嗯有聲地寫論文。」

事後川井哭笑不得說。想必松田也完全沒注意到那麼刺耳的巨響。

話說回來，將凝膠放入電泳槽後，凝膠電泳的時間大約三、四十分鐘。凝膠的幅度有限，無法一口氣檢驗所有PCR離心管的內容。本村只好先選擇波霸一號的溶液，以及「真葉出現較遲，且葉片根部泛紅」株一號的溶液。基因A、B、C、D各用不同的引子，因此各準備四種，總計八種溶液。

這八種溶液加重比重後，用微量吸管慎重注入凝膠中。這樣可以真正辨別是否出現四基因突變株。等待電泳結束的這四十分鐘，感覺格外漫長。一想到終於可以知道真相，她忽然有點害怕，心跳不禁加快。

一邊繼續製作凝膠，一邊計算時間的本村，覺得時間差不多了，就湊過去看電泳槽。因為已將注入的溶液用藍色色素染色，移動到凝膠內的何處都看得很清楚。本村判斷「應該可以了」，套上薄手套。就是那種防止洗碗精刺激手的人在廚房清洗東西時使用的半透明拋棄式手套。碰觸凝膠時，本村都會戴上這種手套。

從電泳槽輕輕取出凝膠，拆開容器。蒟蒻的形狀和觸感。她有點開心，試著輕輕搖晃。

「今晚吃關東煮嗎？」

忽然有人出聲，本村差點失手把寶貝的凝膠摔到地上。她驚愕地回頭一看，藤丸站在實驗室門口。

「關於校際研討會的便當，我想好菜單了。我可以進來嗎？」

「可以，請進。」本村回答。老實說，現在不是討論便當菜色的時候，但也沒辦法。藤丸接到本村的委託，立刻取得圓服亭老闆同意，從此，他一直在費心思考便當和慶功宴的菜色。雖然距離研討會還有三個多月，藤丸卻非常熱心，不時表示「我們老闆說，如果有人過敏或宗教上的因素而有什麼東西不能吃，我們可以配合，請事先告訴我們。」或者「便當菜色我想第一天做日式的，第二天做西式的。」

這筆生意不僅費事，利潤想必不多，但藤丸和圓谷都爽快答應。想到他們的好意，本村實在開不了口拒絕藤丸。

走進實驗室的藤丸，站在本村身旁，興味盎然地湊近看凝膠。

「這可不是蒟蒻喔。」

本村是抱著開玩笑的心態說，藤丸卻認真點頭稱是。

「是啊，櫻花都已凋謝了，我也覺得現在吃關東煮不合季節。」

這不是氣候的問題，難道你沒想過，實驗室根本不可能做蒟蒻嗎！本村斜眼瞄藤丸。

藤丸頻頻歪頭不解。

「這是寒天對吧？為什麼要戴手套？」

本村思忖是否該告訴他這不是寒天是洋菜膠，最後還是作罷。她沒時間詳細解釋。因為她必須趕緊讓凝膠照射紫外線，確認DNA的移動距離。

「我已將染DNA色的色素，混在這種很像蒟蒻的東西中，那個對身體有害。」

正準備要伸手去戳凝膠的藤丸，聽了嚇得跳起來。像大型狗一樣經常傻呼呼的藤丸，此刻展現貓的敏捷。

「抱歉嚇到你了。」本村笑著說：「只要沒有直接碰觸就沒關係。」

藤丸慢慢挪回原來的位置，卻把雙手背在身後，以免一不小心碰到凝膠。果然像隻戒心很強的野貓。

雖然是有害性很高的物質，但實驗用的藥品，對本村而言稀鬆平常。當然，處理時會細心留意，廢棄時也會遵照規定嚴格執行，但是很少感到可怕。所以藤丸這種如臨大敵的反應，讓她感覺新鮮。就算經常使用，也不能掉以輕心。本村再次這麼告誡自己。

在藤丸的旁觀下，本村把凝膠放進貌似雙門冰箱的攝影機。長吐一口氣，朝著照射紫外線的開關伸出手指。不知DNA會移動多少距離。見證紫外線讓那移動軌跡浮現的時刻到了，本村發現自己緊張得指尖冰冷。

「我對做研究一竅不通。」

藤丸唐突開口，被打斷的本村未能按下開關。這可是緊要關頭！向來溫婉的本村難得焦躁起來，望向藤丸，打算叫他「有話待會再說可以嗎」。

頓時，本村心中的煩躁雲消霧散。因為藤丸依舊神情認真地望著凝膠的攝影機。藤丸先生不是要干擾實驗，是真的想知道才對我開口。本村察覺到這一點，決定先暫緩給凝膠照射紫外線，擺出專心傾聽的架式。她很羞愧自己因為實驗即將進入高潮，竟然一時急躁，不耐煩地想對藤丸擺臉色。

藤丸當然不知道本村這番內心變化。

「本村小姐的實驗，即將迎來重要一刻吧？」藤丸問。

「對。」

被藤丸說中，讓本村有點驚訝，但她覺得表露出來更失禮，因此努力不讓顏面肌肉抽動。「藤丸先生，你對實驗越來越了解了。」

「哪裡哪裡。」

藤丸在身後交握的雙手終於鬆開，伸到臉前面猛搖手。「我只是看妳把很像巨大甲蟲飼料的東西小心翼翼放進冰箱，所以才這麼猜測，何況那還有毒。」

對本村而言，電泳是很尋常的實驗法。畢竟，處理凝膠算是家常便飯了，也經常看到研究室其他人製作凝膠。

可是一個成年人在實驗室拿著不能吃的凝膠搖晃，在旁人看來或許非比尋常。

「這不是冰箱，」本村說：「這叫做凝膠攝影機，是用來給凝膠照射紫外線，或拍攝凝膠照片的儀器。」

藤丸的表情就像在臉上貼了一個大問號，似乎想說自己一頭霧水。但，雖不知凝膠攝影機的實態與功用，他仍理解這是很關鍵的一刻。

「抱歉打擾到妳。」他說著，開始朝門口後退。「我還是改天再來。關於便當菜色，我們下次再討論。」

「不，不要緊。」本村慌忙叫住他：「只要打開開關，立刻就能知道結果，所以待會就可以討論便當菜色。」

是的，這個過程漫長的實驗結果如何，終於要揭曉了。本村吐出一口氣，讓自己鎮定。無論成功或失敗，她絕對都無法獨自承受。此時此刻，在實驗室的藤丸，多少讓她比較安心。

打從實驗最初的階段，藤丸總是適逢其會。如今在結果出爐的時刻，藤丸再次不請自來，彷彿實驗的守護神。那就讓他留在旁邊吧，本村這麼想，就算失敗了，待會討論一下便當菜色，應該也能夠抒緩心情。

藤丸回到本村身旁，他看起來很高興，又有點顧忌。本村再次朝凝膠攝影機的開關伸出手指。

砰的一聲輕響，機器啟動了。過了一會，「那個——」藤丸說著，來回看凝膠攝影機和本村。大概是因為機器和本村都一動也不動。

「如果完成了，會『叮！』一聲或是有什麼信號嗎？」

「不會，這不是微波爐。」本村說：「裡面已經開始照射紫外線。」

藤丸再次露出一頭霧水的懵懂。

「那就看看吧。」

他說著，天真無邪地催促。

「也好。」

本村緊張得聲音分岔。她乾咳一聲，打開凝膠攝影機門上的小窗，和藤丸緊挨著湊近窺視內部。

紫外線照射的機器內部，充滿青紫色暗光。彷彿很深很深的海底。在那之中，朦朧浮現粉紅色線條。就像深海中閃耀的魚鱗。那是被凝膠中的染色液染色的ＤＮＡ放出的光芒。

「哇，好漂亮。」藤丸低呼。

本村凝神注視，讀取線條顯示的訊息。「真葉較晚冒出來，且葉片基部泛紅」植株一號的基因A與基因C，分別形成「aa」、「cc」的同型合子。

那麼，除草劑抗性更強的基因B又如何呢？她是從沒有被除草劑殺死的植株中選出候選者，因此應該混合了「Bb」植株和「bb」植株。這株屬於哪一種呢？本村更加仔細凝視DNA放出的微光，然後小聲驚呼：「是『bb』！」

藤丸東張西望說：「啊？哪裡有BB彈？」但本村當然完全沒注意藤丸的舉動。

四個基因之中，有三個變成小寫字母的同型合子！

啊，可是……只有基因D的線條顯示不同。其他的都是一條線呈梯狀，它卻是兩條線，是「Dd」，異型合子。「真葉較晚冒出來，且葉片基部泛紅」株一號雖然有三種基因突變的特徵，卻非四基因突變株。

本村的心思都放在「不是四基因突變株」這件事上，一瞬間幾乎失望。但她立刻念頭一轉：「不，不對。這毋寧是福音。」

事事都太過仔細，細心到膽小的地步，以至於被眼前過度左右，是本村的壞毛病。選錯基因D時，她也只顧著害怕「該怎麼辦」，一時之間不敢找人商量，也無法臨機應變，想出對策。

不行，不行。我太在意有無四基因突變株，差點迷失了實驗的根本。一定要冷靜下來好好思考。本村如此告訴自己。

「真葉較晚冒出來，且葉片基部泛紅」的植株，葉子大小和一般的阿拉伯芥沒什麼差別。反觀波霸，從子葉的階段葉片就特別大。

開始實驗時本村假設「這四種基因，如果變成都是小寫字母的同型合子，也就是四基因突變株，葉子的調控機制應會產生某種變化，葉子變得較大」。如果按照這個假設，和一般阿拉伯芥的葉子大小相同、「真葉較晚冒出來，且葉片基部泛紅」的植株只有三種基因的突變，毋寧是證明本村的推論正確的第一步。

想到這裡，本村就從之前「幾乎失望」的心情徹底復活，很真實地，開始滿懷期待心跳加快。

這個實驗，說不定是成功的。葉片較大的波霸，如果真的變成四基因突變株，那就可以確定是成功了。

波霸一號的DNA，究竟描繪出什麼樣的軌跡呢？本村把手汗往牛仔褲一抹，臉更加貼近凝膠攝影機的小窗。也許是被本村的氣勢震懾，藤丸退後一步，讓出小窗前的位子。

本村專注地解讀浮現在青紫色空間的線條。波霸一號的基因A，變成「aa」。具備除草劑抗性的基因B也——噢噢，是「bb」！

或許是太激動了，連眼球都跟著搖晃，視野有點模糊。本村一再深呼吸，努力鎖定焦點。她心想，這樣子好像那種「喘氣偷窺的變態」，但這時已顧不了那麼多。

基因C也是「cc」。很好，三基因突變株成立。本村用力吞口水。那麼，關鍵的基因D，簡稱AHO的表現如何呢……？

本村凝視黑暗中發亮的紅線。基因D的軌跡夠長，足以形成梯狀的線只有一條。換言之基因D也是「dd」。

本村忘我地操作攝影機附設的螢幕，調整焦距後按下快門。DNA放射的光軌，變成黑白照片從攝影機專用列印機緩緩出現。

拿起照片打量後，本村咬唇。埋頭努力收種子播種，每天一邊照顧阿拉伯芥一邊忍不住對它說話、選錯基因被推落絕望的深淵……實驗的種種回憶掠過腦海，心頭湧現五味雜陳的情緒，她不禁擔心，「我該不會要死了吧。這就是所謂的人生走馬燈嗎？」

藤丸偷瞄瞪著照片靜止不動如地藏石像的本村，不時從小窗口窺視機器內部。他等了一會，但本村始終沒有從地藏模式切換回來，他只好對她喊了一聲「請問——」

「結果到底是怎樣？這條紅線是什麼？」

本村想起藤丸的存在，從照片抬起頭。

「四種基因都是同型，出現四基因突變株。」本村按捺興奮向他解釋：「波霸就是四基因突變株沒有錯。而且，我之前選錯基因D，雖然因此形成了和最初預設不同的四基因突變株，但波霸的葉子的確比其他的阿拉伯芥更大。這表示，幾乎從未有人注目的AHO基因，可能對葉子調控機制造成某種影響，啊，竟然真有這種誤打誤撞的發現……！」

本村越講越激動，最後語氣幾乎是在吶喊，藤丸站在她面前第三次露出一頭霧水的表情。

「對我來說有點難懂……對不起。」藤丸說：「總之結論是？」

「結論是，我成功了。實驗成功了！」

藤丸彷彿被本村這句話鞭打般跳起來。

「啊，真的？」

「對！」本村語帶亢奮：「當然，為了防止湊巧矇到，還得把剩下的葉片原液全都拿去做PCR確認就是了。」

但藤丸根本沒聽懂。他心裡只有「成功」這個詞，立刻舉起雙手高呼萬歲，甚至一把抱住本村。「太好了太好了，真是太好了！」

本村很驚訝，但是彷彿被藤丸流露的真誠帶動，在自己心中盤旋的那團渾沌，似乎也逐漸凝聚成「喜悅」。

「對，太好了！」

本村回答，悄悄拽住藤丸上衣的側腰，兩人就這麼抱成一團，當場又蹦又跳。

果然如藤丸先生和松田老師所言，本村想。就算過程中出現失誤或預想不到的意外，也沒關係，世事本就不可能「一切如預期」，況且那樣也很無趣。即使那條路和預期不同、並不好走，還是得堅信自己的想法與心情繼續前進，所以才有現在發現的成果，才有這樣的喜悅與開心。

實驗和植物是多麼有趣啊，教人欲罷不能，不願放棄。就像我們無法放棄生命。大學時代「想知道」、「為什麼」的心願並非徒勞亦非錯誤。我想了解，了解與我同樣生活在地球上的有魅力的奇妙植物。為了今後能繼續了解，我願終身做個研究者。

就算實驗有時失敗，有時並不順利，但至少一定不會後悔。因為，只要鍥而不捨接觸植物，繼續實驗與研究，就能再次嘗到這種喜悅。因為我好喜歡好喜歡……因為我愛上了植物。

本村臉泛紅潮，離開藤丸的懷抱。實驗成功，激動之下一時亂了方寸。好了，快鎮定下來，還得和藤丸先生討論便當呢。

為了取出凝膠，必須關掉攝影機打開門。這才想到，剛才戴著碰過凝膠的手套就去拽藤丸先生的衣服。不過只是輕拽一角，洗一洗應該就沒事。

本村拿著凝膠扭頭面對藤丸，想提醒他這件事。卻發現藤丸像在生氣似的，眼神嚴肅地看著她。

「我還是喜歡本村小姐。」藤丸平靜地告白：「雖然我本來並不打算說兩次……」

「對不起。」本村也同樣平靜地回答：「這一刻，我更確定了。我無法回應藤丸先生的感情。」

本村手中的凝膠倏然一抖。

第五章

植物行光合作用生存，
動物靠著吃植物生存，也有動物靠著吃那些動物生存。
到頭來，
地球上的生物全都是靠吃「光源」生存。

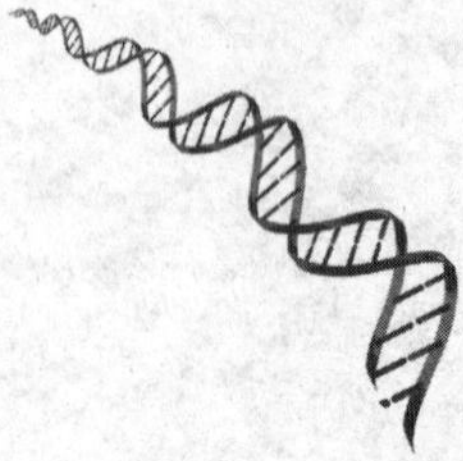

藤丸陽太在圓服亭的綽號，從「玩完」升級為「再玩完」因為他向同一個人告白兩次，都慘遭拒絕。

當然藤丸在圓服亭老闆圓谷正一和熟客面前，隻字未提這種私事。但對手也不是省油的燈，敏感地察覺到藤丸在店內招呼客人及做菜時細微的異樣。

某晚，洗衣店大嬸一聲令下，圓服亭召開了緊急會議。五月的黃金周連假已過，這天客人比較少，店裡差不多也該打烊了。還留在店內的，除了大嬸就只有常來光顧的竹筴魚大叔，在洗衣店大嬸的號令下立刻移至大嬸那一桌。圓谷也從廚房出來，三人開始淺酌白葡萄酒。

藤丸熄掉門口的電燈，給店門掛上「準備中」的牌子後，在遠離圓谷三人那桌的地方拖地板。但他總覺得背後有人注視，受不了壓力轉頭一看，大嬸正一邊淺啜葡萄酒，一邊對他招手。

「什麼事？」

「過來一起喝酒。」

「我還要收拾善後。」

「你過來就對了，你不來沒法子開會。」

為什麼啊，到底要開什麼會？藤丸以眼神向圓谷求助，圓谷佯裝不知，逕自替大家倒酒。不知為何連第四個酒杯都準備好了。

藤丸知道逃不了，只好放下拖把坐下。

「來來來，乾杯！」

竹筴魚大叔把酒杯湊過來碰杯，藤丸也配合著喝了白葡萄酒。

眾人為了拿捏時機，沉默了幾秒——

「對了藤丸，你是不是出了什麼事？」洗衣店大嬸先開口了：「你再隱瞞，大嬸也看得出來，你最近整個人都不對勁。是吧？」

「是啊。」竹筴魚大叔贊同：「乍看好像和平時工作沒兩樣，但你偶爾會發呆看著遠方。」

「這小子隨時隨地都在發呆。」圓谷奚落他：「八成又失戀了吧。」

藤丸狠狠嗆到了。他還沒機會插嘴，話題迅速直搗核心，真是可怕的會議。

「請問——」藤丸說：「今天要討論什麼？」

「當然是討論『藤丸小弟的煩惱該如何解決』。」大嬸挺起胸膛。「來吧，告訴我們。你在煩惱什麼？」

「我並沒有煩惱……」

這是真心話。然而，以洗衣店大嬸為首的中老年三人組眼含期待、炯炯有神地注視藤丸。藤丸只好把自己向本村告白再次遭拒的事說出。

「啊——」

三人驚叫，隨即爆笑。藤丸臭著臉抱怨大家很過分，仰頭灌酒。

「失戀對象和上次是同一個人？」

「藤丸小弟真是百折不撓，沒想到執念這麼深。」

「再次被甩，再次玩完，二戰二敗。我看你不是玩完，是再玩完了。」

於是，藤丸被升級為再玩完。從此洗衣店大嬸和竹筴魚大叔都喊他「再玩完小弟」。

藤丸當然很不滿。作夢都沒想到會被人說執念太深，他只是對本村一往情深連敗兩次，並不希望人家喊他「再玩完」這種聽起來好像情場經驗豐富的花心鬼。

緊急會議到頭來並未提出解決藤丸煩惱的好辦法。

「被甩這種事可無能為力。」

「我知道藤丸小弟是好人，但好人有時候不見得會受女性青睞。」

「換個對象吧。如果糾纏不放造成人家困擾，小心我把你趕出店喔！」

這些建言句句都像在他的傷口上撒鹽。藤丸說「這我當然知道」，臉更臭了，之後全體鯨吞牛飲，就此散會。

藤丸真的明白，也清楚現實。他知道本村小姐熱中植物。早在二度告白前，他就知道會有這種結果。

所以他對失戀一事並不煩惱，況且被本村拒絕已是第二次，打擊比較輕。只不過，「第一次還花了三天才答覆，這次居然當下就說『對不起』，拒絕得超快。」他有點哭笑不得，只覺得丟臉。

第一次告白時，和本村認識還沒多久，多少有一時衝動就告白的成分。但是，之後隨著時間累積，更了解本村後，藤丸的愛意不僅沒有枯竭，反而越發堅定。

每次與本村見面，都讓他明白本村的心裡永遠只想著植物。無論他送上地瓜燒或是起司蛋糕，本村的心永遠在遙遠的彼方，不肯映現藤丸的身影。但藤丸認為本村小姐和行光合作用的植物不同，還是勤快地送午餐來。想到自己親手做的餐點和甜點，化為本村的血肉，幫助她維持身體運作，他就會竊喜。

他想起本村在顯微鏡室讓他看到的植物細胞織成的銀河。此刻，如果用顯微鏡看本村的細胞，八成和當時的植物一樣，處處發出微光吧。那光芒的幾分之一，想必是以我做的菜做為發光的能量來源。本村內心的那片遼闊銀河，比任何星空都絢爛瑰麗。藤丸如此想像著，不禁陶醉。連自己都覺得有點變態。

本村不知藤丸這種遐思，正專心投入實驗。偶爾她會說明實驗內容，但對藤丸而言艱深如火星話，實在無法理解。不過，講火星話的本村很可愛，而且至少讓他充分得不能再充分地理解，本村有多麼重視植物與研究。

他本來沒打算二度告白。因為他已經比之前更認識本村了，但終究沒忍住。理由一樣：因為他比以前更認識本村了。看到實驗成功，本村開心興奮得漲紅了臉，那股愛意就化為言語自動溢出。

理解與愛情並不成正比。有時越了解對方，反而會讓愛意冷卻。藤丸對本村的愛意正好相反。隨著理解漸深，越覺得她可愛。

不過，本村小姐對植物的理解與愛意日益加深，速度比我更快。藤丸嘆氣，正因如此，才會有這次的超高速拒絕，藤丸完全不是對手。

當然，告白遭拒很難過，因為愛意比上次更強烈，自然痛苦加倍。不過藤丸心服口服，情敵不見得都是人類。

本村的芳心，屬於植物。

雖然不甘心，但他不可能放把火把地球上的植物都燒光。而且傷腦筋的是，藤丸受到本村的影響，比以前更喜歡植物。那是和人類一樣充滿謎團的生物。雖然不會說話，但即便在路旁或柏油路面的縫隙，都能強悍地分裂細胞，是不可思議的生物。

遇見本村後，藤丸眼中的世界已和過去不同。做菜用到的蔬菜變得更美好更閃亮，平凡無奇的都市風景處處皆有綠意映入眼簾。地球上怎會有這麼多植物生存，甚至足以令人驀然忘記自己的孤獨。

藤丸並不後悔。不後悔愛上讓他看見新世界的人，那個愛著植物的女孩。

就算變成再玩丸，藤丸還是淡定過日子，和本村也一如既往地相處。本村的態度也和平時沒兩樣。

剛進入梅雨季，藤丸就去T大理學院B棟送午餐，走到玄關大廳時發現本村的背影。

本村正兩步併做一步，輕盈地走上大廳樓梯。

「本村小姐。」

本村聽到呼喚回過頭，發現是藤丸，便露出笑容。

「謝謝你冒雨來送餐點。」

本村向他點頭致謝。藤丸追上本村，和她一起上樓去研究室。兩人肩並肩，慢慢走。本村告訴他，剛才在地下室的顯微鏡室觀察波霸的葉片細胞。透過實驗已確定波霸是四基因突變株，所以現在正播種波霸的種子繁殖。

藤丸還是對艱深的研究內容一頭霧水。不過，他知道本村為何會特地告訴他研究進度。守禮認真的本村，大概是覺得對於藤丸的告白，以及拒絕告白的這件事，都不能敷衍帶過。她似乎認為自己「有義務向藤丸先生報告」，自己不惜拒絕藤丸的告白也要全心投入的事情究竟是什麼。

在藤丸看來，這就像是「拒絕自己的女孩，逐一報告她幸福的婚姻生活」，但本村的「婚姻生活」對象不是人類，是阿拉伯芥，所以藤丸想吃醋或生氣都氣不起來，只能瞇起眼旁觀「本村小姐渾身活力呢」。情場敗將很痛苦，而且是敗給植物的男人。

藤丸猜想，研究者的戀人或家人，或許多多少少都覺得「敗給了研究對象」。雖然無望成為本村的戀人或家人的他，沒資格做這種推測，但藤丸將近一年來，經常出入松田研究室。這讓他明白，「這些人太喜歡植物和植物研究」。想必研究者的戀人或家人，有時也會很傻眼地暗想：「這傢伙又開始熱中莫名其妙的研究了。」

無法成為本村最親近之人的藤丸，也忍不住興起「真的假的？我在本村小姐心中的地位居然比植物還低？」這樣的念頭。不過仔細想想，本就無法評斷植物與人類孰高孰低。此外，對植物研究者而言，若拿附近餐廳來送午餐的店員和植物比較，對植物傾注更多時間與關注，堪稱理所當然，嗚——情場敗將果然痛苦。

但藤丸還是認真傾聽本村談論阿拉伯芥。因為他明白那是本村的真心誠意，更重要的是，藤丸自己也越發喜歡包括阿拉伯芥在內的各種植物及植物研究了。

因此，藤丸與本村的距離感和之前沒什麼改變。關於校際研討會要提供的便當及慶功宴菜色，已大致討論完畢。

本村說參加者共計五十二人。其中，蕎麥過敏和花生過敏各一人。蕎麥麵如果放在便當裡會悶爛，圓服亭也沒使用花生油，所以這兩者都不成問題。不過，藤丸還是提醒自己，對食材一定要格外小心，以免意外混入這兩種食材。

T大研究所這邊會參加研討會的，是松田研究室和諸岡研究室。O大學、K大學、S科技大研究所的研究生及老師們也會來。據說各研究室平時就會合作研究植物，或是分攤進行較大規模的實驗。關於那方面的進展，似乎會另找機會開研討會，這次只是發表各人目前的研究成果，回答疑問，算是比較自家人的學會。

根據本村的調查，O大和K大各有一名馬來西亞籍的伊斯蘭教徒研究生，和一名英國籍的印度教研究生。另外也有來自各國的留學生，但是基於宗教因素不能吃特定東西的只有這兩人。

藤丸原先當然打算針對兩人的宗教戒律製作便當，但據本村表示，兩人都聲稱會自行準備午餐。

「他們說你們要製作很多份便當，想必很辛苦。」

都是因為我欠缺常識與手藝，才讓兩個留學生這麼客氣。藤丸感到很抱歉，這種時候就要利用平日難得響起的手機，查出宗教因素不能吃哪些食物。的確，伊斯蘭教與印度教似乎都有很多規矩。萬一藤丸搞錯烹調順序和食材，導致兩人破戒，那可就麻煩了，因此最後他決定接受留學生的好意。

「我對那方面也不太了解。」圓谷也表情忸怩。「不過，今後不能再那樣。應該也要準備素食菜單和針對信教客人的菜單。我們還得慢慢學習呢，藤丸。」

「是！」

精益求精的烹飪之道，永無止境。藤丸雖然感到前途漫長，但是看到師傅如此熟練依然懷抱強烈的好學心，自己也像受到鼓舞一樣。

扣除那兩人的便當，最後要做的便當是五十份。至於慶功宴的菜單，他們會花心思，讓兩個留學生也能自由選擇能吃的食物。準備大量的蔬菜料理，沙拉醬也另外安排……伊斯蘭教徒據說嚴禁酒精，因此烹調時看來也不能用料酒提味。對了，醬油之類的調味料也得選擇不含酒精成分的。

藤丸準備了一本研討會用的菜色筆記，有空就把想到的菜色記下來。至於便當，雖對菜色沒有特別要求，但人數多達五十人，為了估算食材採購量還是得事先試作。圓服亭連日都燈火通明到深夜。圓谷也參與試作，給出明確的菜單建議，絞盡腦汁替藤丸設想該怎麼作業才能更有效率。

圓谷的女友小花也熱烈支援藤丸。眼看圓谷遲遲未歸，憂心的小花來到打烊後的圓服亭一探究竟，

「要做五十份這麼多？」她說著，豐滿圓潤的身體嚇得後仰。「我也做過五十人份的咖哩。那還是我兒子小學在打棒球，棒球隊暑假集訓時。雖說是集訓，其實只住一晚，等於是同樂會，晚上大家還一起放煙火。」

藤丸一邊測量一人份的白米份量，一邊耐心豎起耳朵。小花的話題越扯越遠，幸好最後終於以「總之要準備五十人份的咖哩超累的」結束。圓谷隨口附和。

「那好，」小花說：「當天我店裡的廂型車借你。五十人份的便當，如果靠腳踏車恐怕得分很多趟才搬得完吧。」

「真的?!」

「謝謝，可是我沒駕照。」

那豈不是不能去約會——小花本想這麼說，但大概是察覺圓谷拋來的視線，連藤丸都

看得出來，她只好用力把話吞回肚裡。藤丸覺得又被捅了一刀，但他心想反正就算有駕照，本村也不可能和他在愛的路上一路順風，所以又稍感到慰藉。

「那、那這樣吧——」小花鄭重開口：「就由我開車，替你們送到T大校內。反正卸下便當就回來了，十五分鐘應該綽綽有餘。我不在的期間只要跟隔壁藥房老闆娘打聲招呼，讓她幫我看一下店就行了。」

當天圓服亭打算照常營業，所以就算借來廂型車，有駕照的圓谷光是忙店內的工作，八成就忙不過來了。藤丸還在猶豫，圓谷已鞠躬道謝說：「不好意思喔，小花。多虧有妳。」因此藤丸也決定接受小花的好意。

就這樣，搬運人手確定了，便當和慶功宴的菜色也敲定了。食材也已下訂，作業分配和試作都沒問題。看到送來圓服亭的大量便當盒，圓谷意氣昂揚地說：「我已摩拳擦掌迫不及待了呢！」

研討會據說要連續鑽研學問兩天。對藤丸而言這種活動光是想像都很可怕，但是為了讓本村他們活力充沛地撐下去，一定要用心做出美味餐點。

雖說如此，但他太過賣力，太早訂購便當盒了。藤丸暫時必須在圓服亭二樓和一百個容器朝夕相對。夜裡越來越悶熱，就這樣度過了梅雨季。

夏天據說是舉辦各種大小學會的季節。梅雨季過後，松田研究室成員變得比平時更忙碌。不只是逼近眼前的校際研討會，似乎也要忙於準備學會。

研究室經常空無一人，某天，藤丸去送午餐，大桌上就直接放著鈔票。太不小心了。藤丸把錢放進小布袋，隨手拿張廢紙在背面寫上「錢我拿走了」。這樣簡直像怪盜。他把餐點放好，沒見到任何人就回店裡去了。藤丸覺得有點落寞，但願他們能趁熱吃到午餐。

校際研討會的前一天，藤丸去松田研究室做最後確認。研究室裡，只有和他約好的本村在。他暗呼幸運，隨即抹去邪念：「不，我這個再玩完有什麼好幸運的。這樣想也太不要臉囉。」

本村正在電腦前整理文件，螢幕上出現的是階梯般的圖片。

「那是上次那個雙門冰箱似的機器拍攝的照片吧？」

「對。研討會上要發表目前的研究成果。到時候分發給大家的報告摘要也會附上照片，這樣比較好懂。」

藤丸不清楚「報告摘要」是什麼，但據說是在大略歸納發表內容的資料。這次的研討會是自家人的聚會，因此以日語發表，但報告摘要和論文一樣以英文撰寫。即使是日語不佳的留學生，只要看了報告摘要也能掌握發表概要。

圓服亭偶爾有外國觀光客上門，這時候都是他和圓谷兩人用簡單的英文單字加上比手畫腳努力解說菜單。根據當時的經驗，藤丸感到，只要彼此有心溝通，大抵上都能克服語言障礙。

但在最注重正確數據資料和邏輯性的科學世界，不可能凡事都靠比手畫腳。看到本村嫺熟地敲鍵盤輸入英文，藤丸只能佩服地想：「太厲害了。」

本村為了向期刊投稿論文，據說正在進行下一個實驗。因為她和松田討論後，一致認為基因AHO對葉子調控機制有影響的這個發現，最晚也得趕在年內投稿。其他研究者說不定湊巧也用基因AHO做了同樣的實驗。屆時，誰先發表論文，誰就會被認定為「新發現者」。

為了避免在論文審查時遭到刁難，必須繼續做實驗取得各種數據資料，從各面向分析AHO的功能。再加上還要準備寫成論文，與籌備研究會的事務工作，本村似乎很累，但她的表情閃耀著充實感。

「那篇論文將是博士論文嗎？」

「不，還有一年多才要提交博士論文。在那之前，我打算繼續做實驗。我想更具體弄清楚基因AHO的功能，也想研究當初本該選擇的基因AHHO，得到了成果就投稿到學術期刊，博士論文如果能集這兩者之大成就好了。」

「笨蛋」與「笨、蛋」還有那麼多事要研究嗎？藤丸每每被震懾，但對方就算做更詳細的說明，他的理解力也跟不上，因此他決定換個話題。

「其他人在忙什麼？最近好像都不在研究室。」

「不知道。」

本村也歪頭不解。雖然同在一個研究室，但基本上都是各自進行實驗和研究，因此並不清楚每人的詳細行程。

「加藤學弟為了八月在沖繩舉辦的大型學會，去做海報了。」

「海報？」這次輪到藤丸歪頭不解。「研究者們應該都知道有學會吧？為什麼還要做海報？」

「不是公告用的海報。」

本村把電腦螢幕上顯示的報告摘要列印出來，一面核對內容一面說：「舉辦學會時，有些人是在眾人面前口頭發表，但也有『海報發表』的場地。比方說在會場大廳，會張貼放大版報告摘要的海報。製作海報的研究者就站在旁邊，如果有人對內容感興趣，就可以直接詢問對方。」

「噢？」

藤丸覺得這樣很像校慶園遊會。對了，高中時那些文學社團就是在海報紙上寫出研究成果。至於藤丸，當然是忙著擺攤位烤章魚燒，或是去朋友的班級攤位買吃的，壓根沒仔細看過那些認真的研究內容。

「如果用紙張，搬運時容易皺摺或破損，因此多半會印在大塊布上。」本村繼續說明：「如果用布，到了當地拿熨斗燙平或放在床單底下壓平就行了。加藤學弟說要去一樓的影印室，他說那邊有可以印在布面做成海報的印刷機。」

「噢噢噢。」

用布做海報。對本村他們而言似乎理所當然，對藤丸卻是驚異的事，或者說傳統。

「加藤先生還是發表仙人掌的研究嗎？」

「對。他說要詳細說明將刺透明化的手法。八月的學會規模很大，但是專門研究仙人掌的出席者，我想除了加藤學弟應該沒有第二個……」

仙人掌刺變透明的照片，能夠順利印在布上？況且，真的會有研究者對那個感興趣？藤丸有點擔心，但他還是祈禱加藤的海報發表成功。

或許是報告摘要的製作已有眉目，本村把列印紙放到桌上，轉身面對藤丸。

「抱歉讓你久等了，我們來談明天的便當吧。」

藤丸轉換心情，針對幾點送便當來等事項做最後確認。其實他還想繼續聽本村談研究及學會。如果自己的理解力跟得上，談到天亮也行。因為關於校際研討會的便當和慶功宴，之前已討論多次，一下子便可確認完畢。

又到了穿短袖T恤的季節。本村今天的T恤左胸，印著毛毛蟲吃心型葉片的小圖案。藤丸想到自己無法像這隻毛毛蟲一樣蠶食本村小姐的芳心，不禁有點悵然。他垂落視線，本村穿夾腳拖的腳映入眼簾。小巧的腳上，彷彿櫻貝的指甲整齊排列。

雖然也想看她光滑的後腳跟，但直到討論結束，本村始終正面直視藤丸。

臨走時，本村遞給他一個裝了五顆哈瓦那辣椒的塑膠袋。

「多虧加藤學弟幫忙，總算有了收穫。」本村說：

本村小姐還記得我想做哈瓦那辣椒油啊。藤丸很開心，道謝後收下。哈瓦那辣椒的外型和大小就像小型青椒，豔紅如火。也有點像心臟。站在研究室門口，藤丸對著送他離開的本村一鞠躬說：

「明天還請多關照。」

校際研討會第一天。藤丸與圓谷天還沒亮就在圓服亭的廚房奮鬥。綁上頭巾，戴著拋棄式透明手套和口罩，做好萬全準備。

今天的便當是日式。要做一百個大飯糰，包的是柴魚醃梅子和醃野澤菜兩種。配菜是炸鱈魚子雞肉捲和西京味噌豬肉。另外還用羊栖菜燒豆皮、涼拌豆腐菠菜等各式小菜把便當盒裝點得五彩繽紛。

圓服亭兩升份量的飯鍋全天候啟動。每次飯一煮好，藤丸就連小聲哀號著「好燙，好燙」，一邊化身捏飯糰機器人。圓谷堅持飯糰一定要親手捏製，不管有沒有戴手套都會燙。期間還要把鱈魚子塞進雞胸肉，從冰箱取出醃了一晚的豬肉迅速煎熟，忙得團團轉，簡直頭頂冒煙。

圓谷負責油炸，雞胸肉一放進油鍋，沒塞好的鱈魚子掉出來，引發了小小爆炸，只聽見廚房傳來「好燙！」的吼叫。

「喂，藤丸！都是你事前準備工作沒做好，這玩意變成恐怖炸彈了！」

這時藤丸已在外場化身為快速盛裝滷羊栖菜的機器人，只能心不在焉地說：「抱歉——」

天氣炎熱，如果太早做好便當會壞。可是如果不讓飯菜徹底冷卻，同樣也會造成腐敗。因此要訣就是得打開圓服亭外場的冷氣，在待客用的桌上排滿便當盒，快狠準地製作。藤丸與圓谷分工合作投入便當大業。

由於餐廳照常營業，還得把前晚準備好的奶油燉菜和咖哩鍋重新開火加熱。圓服亭的瓦斯爐無暇休息，「這邊熱好了，接著又得熱那個」，就像複雜的拼圖一樣，逐一放上鍋子或平底鍋。一旁的藤丸，這次化身為切高麗菜絲的機器人。這是為午餐的沙拉做準備。

五十個便當終於完成時，已快十一點半了。圓服亭的午餐時段開始營業，客人迫不及待湧入店內。小花把時間掐得很準，就在這時將廂型車停在店前的小巷。藤丸迅速搬運便當，放進廂型車的後車廂。藤丸自己也鑽進後車廂，扶著成堆便當以免倒下。

「沒忘了什麼東西吧？那就出發！」

小花開朗地一聲令下，廂型車啟動。穿過小巷，越過本鄉街，向警衛說明原委後駛入赤門，在理學院B棟的門廳前停車。整個過程不到五分鐘。

「好，到了！」小花說著似乎還有點不過癮。「要我幫忙送到會場的教室嗎？」

「不用，我可以。有電梯。」

藤丸拉開車門從後車廂跳下。先把折疊起來的花店推車放到地上，將五十個便當放到推車上。

「推車先放在圓服亭。」小花說：「明天我不用去市場批貨。」

「謝謝。那明天也要麻煩您十一點半來接我。」

「沒問題！」

小花從駕駛座揮揮手，華麗地迴轉，掉頭朝赤門絕塵而去。

目送小花離去後，藤丸推著裝滿便當的推車走上門廳的斜坡。打開開關不良的大門，連同推車一起進入玄關大廳的電梯。

理學院B棟四樓正好位於如高塔向天聳立之處。因此面積比別樓層狹小，佔據整層樓面的只有被稱為「講堂」的階梯教室。

推開對開的厚重木門，第一次走進講堂的藤丸不禁小聲驚呼。講堂堪稱氣派，構造如研磨缽，底部是歷經歲月帶有光澤的木製講台。呈階梯狀排列的長桌，圍繞講台劃出徐緩的半圓形。

座位大概有兩百個，參加研討會的五十幾人各自坐在喜歡的位子，散佈各處。大家的表情都很認真，視線集中在講台上的男人身上。

藤丸推開的門位於講堂最後方，也就是階梯最高處。即便如此，距離天花板仍有一段距離。如此厚重悠然的空間，就算裝置著管風琴也不足為奇。左右壁面的成排粗柱上，支撐天花板的柱頭綴有古希臘式裝飾。柱子之間看似有縱長型窗戶，但此刻全被黑色窗簾覆蓋。大概是夏日陽光太刺眼，會讓人看不清講台背後投影幕上的圖片。

後方的長桌放著與會者各自製作的報告摘要及日程表。也放了一些零食，讓大家休息時果腹。還有一些冷藏箱，似乎放的是寶特瓶裝茶水和果汁。

藤丸拿起日程表。每人分配到的發表時間約十五分鐘。根據這份日程表，從早上九點半開始幾乎沒休息過，光是上午就排了七人報告。最恐怖的是，午休過後預計還有十人報告。

這樣要連續進行兩天嗎？那大腦肯定會很累，難怪想吃點零食。這些人還真不是普通的熱愛學問啊。藤丸搖搖頭，決定不打擾發表，靜靜將便當從推車移到後方的長桌上。期間他抽空掃視了一下，本村就坐在講台前的位子，積極做著筆記。與會者全都帶了筆電，這樣可以迅速搜尋和發表內容有關的論文，查找資料很方便。

藤丸望著日程表，得知此刻發表論文的男人是O大的老師。和松田一樣，看起來約莫四十五、六歲，還很年輕。此人正操作筆電，將圖片投在螢幕上熱切解說。投影幕映現的是可愛的黃色花朵，勾起藤丸的興趣。他躲在便當後面，在最後一排位子坐下。

當然，藤丸幾乎聽不懂發表內容。但他知道了那黃花叫做金鳳花，老師從原野摘回來後，計算過花瓣的數目。

金鳳花的花瓣據說多半是五片或六片。現在的成年人還會默唸「喜歡、不喜歡……」把花瓣一片一片摘下，用花朵占卜嗎？藤丸覺得挺好玩的。雖說都是「植物學」，但是和用顯微鏡觀察細胞研究基因的本村等人相較，研究方法還真是大不相同。花瓣老師沒有使用任何讓細胞或DNA發光的照片，逐一在螢幕展示看起來很深奧的曲線圖及數學算式。

藤丸移動視線，觀察講堂內的眾人。乍看之下，半數以上看起來是從其他研究所來參加的研究者。除了松田研究室的成員，有些人也很眼熟，那應該是諸岡研究室的人吧。

松田坐在最前排的邊上，專心傾聽發表，不時還做筆記。別人都打扮得很休閒，唯有松田依舊穿著殺手西裝。隔著一個空位，諸岡正頻頻點頭。藤丸覺得只要不涉及薯類，諸岡其實非常穩重。

川井坐在講座承辦員的本村斜後方，幫忙計時。至於加藤，坐在講堂中段，低頭看筆電螢幕。藤丸雙眼視力都是一．五，看得見加藤搜尋出金鳳花的圖片正在計算花瓣數目。

我懂你的心情喔，加藤先生。藤丸獨自點頭，在心中用力和加藤握手。聽到新穎有趣的內容，即便是研究生也會做出和外行人一樣的反應呢，這讓藤丸有點安心。

藤丸繼續移動視線尋找岩間小姐。原以為遠在天邊，近在眼前，岩間就在藤丸左斜前方的。大部分參加者都散布在講堂的前半段，因此岩間周圍並沒有人。

唯一的例外，是坐岩間隔壁的青年。位子明明還很多，大家為了方便，打開筆記本或筆電，就算想坐一起，也會空一個位子。可是岩間和青年卻緊挨著比鄰而坐。

嗶嗶——藤丸的戀愛偵測儀響起。對了，岩間小姐說過她是遠距離戀愛。記得對方是奈良縣某大學的研究生。原來如此。藤丸不動聲色地從桌面探出身子，細看青年的側臉。和岩間的年紀相仿，大概不到三十歲吧。表情很認真。

話說回來，如果不認真，大概無法做什麼研究。藤丸恢復原來的坐姿，有點納悶。

就算是認真聽講，兩人之間的微妙距離感還是有點怪。情侶久別重逢，難得有機會比鄰而坐，怎麼看起來怪疏遠的。至少該手臂緊貼或者在桌子底下偷偷握手才對吧。會這麼想的，大概只有我這種一再被女人甩卻死性不改，被愛沖昏頭的二楞子，研究者既然來參加研討會，想必還是以聽人家發表為第一要務。說的也是。

受到圓服亭常客的影響，藤丸沒發現自己用了「二楞子」這種字眼，詞彙微妙地變得老派。

總之，藤丸操心岩間與男友的感情之際，花瓣老師已發表完畢。經過熱烈的發問應答後，本村起身，從講台透過麥克風宣布，接下來休息九十分鐘。

「講堂後方準備了便當、零食和飲料。請各位自行取用。」

參加者三三兩兩起身，或者伸懶腰或者檢查手機，一邊沿著講堂內的台階走上來。藤丸急忙站起來，退到放置空推車的牆邊。參加者拿了便當與寶特瓶裝飲料後，或許是想透透氣，多半走出講堂。也有人打算在B棟的空教室或樹蔭下的長椅（雖然天氣很熱）吃午餐。

「超棒，看起來好好吃。」

聽見兩個女研究生開心地討論便當，藤丸鬆了一口氣。包括松田在內的熟人紛紛對他說「謝謝」、「辛苦你了，藤丸君」，拿著便當離開講堂。

「欸，藤丸老弟，」加藤說：「我想吃豬排飯，明天菜色是什麼？」

岩間和男友正好來拿便當，藤丸心不在焉地回答加藤：

「很遺憾，明天是三明治。不過，會有豬排三明治。」

「是喔。」加藤露出半是失望半帶期待的表情。「也好，總之有豬排就好。」

加藤似乎完全沒注意到，輕輕以眼神致意的岩間與看似岩間男友的人，也跟著大家走出講堂。藤丸仍在目送眾人之際——

「哇，便當裡好多種配菜喔。」本村對他說：「謝謝你。」

「不客氣。」

藤丸轉身面對本村。他稍早開始就耿耿於懷，今天的本村，又穿了那件大剌剌印著氣孔圖案的T恤。這是校際研討會，所以本村小姐穿了她覺得特別隆重的服裝？就算是植物學的聚會，把氣孔T恤當成隆重的服裝好像有得商榷？

不過，藤丸已經充分體會，就跟告白示愛一樣，即便問她為何選這種服裝，也不可能得到理想的答案。他把最後一個便當拿給本村，選擇另一個話題。

「剛才我聽了一點點金鳳花的花瓣問題。雖然太深奧了聽不太懂，但是很有趣。」

「對。那位老師是專門從數學的角度研究花瓣排列方式。」

本村兩眼發亮表示認同。「比方說，金鳳花的花瓣多半是五片。但也有突變後形成第六片花瓣的花朵。那麼，第六片花瓣是從花朵的哪裡長出來的呢？以數學據說可以算出好幾種位置，但是實際檢查花朵，長出第六片花瓣的位置，大多是其中某幾種。他就是在研究為何只有那幾種排法才能長出突變的第六片花瓣。」

見都沒見過的複雜算式，是用來破解金鳳花的花瓣之謎啊？藤丸再次對那位整天摘採金鳳花的老師佩服不已。許是看出藤丸這種表情，本村羞愧地又補充說：「我講得好像很厲害，其實我數學很爛，聽那位老師的報告，終究無法完全理解。」

「噢？本村小姐也有不懂的事嗎？」

「那當然。我不懂的太多了。」

本村一本正經地點頭。看得出來她大概在想，正因如此，研究才有趣。

本村說要去門口的長椅吃便當，於是藤丸一起離開講堂，走下B棟的樓梯。他把推車折起收好，夾在左側腋下抱著。藤丸其實沒有閒工夫。回到圓服亭後得忙晚餐的備料，還得張羅明天的便當和慶功宴食材的事前處理。

「上午的發表，還有許多內容都令人興味盎然。」本村說：「K大的老師發表的研究指出，植物可以記住差不多六星期的氣溫變動。」

「六星期?!我連前天晚飯吃了什麼都得用力回想才想得起來。」

「對啊。我也是。」本村點頭。「當然，植物沒有大腦，所以和人類所謂的『記憶』在意義和運作原理上肯定不同，但比起整個季節的氣溫，據說日夜溫差及每天的變化影響更大。」

「的確，有時明明是小春日和或夏天卻忽然變得很冷。」

「對，被這種短期變化影響。明明還是冬天，卻誤以為春天已到，導致提早開花，那對植物很不利。比方說鬱金香，如果不在同一季節同一時間開花，將不利授粉。冬天就算先開花，蜜蜂之類的昆蟲也不會來幫忙授粉。」

「這樣啊。所以，至少必須記住六星期的氣溫變化，確認季節真的改變了。」

「好像就是這樣。那位老師運用分子生物學的手法，觀察植物的內部狀態。不過，他好像平時喜歡觀察，據說他的休閒嗜好就是天天去同一個公園散步，觀察花壇。」

「他不會想偶爾改變一下散步路線嗎？」

「好像不會。他說『如果去同樣場所，就可以見到同樣面孔。所以才喜歡植物』。」

藤丸作夢都沒想像過，居然有人是基於這種理由喜歡植物。之前他當然感覺植物研究者有很多怪人，但此刻還是自嘆弗如，萌生不知第幾十次的暈眩和了悟。的確，若是昆蟲或動物就會跑走。

「松田老師和諸岡老師還笑著說：『老師若是深草少將[1]，八成可以輕輕鬆鬆堅持一百晚。』」

藤丸不知深草少將是誰，只能含糊應了一聲。

他自認已經盡可能放慢腳步，卻還是抵達了一樓。藤丸拉開大門，讓兩手拿著便當與

1 深草少將：傳說中愛上美女小野小町，小町告訴他若能持續去她門前守候一百夜，就答應做他的情人。他連續去了九十九夜，卻在第一百夜因大雪凍死路上。

寶特瓶飲料的本村先走。

本村說要去銀杏行道樹下的長椅，於是藤丸與她一起朝赤門的方向走去。他打開推車推著走，喀拉喀拉的聲音很吵。

這時岩間迎面走來。走得很快，而且低著頭。藤丸訝異地想，這麼快就吃完便當了嗎？而且，之前明明是和疑似男友的人一起離開講堂，現在卻只有她一人。

「辛苦了。」

本村開朗地打招呼。岩間錯身而過之際，朝藤丸和本村瞥來一眼。

「嗯，辛苦了。」

她小聲回應，頭也不回地走進B棟。

「她怎麼了？」

岩間異於往常的樣子，令本村憂心地回頭。

岩間小姐平日很和善，現在卻態度冷漠……藤丸暗自推理。該不會是和遠距離戀愛的男友吵架了吧？爭執之下說不定已經把那男的宰了，所以才避人耳目地低著頭——這種可能性也不能完全排除，不過光天化日之下應該很難在大學校園內殺人。

總之，十之八九是吵架了。藤丸如此做出結論，但不管怎樣，自己都沒有立場置喙，因此他保持沉默。他又想，本村小姐大概比我更不擅長處理這種戀愛糾紛。

「不知是怎麼回事。」藤丸擠出笑容：「對了，本村小姐是明天上午報告吧？」

「你的消息真靈通。」

「我偷看了日程表。」藤丸說著挺起胸膛：「如果做便當來得及，我會來聽妳發表。」

「這樣我有點緊張耶，不過我會努力的。」

他和本村在赤門附近道別。蟬聲如雨，但本村走向空長椅的背影清新爽颯。渾圓嬌小的腳跟，踩著夾腳拖上上下下。

藤丸毅然轉身，走出赤門。任由推車響亮發出噪音，越過本鄉街。

圓服亭對面的那戶人家，今年木槿也開滿了花。

木槿也記得六星期的氣溫，判斷已經到了夏天嗎？木槿可曾想過今年偷懶不要開花呢？應該是不會判斷也沒思想吧。因為它是植物，和人類不同。縱然因故在某年不開花，肯定也不是像人類因為心情沮喪或鬱悶等原因造成。

不過，倒是有相像之處呢。仰望通體雪白，只有花心微紅的單薄木槿花，藤丸在心中對它說。據說你會根據某種我不太了解的複雜原理記憶氣溫。因為這是為了生存絕不可忘的大事。和我一樣。並不是特別想記住，甚至覺得忘了或許更輕鬆，可我的腦子就是記住了。記住每道菜的烹調順序，記住愛上本村小姐後心臟如何跳動。雖然我並不了解什麼大腦的構造，但記憶自行鐫刻痕跡，想必是因為那很重要。

藤丸一廂情願地對木槿產生惺惺相惜，用誰也聽不見的音量囁嚅：「我們是同一國的呢。」然後，他推開圓服亭的店門：「我回來了！」

校際研討會第二天。藤丸與圓谷天還沒亮就在圓服亭的廚房奮鬥。

因為今天必須準備大量三明治。用大鍋煮雞蛋和馬鈴薯，不停炸豬排淋上特製醬汁，再次化身為切高麗菜絲的機器人，簡直忙得人仰馬翻。

商店街的麵包店把他們預訂的薄片吐司送來了。要做五十人份，因此吐司的高度像折好的棉被。正好食材冷卻了，於是開始夾吐司。

藤丸與圓谷把外場的桌子併在一起當作業台，戴上了拋棄式浴帽、透明手套以及口罩。因為經驗證明綁頭巾會滑落，只好出此下策。

三明治的餡料有四種。水煮蛋拌美乃滋，馬鈴薯沙拉，炸豬排高麗菜絲，火腿小黃瓜。三明治做得比較小，每種各放兩個在便當盒。

按照工作分配，藤丸負責在吐司上塗抹奶油或芥末醬，圓谷負責夾餡料，但藤丸忍不住在口罩底下高聲抗議：

「哇！老闆你太快了！」

「哇哈哈哈，怕了吧！這叫專業。」

圓谷彷彿化身千手觀音，神速完成三明治。藤丸被催著也拚命往吐司上塗抹奶油，卻還是追不上。終於叫苦連天要求對調工作：

「還是夾餡料比較輕鬆吧。」

可是圓谷塗抹奶油照樣速度快得眼睛都來不及看，而且厚薄均一非常精準。

「怎麼樣，投降了吧？」

「是，老闆果然厲害。」

面對塗好堆積如山的吐司，藤丸不得不老實點頭認輸。

切開三明治裝入便當盒對藤丸又是一番苦戰。因為便當盒有點小。事前明明試做過三明治，測量過大小，不知何故就是塞不下。

「老闆，這樣要怎麼蓋上蓋子？」

「用力壓！」

「要把吐司壓扁嗎！」

「誰叫你卯足勁塞太多餡，我有什麼辦法。已經沒時間了。」

小花已經把廂型車停在門口，輕按喇叭提醒。藤丸急忙把完成的便當和推車放上廂型車。小瓦斯爐和幾支瓦斯、大鍋、平底鍋、多功能電烤盤等慶功宴需要的器材也一起搬運。

「你還好嗎？我看你幾乎沒睡吧？」小花坐在駕駛座上說。

「如果永遠這樣操下去一定會死，不過只有兩天的話還好。」

藤丸氣喘吁吁地在廂型車後車廂扶著便當，如此回答。

總算趕在十一點半過後抵達B棟。

「我五點半再去圓服亭接你。」

小花丟下話就走了。為了盡量讓大家吃到熱騰騰的食物，慶功宴的菜餚預計開宴前才送來。蛋包飯與拿坡里義大利麵則是現場烹製。他把那兩道料理所需的器材和午餐便當移到推車上。已經沒空位放多功能電烤盤了，只好一手抱著。

萬一錯過本村的發表就糟了。藤丸很焦急，在電梯裡拚命跺腳。推著推車任由鍋子和平底鍋乒乓亂響，就這麼推開四樓講堂的門。

本村正好剛站上講台開始說話。藤丸鬆了一口氣，在最後方的桌上堆起便當山後，找位子坐下。

起初他很緊張地聽本村報告。甚至在想，自己小學時，媽媽大概就是這樣心跳急促地到學校參觀上課吧。不過，悸動立刻平息。和就算被老師點名，也不可能有什麼像樣答案的藤丸不同，本村從容不迫、落落大方地解說。

本村利用投影片逐項敘述自己選了什麼基因做實驗，一再授粉後的結果，長出來的阿拉伯芥有什麼樣的葉子。藤丸又要看螢幕，又要觀察聽眾的反應，很忙碌。看得出來大家都聽得很認真。

由於內容有大量專業術語，本村的發表對藤丸而言大半都像在聽天書。即便如此，幸好他經常混實驗室和栽培室，本村說到「四基因突變株」他就知道「大概是指波霸吧」，本村說到「AHO」他就心想「是『笨蛋』吧。也不能忘了『笨、蛋』喔，本村小姐」，好歹有些內容還能連猜帶矇。他驕傲於自己參與了這研討會，不知怎地有點開心。

本村在螢幕顯示黑底浮現梯狀白線的照片。聽眾的意識似乎越發專注在本村的報告。

「最後確定培育出四株四基因突變株。同時，也發現基因 AHO 對葉子大小具有某種影響，今後預料繼續研究 AHO 的具體功能。」

本村說完一鞠躬，語氣之淡定蘊含無法掩藏的熱切，就此結束報告。藤丸差點忍不住鼓掌。但研討會和學會似乎沒有動輒鼓掌的習慣。台下參加者再次打量本村的報告摘要，也有數人舉手想發問。結果藤丸成了「唯一鼓掌捧場的人」。

因為承辦員本村自己是發表者，由川井來主持發問，把無線麥克風送到舉手者的手邊。面對每個人的疑問，本村時而流暢俐落，時而邊思考邊仔細答覆、說明。藤丸對眾人發問的內容還是一樣幾乎聽不懂，但他想，「反應算是挺熱烈的吧」，有這麼多人發問，證明對發表內容極感興趣。

太好了，真是太好了呢，本村小姐。藤丸雖是門外漢卻非常感動，坐在最後面猛點頭。松田與諸岡拿著本村的報告摘要不知在聊什麼。諸岡笑嘻嘻的就算了，連松田都露出笑容，把藤丸嚇得倒彈，因為松田老師笑起來更可怕。松田自己或許沒那個意思，但那種表情，就像殺手冷酷地朝跪地求饒者的眉心開槍時的樣子。

加藤正在他那份報告報告摘要上做筆記。環視會場，藤丸發現幾乎所有人都坐在和昨天同樣的位置，真有意思。各人的地盤，原來會自然而然決定啊？藤丸想，心理學或動物行為學說不定也有研究這件事吧。

不過，唯有一人坐的位子和昨天不同。是岩間。疑似岩間男友的人，今天仍坐在講堂後段的位子，岩間卻改坐到正中央附近。隔了一個位子的鄰座，看起來是個女留學生。岩間好像正應她請求，用英語解釋本村報告的詳細內容。岩間和男友始終不曾注視對方。

嗶嗶——藤丸的分手偵測器作響，看來情勢不妙喔。不過，這不是我能幫忙的事。

時間似乎到了，川井結束發問。

「不好意思，剩下的問題請利用休息時間或慶功宴時私下發問。」

本村也在講台上接著宣布：

「謝謝大家。那我們接下來休息九十分鐘。今天也在講堂後方準備了便當。」

本村下了講台後，被幾個想發問的人攔下說話。這樣看來，她現在恐怕沒時間理會藤丸。本來想祝賀她發表成功，只好放棄。

藤丸推著載有烹飪器具的推車走出講堂。拿著便當的參加者們從他身旁穿過走下樓梯。

「藤丸老弟，謝謝你的炸豬排三明治。」

聽到加藤這麼說，他略為舉起一隻手回禮。他推著推車進電梯去二樓。

講堂是階梯狀構造，不適合舉辦慶功宴。因此，本村與藤丸商量後，決定用理學院B棟二樓的大教室舉辦慶功宴。這間教室是一般的平面地板。

大教室的長桌和椅子幾乎都已搬空。剩下的幾張並排放在黑板前和窗邊，用以擺放菜餚，地方或許有點小，但可以用中央的空間辦個立食形式的派對。

藤丸走進大教室後，把推車運來的烹調器具放到黑板前的長桌。他打算現場煮麵，用多功能電烤盤拌炒拿坡里義大利麵。至於蛋包飯，傍晚將剛煮好的米飯帶過來，同樣利用多功能電烤盤做特大號蛋包飯即可。或許會有人想吃不放肉的拿坡里義大利麵或蛋包飯，那麼素的就用平底鍋另外做。

正在檢查小瓦斯爐能否點燃時，岩間從走廊經過。

「咦，藤丸。你現在就在準備了？」

岩間說著，從敞開的門口走進大教室。

「不，我馬上就要回圓服亭，傍晚再過來。」

「嗯——真辛苦。」岩間探頭看大鍋，驀然抬頭，看著藤丸。「你該不會在和本村交往？」

藤丸嚇了一跳，「沒有，沒有。」他慌忙否認：「我前幾天剛被拒絕。」

他還來不及後悔把不該說的話都老實招認，更大的驚愕已經襲來。

「前幾天？你又被甩了？」岩間說。

「『又』?!」

藤丸激動得破音。岩間小姐怎麼會知道這是第二次告白！難道本村小姐曾經找研究室的人商量「藤丸那傢伙不死心地又來告白，真的很煩」？

羞恥與混亂與疑心，在他心中吹起暴風雪。或許是察覺他的想法，岩間露出「糟糕了」的表情。

「啊，不是不是。」她連忙解釋：「去年你不是在地下室的顯微鏡室向本村告白過嗎？其實那時我湊巧在場，不小心聽見了。」

「這樣啊。」

至少自己並沒有被本村當成「煩人的蒼蠅」，得知這點讓藤丸稍微找回冷靜。

「然後呢？你再次告白，再次遭拒？」

「對……」

「是喔。」岩間露出既同情又義憤填膺的神情。「我還以為你是因為和本村交往，才會答應這種麻煩的委託，準備這麼多人份的料理。」

她的話中有點酸。

「才不是。這純粹是生意，是和我們老闆商量之後決定的。」

「或許是吧，不過本村還真過分。」岩間的嘴角浮現冷笑。「她無法回應你的感情，等於是在利用你對她的好感嘛。」

藤丸聽到這種話當然很生氣，但這一年來經常和岩間打交道，所以了解她的個性。平日的岩間個性爽朗又親切，絕對不會講出這種話。藤丸想到這裡不免有點擔心。

「妳怎麼了？岩間小姐。」

「沒什麼。只不過是覺得，她其實只想著研究，做出來的舉動卻都在吊你的胃口。」

「本村小姐已明確拒絕我了，我很明白這一點。對本村小姐而言最重要的是研究，別的事都無關緊要。看到你們大家埋首研究，我覺得世上有這樣的人很正常。我現在的確喜歡本村小姐，無法和她交往很可惜，但那並不是本村小姐的錯，是我的問題。是我的魅力比不上植物！」

藤丸極力解釋之際，眼角餘光瞄到本村的身影。她神情僵硬地站在走廊。

「本村小姐！」

藤丸大喊，岩間也驚訝地瞥向門口。但本村沒有回應他的呼喚，逕自朝樓梯的方向走掉了。唯有潔白腳跟的殘影，烙印在藤丸與岩間的眼中。

「本村！」

岩間奔向門口，朝走廊探出身子，但本村似乎已不見蹤影。

「怎麼辦，不知她聽了多久了。」岩間說著，扭頭面對藤丸幾乎快哭了。「對不起，對不起，藤丸。我和男友出了點問題，所以有點反應失常。不，打從更早之前，我就一直羨慕又忌妒本村。我想跟她一樣不做選擇，但我無法豁達地說戀愛和結婚都不重要！」

藤丸走近岩間，遲疑片刻後，輕輕把手放在她顫抖的肩上安撫。

「聽著本村的報告，」岩間又說：「我想了很多，懷疑自己或許就是因為這樣，研究才會做得不上不下，忍不住遷怒於她，講出那種酸話。真的很抱歉。」

「妳沒必要向我道歉。」藤丸衷心地說：「不只是我，我想本村小姐應該也明白妳的心情。」

「是啊，謝謝你。」岩間長吐一口氣。「我去找本村，向她道歉。」

藤丸從她停止顫抖的肩頭收回手，「那樣最好。」他說著點點頭。

岩間走出大教室後，走廊傳來奔跑的腳步聲。藤丸聽著那聲音，長嘆一口氣。

家家有本難唸的經啊。正因為大家都是認真做研究，所以各有各的問題。

藤丸還得準備慶功宴的料理，推著推車，匆匆跑回圓服亭。

圓服亭這邊，已結束午餐營業的圓谷正搓著手焦急等待。

「你太慢了，藤丸！」

「對不起！」

晚餐時段之前，要處理慶功宴用的菜。先油炸自製的鬆軟油豆腐，清洗生菜沙拉的蔬菜。這次藤丸也和圓谷一起變成千手觀音，在廚房忙得團團轉。

藤丸把事先醃好放在冰箱的雞肉取出，放入烤箱，用低溫慢慢烤。接下來還得切薯條用的馬鈴薯。他正準備拿菜刀時——

「那個我來弄，你去拿大盤子來。」圓谷吩咐他：「在二樓的壁櫥裡。」

藤丸借住的房間，還留有一些圓谷的私人物品。他知道壁櫥裡有紙箱，但是沒打開看過。他按照圓谷的吩咐去二樓，把紙箱抱到店裡的廚房。

箱中是宴會時使用的大盤與大碗，逐一用報紙細心包好。所有的餐具都帶著暖意的白色，邊緣有深藍色描繪的花草花紋。

「哇，好漂亮。」

藤丸清洗這些碗盤，用清潔的布巾擦拭。

「這是以前我們一家人經營餐館時使用的。」圓谷一邊俐落地炸薯條一邊說：「工作一忙起來，連自家人要吃的都來不及弄，對吧？所以事先大量做好，裝在大盤子，讓大家有空時自己拿一點吃。」

「原來是這樣啊。」

圓服亭由圓谷的父親創業，從前據說是圓谷的父母和兄弟姊妹全家出動打點這間店。也曾聽說圓谷婚後在附近租了公寓，每天從公寓來圓服亭上班。加上他的妻子和女兒，餐桌想必很熱鬧。

「但我老爸老媽都不在了，兄弟姊妹也各自成家有了別的工作，和我老婆也離婚了。這些東西一直收著沒動，幸好這次有機會。」

「老闆……」藤丸感慨萬千地朝圓谷看去。

「你幹嘛用那種『一個人孤苦伶仃很寂寞吧』的眼神看我！」

藤丸差點被滴下熱油的漏杓痛扁。

「哇，這樣很危險。我又沒有那麼說！」

「老子才不寂寞！」

「就跟你說我沒說！」

「我有小花，而且還得照顧不肖徒弟。好了，拿去！」

圓谷把裝滿熱呼呼薯條的大盤子塞給他。

把燉菜之類有湯汁的菜和剛煮好的米飯分裝進大型保鮮盒，其他的用大盤和大碗裝好包上保鮮膜，藤丸鑽進來接人的小花的廂型車。

「好香，害我都餓了。」

小花開朗地打趣，在短暫的車程中展現輕快的駕駛技術。

小花答應今天整晚都把推車借給圓服亭，藤丸就利用推車將料理搬進理學院B棟二樓大教室。研討會似乎還沒結束，室內空無一人。他做完最後的盛盤，把料理擺放在長桌上。端著大鍋去三樓的松田研究室，在流理台裝水。

回到大教室，把大鍋放在瓦斯爐上燒水，這時研討會的參加者三三兩兩出現了。藤丸揭下長桌那些大盤的保鮮膜，給多功能電烤盤插上電。

圓服亭不可能像外燴業者那樣專業，於是客人使用紙盤和免洗筷、塑膠叉和塑膠杯。飲料有各自帶來的啤酒、葡萄酒、烏龍茶等等。似乎已事先冰在保冷箱和研究室的冰箱，川井等人搬了很多過來。

室內的人口密度逐漸增加。大概是研討會結束，大家都從講堂來大教室了。藤丸在多功能電烤盤抹上薄薄一層油，開始炒他放在密封袋帶來的蛋包飯配料。同時在碗中打蛋攪散，大教室飄散洋蔥的香氣。

「大家都到齊了嗎？」松田從教室一隅喊道：「這二天大家辛苦了。也確立了今後研究的課題，我想應該是很有意義的研討會。那麼，接下來大家就盡情吃喝吧。乾杯！」

明明還有人沒拿到杯子，這種致詞也太草草了事了。藤丸把白飯倒進多功能電烤盤，用圓谷特製番茄醬調味。大家不知是早已習慣松田的作風，還是對實驗及研究以外的瑣事不在意，紛紛喊著「乾杯」與身邊的人隨手碰杯，開始用紙盤拿料理。

大教室四處出現閒聊的小圈子，不時響起笑聲。冷氣開足馬力，但人聲鼎沸還是有點悶熱。藤丸把蛋包飯的飯先裝到大盤，接著蓋上薄薄的蛋皮。這不是在廚房，所以算是克難版的蛋包飯。

藤丸把特大號蛋包飯端到窗邊的長桌，諸岡似乎一直在留意他的動向，立刻走過來。

「嗨呀，藤丸君。薯條固然美味，這個看起來也很好吃。」

「老師果然還是吃薯類啊。」

與諸岡談笑片刻後，他又回到黑板前的臨時烹調場。大鍋燒的水早已沸騰。扔進義大利麵，接著開始炒拿坡里義大利麵。多功能電烤盤做的是正常版，平底鍋那邊做的是不放香腸的。

岩間一手拿著啤酒，站在藤丸面前。正好義大利麵煮熟了，藤丸正在一邊拌炒麵條與配料一邊慎重調味，因此頭也沒抬就問：

「怎麼樣，和本村小姐聊過了？」

「嗯，我道歉了。我想她應該原諒我了。」岩間尷尬地又說：「也要跟你說對不起。」

「沒事，沒事。」

藤丸把做好的拿坡里義大利麵裝進大盤，交給岩間。「不麻煩的話，請妳幫我向英國和馬來西亞留學生解說一下。這邊是只有蔬菜的拿坡里義大利麵，如果他們想吃，我可以做只放蔬菜的蛋包飯。另外，有用到酒精的醬汁，以及含有豬肉或牛肉的料理旁，我都分別放了紙條提醒。」

「那個畫有豬或牛或瓶子的圖，原來是這個意思啊。」岩間終於露出笑容：「知道了，我會去轉達。」

過了一會，兩個留學生結伴過來，拜託藤丸做只有蔬菜的蛋包飯。藤丸用平底鍋迅速完成，把迷你蛋包飯各自放在紙盤上。「謝謝。餐點很好吃。」聽到兩人這麼說，他很開心。

烹調告一段落，鬆了一口氣的藤丸，揉著肩膀觀察眾人。

松田與諸岡躲在角落哥倆好地吃筑前煮[2]，選的又是有薯類的菜色啊，藤丸憋住笑意。加藤正在和別間大學的老師熱切地交談，或許是找到能討論仙人掌的同好了。川井到處替杯中已空的研究生們倒啤酒，這人總是這麼貼心啊，藤丸很佩服。決定效法。

本村在門口附近，正接下岩間拿來的一盤雞肉，表情很溫和，感覺不出委屈。看來和好了，太好了。至於疑似岩間男友的青年，站在與岩間成對角線的教室另一角，和諸岡研究室的研究生說話。岩間的戀情恐怕就此告吹。沒關係，還會有下一段邂逅喔，藤丸忘了自己二度遭拒的紀錄，暗自在內心聲援。

大家聊得越來越起勁，教室四處形成的小圈子分分合合，食欲旺盛地吃吃喝喝，說說笑笑。這些人越過語言的障礙和國界，憑著熱愛植物的心緊密相連。藤丸想到這裡不禁心頭發熱。

從圓服亭帶來的餐具，松田研究室成員說好了會幫他清洗。藤丸不等慶功宴結束就開始收拾。把多功能電烤盤、裝了煮麵水的大鍋、放調味料及油瓶的紙袋放上推車。

他正拿濕抹布擦拭當作調理台使用的長桌時，本村慌慌張張過來了。

「這兩天真的很謝謝你。」

面對鞠躬致謝的本村，藤丸搖手說「哪裡哪裡」。隨即發現自己還抓著抹布，連忙不動聲色地扔到推車上。

「本村小姐又要當承辦員又要報告，才是辛苦了。還有那麼多人圍著妳問問題，可見反應熱烈。」

「哪裡哪裡。」這次輪到本村搖手，羞赧地低下頭。「對不起，沒好好跟你打招呼。午餐時也是，那個……」

2 筑前煮：日本九州地區的鄉土料理。用雞肉和芋頭、蓮藕、牛蒡等根莖類蔬菜一起燉煮。

「啊——妳聽到岩間小姐跟我說話了吧。」

「對。」

本村越發縮起身子。藤丸暗想，她今天的T恤，遠看時還以為是白底綠色圓點。結果並不是圓點，是上面印刷了小葉子圖案。

「那個——」本村似乎下定決心，毅然抬頭。「絕對不是藤丸先生沒有魅力。就像如果我問你『我和工作哪個重要？』你可能也會很困擾，純粹只是無法將植物與藤丸先生比較，所以那個……」

大概是察覺這樣說不僅毫無幫助，越說越有反效果，本村再度低下頭。

「請妳別放在心上。」藤丸說：「不只是我的事，岩間小姐講的話也是。我想岩間小姐也是……呃……有一些苦衷，所以才會脫口說出無心之言。」

「是，岩間學姊已經對我解釋過原委了。不過，我認為她說的話也有一點道理……所以，我才會無地自容，當下逃走。」

「有點道理？」藤丸很困惑地抓抓臉。「本村小姐利用了我的好意嗎？」

「我沒那個意思。」才剛覺得本村的語氣強硬，下一瞬間她已夾起尾巴。「可是，說不定真如她所說。『只要能夠做研究就好，戀愛和日常生活都不重要』這種想法，其實傲慢又自私。」

「我倒不這麼認為。」藤丸說：「本村小姐，之前妳不是說過，『植物生存在沒有愛的世界，所以自己不會和任何人交往，要把一切奉獻給植物研究。』」

「對。」

「我一直在思考妳講的這句話。想了快一年，一旁看著妳和研究室的人，我覺得我多多少少理解了。無論如何妳都想了解生存在沒有愛的世界的植物，才會秉持這樣的熱情研究。」

藤丸只恨自己無法用言語貼切表達。本村默默看著他。他拚命想把內心的想法訴諸言詞。

「那種熱情，那種求知欲，或許就叫做『愛』吧？渴望了解植物的本村小姐，以及這個教室內的眾人渴望了解的植物，都是一樣的。同樣活在有愛的世界。我是這麼想啦，不知對不對？」

藤丸第一次如此認真地說出愛這個字眼，他感到渾身的血液都往臉上衝。不自在地抓著推車，說聲「那我該告辭了」準備邁步離去。

「藤丸先生。」

被本村叫住，藤丸轉過身。本村已不再低著頭，用平靜的聲調說：

「偶爾我會想。植物行光合作用生存，動物靠著吃植物生存，也有動物靠著吃那些動物生存……到頭來，地球上的生物全都是靠吃『光源』生存。」

「吃光源……」

「對。藤丸先生，我，植物，都一樣。」本村微笑的眼中，蘊藏希望般的光輝。「謝謝你，藤丸先生。」

藤丸推著推車走過已徹底陷入黑暗的道路回去。圓服亭的招牌已熄燈，但店內的燈光照亮小巷。

一開門，坐在外場椅子上的圓谷說著「噢，你回來了」，把一直在看的報紙折起。

「老闆，你在等我嗎？」

「我只是沒力了，暫時休息一下。好久沒有一個人打理整間店，腰痛得受不了。」

「少來了。」

藤丸一笑置之，把用過的烹調器具搬到廚房的流理台。

「明天早上再收拾就好，你先過來一下。」

藤丸聽話地走出廚房。圓谷站起來，正面審視藤丸的臉。

「嗯，看來毫無問題。辛苦了。」

圓谷拍了一下藤丸的肩膀，走向門口。

「謝謝老闆！啊，老闆，請把推車還給小花姊。」

「你也太會使喚人了吧！我還想叫你用推車把我推回去咧。」

圓谷雖然抱怨，還是推著推車走出餐廳。喀拉喀拉的車輪聲逐漸遠去。

藤丸豎耳傾聽，直到那聲音完全被本鄉街的車聲淹沒，這才鎖上店門，關掉店內的燈。

二樓房間的窗邊，仙人掌的刺在月光中淡淡發光。他忽然不想開燈，就這麼走近窗口。

白天日照充足，因此盆中的土很乾。他在黑暗中往返房間與廚房，拿杯子裝水澆在盆中。

隔著紗窗仰望天上的月亮，渾圓的模樣大概已近滿月。不只是仙人掌，對面房子的木槿，也在月光下自黑暗中白花花浮現。

我們全都是靠著吃光源而活。即便他日死去，化為塵土，即便人類滅絕，地球上肯定今後也會繼續著吃光源而活的生命循環。

的確很不可思議。生物各自擁有精妙的構造。植物與動物為何出生。既已來到這世上，為何所有的生物又必然步向死亡。

還有，儘管前方有死亡等著，為何大家不是靠黑暗而是以光明為生存食糧。

或許將來本村小姐會解開部分謎團。

想到這裡，已到了極限，睡魔猛烈襲來，藤丸連衣服都沒換，就這麼栽倒在整天鋪在地上沒收拾的被褥。明知必須設定手機的鬧鐘，但眼皮就是睜不開。

算了，反正老闆會叫我起床。

慶功宴大概還沒散場。說不定本村小姐中途開溜，又去看顯微鏡或照顧阿拉伯芥了。他想起窗口的燈光直到深夜仍未熄滅的理學院B棟。

改天我也要趁著送午餐，再請她讓我參觀實驗。因為我已喜歡上植物，因為我喜歡那些深愛植物的人。對了，做點哈瓦那辣油，送去研究室也不錯。

藤丸滿心幸福地陷入沉睡。

月亮灑落，銀光籠罩千門萬戶的屋頂，籠罩木槿花、仙人掌以及藤丸。地球的另一頭有植物正在陽光下充滿活力地讓細胞分裂；蜻蜓在空中交配，鵜鶘拍翅，獅子怒吼，人們生活。然而此刻，藤丸自然無從得知那些，他正在夢中打開松田研究室那扇開關不良的門。

致謝

本書執筆時，借助了各界力量收集資料（本文所記乃採訪當時的隸屬單位）。在此列出大名，致上最深謝意。

文中與事實有異之處，無論刻意或非刻意，概由作者負責。

東京大學大學院理學系研究科生物科學專攻：塚谷裕一先生、江崎和音小姐、河野忠賢先生、古賀皓之先生、藤島久見子小姐，以及塚谷裕一研究室全體。

東京學藝大學自然科學系廣域自然科學講座生命科學領域：Ferjani Ali 先生，以及 Ferjani Ali 研究室全體。

新學術領域研究「植物發生學」全體組員。

大阪大學大學院理學研究科生物科學專攻：藤本仰一先生。

京都大學生態學研究中心分子生態部門：工藤洋先生。

奈良先端科學技術大學院大學 Bioscience 研究科：中島敬二先生。

自然科學研究機構　岡崎統合 Bioscience 中心（現在隸屬於自然科學研究機構生命創成探究中心）：川出健介先生。

立教大學理學部生命理學科：堀口吾朗先生。

青井秋小姐、田中久子小姐、佐藤憲一先生、石川由美子小姐。

主要參考文獻

《岩波　生物學辭典　第五版》（岩波書店）
《図説　植物用語事典》（八坂書房）
《多肉植物ハンディ図鑑》（主婦之友社）
《写真で見る植物用語》（全國農村教育協會）
《AERA　Mook　植物學がわかる。》（朝日新聞社）
《改訂版　植物の科學》（塚谷裕一、荒木崇編著・放送大學教育振興會）
《変わる植物學　広がる植物學》（塚谷裕一・東京大學出版會）
《植物の世代交代制御因子の発見》（榊原恵子・慶應義塾大學出版會）
《植物の〈見かけ〉はどう決まる》（塚谷裕一・中公新書）
《森を食べる植物　腐生植物の知られざる世界》（塚谷裕一・岩波書店）
《パリティ　二〇一六年十二月号》（丸善出版）
《植物が地球をかえた！》（葛西奈津子・化學同人）
《植物は感じて生きている》（瀧澤美奈子・化學同人）
《植物で未来をつくる》（松永和紀・化學同人）
《花はなぜ咲くの？》（西村尚子・化學同人）
文部科學省科研費　新學術領域研究「植物發育生物學」小組研究會摘要
ATTED-II ver9.2 網站（atted.jp）

文學森林 LF0126

沒有愛的世界

愛なき世界

作者
三浦紫苑

一九七六年出生於東京。二〇〇〇年以長篇小說《女大生求職奮戰記》踏入文壇。二〇〇六年，《真幌站前多田便利屋》榮獲第一百三十五屆直木獎，改編成電影、電視劇。二〇〇七年《強風吹拂》入圍本屋大賞，三年後再次以《哪啊哪啊神去村》獲選「本屋大賞」十大作品。終於在二〇一二年以《啟航吧！編舟計畫》一書獲日本全國書店店員全數支持，奪得本屋大賞第一名，以及紀伊國屋KINO BEST票選年度書籍第一名。二〇一五年《住在那屋子裡的四個女人》（暫名）榮獲織田作之助獎。二〇一八年《小野小花通信》（暫名）榮獲島清戀愛文學獎與河合隼雄物語獎。二〇一九年再以《沒有愛的世界》入圍本屋大賞，並首次以作家之姿，獲頒日本植物學會特別獎。

其他創作尚有小說：《月魚》、《秘密的花園》、《我所說的他》、《昔年往事》、《木暮莊物語》、《政與源》等。散文隨筆數本：《三浦紫苑人生小劇場》、《我在書店等你》、《嗯嗯，這就是工作的醍醐味啊！》、《腐興趣～不只是興趣！》。

譯者
劉子倩

政治大學社會系畢業，日本筑波大學社會學碩士。現為專職譯者，譯作多種。

書衣視覺設計　田中久子
插畫　青井秋
書衣完稿、書腰、章名頁設計　Bianco Tsai
責任編輯　陳柏昌
行銷企劃　李岱樺、楊若榆
版權負責　李佳翰
副總編輯　梁心愉

初版一刷　二〇二〇年四月二十七日
初版四刷　二〇二一年三月十五日
定價　新台幣　四二〇元

特別感謝：書中專業名詞由臺灣師範大學生命科學系碩士林怡均審訂。

ThinKingDom 新經典文化
發行人　葉美瑤
出版　新經典圖文傳播有限公司
地址　臺北市中正區重慶南路一段五七號十一樓之四
電話　02-2331-1830　傳真　02-2331-1831
讀者服務信箱　thinkingdomtw@gmail.com
粉絲專頁　http://www.facebook.com/thinkingdom/

總經銷　高寶書版集團
地址　臺北市內湖區洲子街八八號三樓
電話　02-2799-2788　傳真　02-2799-0909
海外總經銷　時報文化出版企業股份有限公司
地址　桃園市龜山區萬壽路二段三五一號
電話　02-2306-6842　傳真　02-2304-9301

版權所有，不得轉載、複製、翻印，違者必究
裝訂錯誤或破損的書，請寄回新經典文化更換

沒有愛的世界 / 三浦紫苑著；劉子倩譯. -- 初版. --
臺北市：新經典圖文傳播, 2020.04
396面；14.8×21公分. --（文學森林；LF0126）
譯自：愛なき世界
ISBN 978-986-98621-7-2（平裝）

861.57　　109004301

AINAKI SEKAI
BY Shion MIURA
Copyright © 2018 Shion MIURA
Original Japanese edition published by CHUOKORON-SHINSHA, INC.
All rights reserved.
Chinese (in Complex character only) translation copyright © 2020 by Thinkingdom Media Group Ltd.
Chinese (in Complex character only) translation rights arranged with
CHUOKORON-SHINSHA, INC. through Bardon-Chinese Media Agency, Taipei.

Printed in Taiwan